Schaafskind

Edgar Schaafs zehnter Fall

Pit Ferman

Pit Ferman, Autor der Edgar-Schaaf-Krimireihe, klagt über eine Schreibblockade. Nicht aus sich heraus, sondern weil sein Protagonist seit über einem halben Jahr keinen Stoff für einen neuen Roman geliefert hat. Und auch Kriminaloberkommissarin Rita Böhringer kann ihm da nicht aus der Verlegenheit helfen. Es gibt einfach keine literarisch verwertbaren Fälle.

Edgar Schaaf selbst ist mit der Ausübung der Bauaufsicht über den Umbau des Türmchenhauses in *Gengenbach* zwar beschäftigt, aber nicht ausgelastet. Allein durch das Sammeln von Polizeiberichten aus der Zeitung ist seine Spürnase längst nicht befriedigt, und allmählich beginnt sich der Kriminalist in ihm zu langweilen.

Da entdeckt seine Frau Melanie Köninger eines Morgens an der Tür ihres Geschäftes *Aquarelle und Poesie* die Zeichnung eines Kindes.

Für Fatma

Impressum

TWENTYSIX

Eine Marke der

Books on Demand GmbH

© 2021 Pit Ferman

Herstellung und Verlag
BoD – Books on Demand, Norderstedt

ISBN 9783740785260

Teil I

Schaafskind

Ein Freitag im Mai 2022
Provinz Taza/Fès (Marokko)

Meryem

Meryem war dreiundzwanzig Jahre alt, als sie mit ihrer siebenjährigen Tochter die Flucht ergriff.

Der Platz zwischen den gepressten Ballen aus Schafswolle war eng. Der Fahrer des Lastwagens, der die Ballen im Lager abgeholt hatte, raste rücksichtslos über die unbefestigte Schotterpiste. Meryem Abdehabi kauerte mit ihrer kleinen Tochter Dahbia auf dem Boden der Ladefläche in einer Art Höhle, die der Fahrer bei der Verladung der Ballen extra für sie freigelassen hatte. Freilich nur gegen entsprechende Bezahlung.

Auf drei Seiten war sie von Rohwolle eingezwängt, maximal schulterbreit, und über ihrem Kopf türmten sich Tonnen davon. Sicht nach draußen bekam sie nur über die rückwärtige Klappe der Ladefläche, hinter der sich der Weg und die verstreut am Rande stehenden Häuser in schwindelerregendem Tempo entfernten. Wenn die Räder über eine Unebenheit donnerten, schlugen die Hinterradachsen mit einem Knall auf den Fahrzeugrahmen durch und stauchten Meryems Rückgrat bis in den Nacken. Das Mädchen schmiegte sich zitternd an ihren angespannten Körper.

Meryem ertrug die Erschütterungen mit stoischer Ruhe. Sie kannte sich in der Gegend bestens aus und wusste, dass der Lastwagen bald die asphaltierte Straße erreichen würde. Die Straße, die sie und ihre Tochter fortbringen würde. Fort von diesem Ort, aus diesem Tal, aber hauptsächlich fort von diesem Leben und weg von ihrem Mann.

Auf einmal bremste der Fahrer so hart, dass der Laster samt Ladung bedenklich schwankte. Meryem hielt das Mädchen fest umklammert. Es folgte ein hässliches metallisches Geräusch, als der Fahrer brutal in einen tieferen Gang schaltete. Ein abrupter Ruck, und der Lastwagen nahm wieder an Fahrt auf. Ein Blick nach hinten besagte ihr, dass sie sich nun auf der gut ausgebauten Straße bei *Taza* befanden, der nächst gelegenen größeren Stadt der Gegend. Nach ungefähr einer halben Stunde sah Meryem die Stadtsilhouette nur noch als immer kleiner werdendes Bild verschwinden.

Nur hundertzwanzig Kilometer bis nach Fès, dachte sie. *Hundertzwanzig. So weit bin ich noch nie von zu Hause weg gewesen.*

In das Profil eines der Reifen musste sich ein Stein gequetscht haben, denn bei jeder Radumdrehung klackte es auf dem Asphalt, als würde jemand rhythmisch die Hände klatschen. Meryem konnte jetzt hören, ob der Laster langsamer wurde oder schneller fuhr. Klack – klack – klack.

Es hatte etwas Beruhigendes, dem Klack – klack zu lauschen. Jede Radumdrehung brachte sie ein Stück weiter weg, und je länger es dauerte, desto besser.

Dahbia an ihrer Brust bewegte sich unruhig. „Essaie de dormir, ma petite. Tout va bien se passer." (Versuch´ zu schlafen, meine Kleine. Alles wird gut.) Sie dachte an die Schläge, die sie dafür bekommen hatte, wenn sie mit Dahbia Französisch anstatt des Berberdialekts sprach und dabei erwischt worden war.

Meryem drückte den Oberkörper stärker gegen den Wollballen in ihrem Rücken. Sie ärgerte sich, dass sie nicht wenigstens an einen Jutesack oder etwas ähnliches als Sitzunterlage gedacht hatte. So hockte sie auf dem blanken Stahlblech der LKW-Pritsche und spürte, wie allmählich die Kälte in ihr hoch kroch. Aber sie hatte keine Zeit zu verlieren gehabt. Plötzlich hatte alles schnell gehen müssen, und in ihr keimte der Verdacht, dass sie schlecht vorbereitet gewesen war. Aber wie hätte sie wissen können, dass ausgerechnet heute der Tag der Entscheidung sein würde?

Sie trug nur das Wichtigste bei sich. Das Bündel, bestehend aus einem zusammengeknoteten Bettbezug, lag unter den angewinkelten Knien. Es enthielt Wechselwäsche für Mutter und Tochter, Seife, Zahnbürsten, Kamm, ein Handtuch, den Ausweis mit eingetragenem Kind, eine Kleinigkeit zu essen sowie eine Flasche Wasser. Ach ja, und das Geld natürlich. Sein Geld.

Als sie an ihn dachte, überfiel sie eine aufwallende Panik. Das Blut sackte in den Bauch und ihr wurde schwindelig. Und es wurde ihr klar, dass es kein Zurück mehr geben konnte, selbst wenn sie jetzt vom Lastwagen springen und nach Hause gehen würde. Er würde sie totschlagen.

Zudem erübrigte die hohe Geschwindigkeit des Lasters jeden weiteren Gedanken an eine Umkehr. Meryems Herz klopfte hoch im Hals. Sie mochte es kaum glauben, dass sie unterwegs war.

Er wird nach mir suchen, dachte sie. *Aber nicht, weil ich seine Frau bin, sondern wegen des Geldes.*

Jetzt, da sie die Entscheidung wahrgemacht hatte, tauchten Bilder vor ihren Augen auf, die sie in

Wirklichkeit nie mehr wiedersehen durfte. Bilder der Heimat. Des wunderschönen Hochtals im Atlas-Gebirge. Bilder des Dorfes und Bilder ihrer Schafs- und Ziegenherden. Doch so schön es auch für die Augen gewesen sein mochte – für das Leben war es die Hölle. Mit der Erinnerung daran schmolz die aufsteigende Wehmut wie im Sommer der Schnee auf den Bergen.

Der Gedanke an die Flucht nagte schon lange in ihr. Im Prinzip ab dem zweiten Mal, als er sie geschlagen hatte. Beim ersten Mal hatte sie noch an einen Ausrutscher geglaubt. An ein Versehen. Doch die Schläge hatten sich wiederholt, und zu den Schlägen mit den bloßen Fäusten waren regelmäßige Prügel mit einem Stock gekommen. So waren die Saatkörnchen zu einem Keimling aufgegangen, und jeder seiner Wutausbrüche hatte, ohne dass er sich dessen gewahr wurde, das Pflänzchen genährt. Allerdings war sie zu verunsichert und zu ängstlich gewesen, um je einen fertigen Plan entwickelt zu haben, sodass sie an eine Umsetzung fast nicht mehr geglaubt hatte. Nur fort, fort, fort. Von diesem Wunsch war sie beseelt gewesen.

Es hatte nie ein *Wann* gegeben, denn *Wann* war immer. Jede Stunde und jeden Tag. Und auch nicht ein *Wohin*. Einfach nur irgend*wohin*, denn jeder andere Ort musste besser sein als der bei ihm. Aber das **Wie** hatte das große Hindernis dargestellt. Sie besaß kein eigenes Geld, und jenes, das er ihr zum Einkaufen gab, musste sie auf jeden einzelnen Dirham bei ihm abrechnen. Autofahren konnte sie nicht. Also **wie**?

Und dann war heute gänzlich unerwartet ein Fenster aufgegangen, und blitzartig, während eines einzigen

Herzschlags, hatte sie die Möglichkeit erkannt und die Gelegenheit beim Schopf ergriffen.

Normalerweise zählte Bahir Fouhami, wie ihr Mann hieß, es zu seinen ureigenen Aufgaben, die Verladung der Winterwolle zu kontrollieren. Der Firmen-LKW der Genossenschaft aus der Stadt sammelte, beginnend am zuhinterst gelegenen Hof des Tales, die Wollballen ein. Bahirs Wolle wurde traditionsgemäß zuletzt aufgeladen. Obwohl sich der Fahrer und Bahir seit Jahren kannten, war das Verladegeschäft ein sich jährlich wiederholender Akt des Misstrauens. Doch es gehörte ebenfalls zur Tradition, dieses Misstrauen nach einem scheinbar vorgegebenen Drehbuch abzuspulen und zu pflegen.

Die Rolle des Fahrers war, die Qualität der Wolle madig zu machen, um den Preis zu drücken, und die des Schafbauern anhand von entnommenen Stichproben und mit gespielter Entrüstung das Gegenteil zu beweisen. Handeln und Feilschen waren seit jeher reine Männersachen.

Heute jedoch hatte er unvorhergesehenerweise einen Termin wahrnehmen müssen, für den, wie abgesprochen, eigentlich sein Bruder Farid zuständig gewesen wäre. Doch ein lästiger Unfall Farids hatte die Planung übereinandergeworfen.

Es ging um eine abendliche Konferenz von Vertretern der verschiedenen Berberstämme Marokkos in *Beni Mellal*, einer am westlichen Rand des Mittleren Atlas gelegenen Stadt. Wichtigster Tagespunkt: Gleichberechtigung der Berberdialekte mit den Amtssprachen Arabisch und Französisch, sowie das Begehren, die Berbersprache als Unterrichtsfach in den Schulen der Berbergebiete einzuführen. Wobei gerade der letztgenannte Punkt voller Schwierigkeiten steckte und nicht einfach zu lösen war, denn es existierte gar keine einheitliche Berbersprache. Die Dialekte waren von Stamm zu Stamm verschieden und teilweise so gravierend, dass nicht mal eine Verständigung untereinander möglich war. Außerdem war man sich bislang nie darüber einig geworden, wie die Kosten für die Schulbücher in unterschiedlichen Dialekten verteilt werden sollten.

Bahir hatte geschäumt vor Wut über Farid, diesen Idioten. Musste sich der ausgerechnet gestern das Bein brechen? Aber Bruder war Bruder, und Termin war Termin, und so kam Meryem so kurzfristig wie überraschend dazu, die Verladung der Wolle zu übernehmen.

„Aber pass auf, dass richtig gezählt wird und die Qualität stimmt. Sonst bescheißt er dich, und dann gnade dir Gott."

Da war sie, die Chance.

Sobald er nachmittags aus dem Haus und fortgefahren war, hatte sie im Bruchteil einer Sekunde erkannt, dass sie wahrscheinlich nie wieder eine günstigere Konstellation der Dinge vorfinden würde als die augenblickliche, und handelte umgehend und in fiebriger Eile. Zum einen wartete der Lastwagen vor der Tür, und somit ihr Fluchtfahrzeug. Zum anderen erhielt sie unvermittelt Zugriff auf die andere wichtige und unverzichtbare Komponente: das Geld. Denn ohne finanzielle Mittel konnte sie eine Flucht vergessen. Das Geld, das Bahir in einer Kassette aufbewahrte und das er wie seinen Augapfel hütete.

Den Schlüssel zur Kassette trug er üblicherweise ständig in der Jackentasche bei sich. Nur hatte er diesmal für die Fahrt zur Konferenz eine andere Jacke angezogen. Die Jacke mit dem Schlüssel hing also am Kleiderhaken, und Meryems Griff in die Jackentasche bedeutete für sie auch, den Schlüssel zur Freiheit zu ergreifen. Behände und ohne mit der Wimper zu zucken hatte sie die Kassette geleert.

Den Rest hatte sie mit fliegendem Atem erledigt. Bettüberzug, Kleider, Zwieback und Käse, Ausweis. Das Allernötigste eben. Sie hatte das Kind an die Hand genommen, den Fahrer mit vierhundert Dirham bestochen, die Wolle aufgeladen und war in die konstruierte Höhle gekrochen.

Die Wolle wurde ins Industriegebiet der großen Provinzhauptstadt *Fès* gekarrt, wo sie sortiert, verarbeitet oder weiterverkauft wurde. *Fès.*

Als die Sonne unterging, leuchteten die Berge ihrer Heimat wie Halden feuerglühender Kohleschlacke oder wie von Lavaströmen überzogene Vulkane. Beides hatte Meryem aus der neuen und ungewohnten Perspektive noch nie gesehen.

Meryem erwachte aus einem Dämmerschlaf, als mit lautem Krachen die Pritschenwand zu ihren Füßen geöffnet wurde und nach unten gegen das Rahmengestell klappte.

„Station terminale!", blaffte der Fahrer, eine Zigarette im Mundwinkel. „Sortez d´ici!" (Endstation! Raus hier!)

Dahbia rieb sich verschlafen die Augen. „Qu´est-ce que c´est, Maman?" (Was ist, Maman?)

„Nous devons descendre." (Wir müssen aussteigen.)

„Où sommes-nous? Il fait nuit." (Wo sind wir? Es ist Nacht.)

„Keine Angst, mein Schatz, ich bin bei dir." Meryem sprang von der Ladefläche und half ihrer Tochter herunter. Dann schwang sie ihre Habseligkeiten auf eine Schulter und schaute sich um. Der Fahrer des LKW schlurfte durch ein offenstehendes Schiebetor in eine Halle, in der riesige Mengen von Schafswolle bewegt und sortiert wurden. Meryem folgte ihm. Einige Männer in blauen Arbeitskleidern liefen umher. Meryem sprach den Erstbesten an. „Wie komme ich in die Stadt? Zu einem Hotel? Zu einem Logis?"

Der Mann fasste sie am Ellbogen, lenkte sie so vor die Halle und deutete mit langem Arm in die Richtung, über der eine helle Lichtkuppel die Sterne am Himmel verschluckte. „Immer da lang", sagte er. „Da findest du alles."

Meryem bedankte sich, nahm das Mädchen an der Hand, ihren Beutel unter den Arm und strebte den unzähligen Lichtern zu, zwischen denen die beiden alsbald wie die Sterne am Himmel verschwanden.

*

Farid.

Dass es ausgerechnet ihm hatte passieren müssen. Der er schon seit Jahren und bei jedem Wetter mit den Schafen von Weide zu Weide zog. War in ein verdecktes Loch getreten, zur Seite gestürzt – knack, Bein kaputt. Komplizierter Bruch. Ein dummer Unfall. Und das einen Tag vor der wichtigen Konferenz in *Beni Mellal.*

Er wäre gern dabei gewesen. So aber hatte sein Bruder für ihn einspringen müssen. Der Bruder, der ihn einen Idioten nannte.

Als er nach ein paar Tagen mit eingegipstem Bein aus dem Krankenhaus wieder nach Hause kam, war sie nicht mehr da. *Abgehauen,* wie der Bruder tobte, *mit all dem Geld.*

Und das Mädchen?

Abgehauen! Und du bist schuld, du erbärmlicher Idiot! Musst du dir auch den Haxen brechen!

Sein Herz hatte ihr von Anfang an gehört. Seit er ihr zum ersten Mal begegnet war. Eines Tages war sie plötzlich da gewesen. Ein junges Ding, kaum eine Frau, aber er hatte auf den ersten Blick gesehen, dass sie ein Kind erwartete. Als Schäfer hatte man ein Auge für sowas.

Er hatte nicht gewusst, dass sein älterer Bruder auf Freiersfüßen unterwegs gewesen war. Wie auch, denn Bahir redete ja kaum mit ihm. Hätten sie die Schafe nicht gehabt, würde eisiges Schweigen geherrscht haben. So war er, als er eines Tages von den entfernten Schafsherden zurückkehrte, praktisch vor vollendete Tatsachen gestellt worden.

Sie wohnt ab jetzt hier. Ihr Name ist Meryem.

Und somit war sie für ihn unantastbares Gut gewesen, denn sie war die Frau seines Bruders.

Seit sie im Haus war, hatte er die oft tagelangen Besuche bei den Schafherden in den Tälern und auf den Hängen des Mittleren-Atlas-Gebirges reduziert und dafür den angestellten Schäfern mehr Verantwortung für die Tiere übertragen. Freilich musste er nach wie vor draußen auf den Weiden nach dem Rechten sehen, doch er verbrachte jetzt etwas mehr Zeit auf dem Hof, in den Ställen und Scheunen, und jeder Gang, der ihn entweder am Küchenfenster vorbei oder gar direkt in die Küche führte, war ihm willkommen.

Sie war freundlich zu ihm, mehr ließ sie aber nicht erkennen. War sein Bruder, also ihr Ehemann in der Nähe, dann war es auch mit der Freundlichkeit vorbei. Er hatte sich gefragt, wie ein so nettes Mädchen einen so garstigen Mann, wie sein Bruder einer war, lieben konnte.

Farid hatte sich schon lange damit abgefunden, dass sich für ihn keine Frau interessieren konnte. Es lag an den unkontrollierbaren Zuckungen seiner Gesichtsmuskeln. Und da er gerne sang und mit sich selbst redete, hielten ihn die meisten Leute für verrückt. Aber das war er nicht. Er war nur nicht so, wie die anderen dachten, dass man sein müsse.

Doch auch er hatte Träume und Gefühle, und er war sicher, dass er Meryem an einem einzigen Tag mehr liebte als sein Bruder es über sieben Jahre tat.

Und jetzt war sie weg. Der Sonnenstrahl, der sein einsames Herz erwärmte. Abgehauen.

Das hat er jetzt davon, mein Herr Bruder, dachte Farid.

Montag, 25. März 2024
Gengenbach

Wenn man hunderte Male, tausende Male, dieselbe Treppe hinaufgegangen war und genauso oft die obenliegende Glastür aufgeschlossen hatte, dann fiel einem, falls man im Laufe der Jahre nicht in der Routine dieses Vorgangs erblindete, wahrscheinlich der kleinste Fliegendreck an der Scheibe auf. Oder eben nicht.

Melanie fiel er auf. Zwar kein Fliegendreck, doch jene unscheinbare, fast unsichtbare Spur, die ein Klebstreifen auf Glas hinterlässt, wenn er, einmal angebracht, entweder wieder abgenommen worden oder abgefallen war.

Die Eingangstür zu ihrem Geschäft *Aquarelle und Poesie* in *Gengenbachs* Altstadt gehörte, neben dem Schaufenster, sozusagen zu Melanies Visitenkarte. Gepflegt und einladend. Sie selbst und ihre treue Vertreterin Frau Holzer, achteten mit Argusaugen darauf, dass die Glasscheiben stets blitzblank und streifenfrei waren. Darum hielten sie die Scheiben auch selber sauber, anstatt eine Firma mit der Reinigung zu beauftragen.

Melanies Überlegung galt nicht der Frage, wie sie die winzigen Spuren, drei hauchfeine Linien in Form eines nach unten offenen Rechtecks, entfernen konnte – da genügte ein Schuss Spiritus in einem bisschen klaren Wasser – sondern was hier angeklebt worden sein mochte. Eine Nachricht an sie? An Frau Holzer? Wenn ja, von wem? Oder irgendeine Reklame? Sie mochte es nicht, wenn man die Fassade ihres Ladens als Werbefläche missbrauchte. Obwohl, das war eigentlich so gut wie noch nie vorgekommen.

Sie drehte sich, noch immer vor der Ladentür stehend, zur Straße hin um. Es war ein regnerischer und windiger Frühlingstag, und die Straße einschließlich des Rathausplatzes menschenleer. Bereits in Begriff aufzuschließen, entdeckte sie das Papier am Fuße der Wand des Nachbargebäudes, vom Wind gegen die Mauer gepresst. Rechteckig, etwa DIN-A4-Größe.

Melanie stieg die Treppe wieder hinunter, überquerte die Gasse und bückte sich nach dem Papier. Eine Zeitung. Vielmehr eine als Verpackung verwendete Zeitungsseite, an den Ecken mit Klebstreifen zugehalten und mit einem abstehenden Klebstreifen in der Mitte des Randes.

Sie schaute sich um. Doch da war niemand, der sie heimlich beobachtete.

Mit dem seltsamen Umschlag betrat sie das *Aquarelle und Poesie*. Rasch den Regenmantel und die Handtasche zur Seite gelegt, öffnete sie die Zeitung vorsichtig. Mit Fingerspitzen zog sie ein Blatt Papier hervor. Eine Zeichnung. Eindeutig von Kinderhand gefertigt. Aber es war mehr als das. Melanie spürte sofort, dass der Begriff Zeichnung viel zu profan für das war, was sie in den Händen hielt. Es war ein opulentes Gemälde, ohne erkennbaren Rand oder unbemalte weiße Stellen.

Melanie betrachtete es fasziniert. Sie entdeckte leuchtende Orchideen; bunte Kolibris; langschnäblige Tukane; rote und gelbe Blütensterne; eine gemusterte Boa Constrictor, die sich um einen Ast wand; Lianen und grüne Blätter, die einen schwarz gepunkteten Panther verbargen; Äffchen, die im Wipfel eines Baumes herumtollten. Die Szenerie eines südamerikanischen Dschungels, festgehalten von einem Kind auf Zeichenblockpapier.

Melanie kehrte den Blick nach innen und ließ die Erinnerung daran erwachen, wie sie selbst von der Liebe zur Malerei erfasst worden war. Elf oder zwölf Jahre alt war sie gewesen, und die Leidenschaft dafür hatte sie bis heute nicht wieder losgelassen.

Sie drehte das Bild um. Auf der Rückseite, in eine Ecke gequetscht, stand in Großbuchstaben der Name der Künstlerin: SAIDA.

Die Qualität der Farben, stellte Melanie fest, hinkten den Fähigkeiten der Zeichnerin weit hinterher. Als Fachfrau erkannte sie das sogleich. Es handelte sich um billige Buntstifte, deren Minen vermutlich ständig abbrachen und sich nicht mehr nachspitzen ließen. Dennoch hatte diese Saida das unter diesen Umständen bestmögliche Resultat erzielt.

Saida, dachte Melanie, *dürfte kein hiesiger Name sein. Aber er klingt nach einem Mädchen.*

So legte sie sich fest, es mit einem Mädchen zu tun zu haben.

Kurz huschte Melanie der Gedanke durch den Kopf, wozu das Mädchen fähig sein würde, wenn ihm gutes Material zur Verfügung stünde. Sie dachte dabei an Aquarellfarbstifte, einen Deckfarbkasten und ein entsprechendes Pinselsortiment. Dann folgte sie einer Blitzeingebung: Sie fand einen passenden Bilderrahmen, steckte das Kunstwerk hinter Glas und stellte es, irgendwie stolz darauf, von der Künstlerin ausgewählt worden zu sein, nach ganz vorne in ihr Schaufenster.

*

Edgar Schaaf, seines Zeichens frischgebackener Bauherr, umschritt die flache Baugrube an der Rückseite des Türmchenhauses. Eine schwarze Baseballkappe mit angenähtem Pferdeschwanz schützte sein Haupt vor dem sanften Regen. Melanie hatte sie ihm im vergangenen Jahr geschenkt, um ihn über den Verlust seiner langen Haare hinwegzutrösten.

Im September 2023 wegen einer Hirnblutung notwendigerweise kahlrasiert, war das Haar mittlerweile wieder sechs bis sieben Zentimeter gewachsen. Ein ansehnlicher Schopf, ohne Zweifel, doch für einen Pferdeschwanz immer noch zu kurz.

Die Zwillingsbrüder Güdüler gossen gerade die stahlarmierte Plattform, auf der künftig die neuen Räume, Badezimmer und der Wintergarten, stehen sollten, mit Fertigbeton aus. Während der eine mit einem dicken Schlauch den flüssigen Beton zwischen die Gitterstäbe versenkte, verdichtete der andere mit einem elektrischen Beton-Vibrator den Baustoff zu einer kompakten Masse. Wie Gedärm ragten die Sanitärrohre für die späteren Abwässer über die Stahlmatten hinaus. Die Leerrohre zur Aufnahme elektrischer Leitungen wiegten sich wie Schilfstängel sacht im leichten Wind. Der Lärm der Beton-Pumpe am Lastwagen und des Rüttlers war infernalisch. Die Erschütterungen des Bodens ließen das Regenwasser in den Pfützen erzittern.

Am achtzehnten März, vor genau einer Woche und just an Edgars einundsiebzigstem Geburtstag, hatten die Gebrüder Güdüler mit dem Aushub der Baugrube begonnen. Bis zum Wochenende waren die Stahlmatten verlegt und die Versorgungsleitungen an die bestehenden Systeme angeschlossen, beziehungsweise vorbereitet. Heute also wurde das Fundament zementiert. Edgar war stolz wie Bolle.

Neben der Remise, in der Edgars *Harley Davidson* den Winterschlaf gehalten hatte, lagerte unter Abdeckplanen bereits das Bauholz, auf Maß zugeschnitten und durchnummeriert vom ersten bis zum letzten Balken. Ein Baukastensystem gewissermaßen, und sozusagen idiotensicher. Die Gebrüder Güdüler hatten schon Erfahrungen damit gesammelt und schworen alle Eide auf die Qualität.

Unter einer weiteren Plane lagen die Wärmedämmplatten; feuerfestes biologisches Isoliermaterial, das in den Hohlräumen zwischen den äußeren und inneren Balkenwänden in *Sandwich*-Bauweise angebracht wurde. Es wäre auch ohne Dämmung gegangen, vor allen Dingen schneller und billiger, doch Edgar hatte sich von der komfortableren Lösung überzeugen lassen. Wenn schon, denn schon.

Es ging ihm gut. Durch den Streifschuss aus Balko Schirlings Pistole würde eine Narbe an Edgars Stirn zurückbleiben. Ein Kratzer an der Verpackung, wie er sagte. Die Qualität des Inhalts sah er keinesfalls beeinträchtigt und lehnte eine eventuelle kosmetische Operation kategorisch ab. Was den Inhalt betraf, so hatten sich im Laufe der vergangenen Wochen und Monate die Schatten der Angst vor dem Verlust seines Gedächtnisses zurückgezogen. Was nicht hieß, dass die Angst vollständig verschwunden war. Doch hielt er sie durch kontinuierliche Trainingseinheiten und Erinnerungsleistungen seines Gehirns in Schach und kam sich dabei vor wie ein Dompteur bei der Dressur seiner Raubtiere. Er verschonte auch die vier Frauen im Türmchenhaus nicht mit seinem Eifer, allen voran Melanie. „Frag' mich was", verlangte er des Öfteren, nur um daraufhin mit einer Antwort glänzen zu können.

Im Winter waren Melanie und er, zusammen mit ihren Freunden Eliza Wohlbrecht und Pit Ferman, auf die Ostseeinsel Kritaholm gefahren. Drei Wochen in derselben Ferienwohnung, die sie schon einmal vor einem Jahr von der jungen Kommissarin Birke Klang gemietet hatten. Drei Wochen Ruhe. Jeden Tag eine Wanderung; vorzügliches Essen; abends lange gute Gespräche. Edgar hatte kein einziges Mal mehr über Kopfschmerzen geklagt. Gerti, Rita und Janna hatten sich daheim um das Haus und die Hunde gekümmert. Also Erholung pur.

In Edgars Hosentasche vibrierte das Handy. Melanie rief an.

„Melanie?"

„Ja, mein Edgar, ich bin's. Hast du gerade Zeit?"

Der Baustellenlärm übertönte ihre Stimme. „Moment, ich versteh' dich so schlecht. Warte bitte, ich geh' ein Stück ums Haus herum." In Altherrenmanier joggte er aus dem hinteren Teil des Gartens bis zur Haustreppe und meldete sich wieder. „Ja, Melanie, was gibt's?"

„Hoppla, bist du gerannt? Du bist etwas außer Atem."

„Für dich würde ich sogar fliegen, mein Engel", behauptete er.

„Gut zu wissen. Hast du gerade Zeit? Ich will dir etwas zeigen", sagte sie. „Ziemlich laut bei dir", fügte sie an.

„Ist bald vorbei, der Krach. Was Neues bei dir im Geschäft?"

„Ja, sehr interessant. Kommst du?"

Knappe zehn Minuten später sprang er die Treppe zum *Aquarelle und Poesie* hinauf und betrat den Laden. Aktuell befanden sich keine Kunden im Verkaufsraum. Melanie winkte ihm aus dem Hinterzimmer zu. „Hier, Edgar. Komm rein und schau dir das an."

Sie stand am Schreibtisch und wies auf das Dschungelmotiv, das sie am Morgen auf der Gasse vorgefunden und zu Edgars Beschau wieder aus dem Schaufenster geholt hatte. „Was meinst du dazu?"

Edgar nahm den Rahmen in die Hand und betrachtete das Bild. Es zauberte ein Lächeln in sein Gesicht.

Melanie, die seine Mimik beobachtet hatte, sagte: „Genau so ist es mir auch ergangen, Edgar. Es hat mich fröhlich gestimmt."

Er nahm das Gemälde in beide Hände und hielt es mal näher an die Augen, mal weiter weg. „Es ist im wahrsten Sinne des Wortes ausgezeichnet", murmelte er. „Wunderbar, diese Tiefe und die Details. Woher hast du es?"

Melanie erzählte, wie sie das Bild entdeckt hatte. „Ich hatte es umgehend ins Schaufenster gestellt, und dort kommt es nachher gleich wieder hin. Edgar, das hat ein Kind gemalt. Ein Kind, verstehst du?"

„Ja, ich verstehe, mein Engel. Es muss unglaublich talentiert sein. Hast du einen Namen?"

Melanie nickte. „SAIDA steht auf der Rückseite, ohne weitere Angaben. Ich nehme an, es handelt sich um ein Mädchen."

Edgar legte das Bild zurück. „Ich nehme an, das ist das erste Bild, das du sozusagen gefunden hast?"

Melanie bestätigte es. „Gefunden ist wohl nicht der richtige Ausdruck. Es muss an die Tür geheftet worden sein. Also gezielt angebracht, damit ich es finden musste."

„Fragt sich, mit welcher Absicht?"

„Nun, dass ich mit Aquarellen handle, ist ja wohl offensichtlich. Vielleicht hat ein begabtes Kinderherz den Mut gefasst, auf sich aufmerksam zu machen?"

„Möglich, ja", antwortete Edgar. „Hast du die Zeitung noch, in der das Bild verpackt gewesen war?"

Melanie bückte sich nach dem Papierkorb. „Ja, natürlich", sagte sie und legte die Zeitung auf den Schreibtisch.

„Das ist eine französische Zeitung", stellte Edgar mit einem Blick fest.

„Oh, siehst du, das war mir gar nicht aufgefallen, aber du hast recht", gab Melanie zu.

Edgar suchte die obere Randzeile ab. „Februar 2022. Zwei Jahre alt. Wer bewahrt eine so alte Zeitung auf?"

„Na, du zum Beispiel", erwiderte Melanie und stupste ihn mit dem Zeigefinger in die Rippen. „Siehst du, woher sie kommt oder wie sie heißt?"

„Hm, *Tanger le Jour*. Das ist Marokko. Wie kommt eine marokkanische Zeitung nach *Gengenbach*?", fragte er rhetorisch.

„Das Kind, Saida – vielleicht ist es ein marokkanischer Name?", schlug Melanie vor.

„Du meinst, eine marokkanische Familie wohnt hier und hat als Erinnerung an die Heimat Zeitungen aufgehoben?"

„Kann doch sein, oder? Denk´ nur an die vielen Flüchtlinge", sagte Melanie.

Edgar brummte eine Art von Bestätigung. „Ich nehm´ die Zeitung mal mit nach Hause", entschied er und faltete die Seite auf Briefkuvertgröße. „Wenn du das Bild wieder ins Schaufenster stellst, dann häng´ ein Schild dran: unverkäuflich. Danke, dass du es mir gezeigt hast. Ein Lichtstrahl an diesem regnerischen Tag." Er gab ihr einen Kuss auf den Mund und verließ das Geschäft.

Er erreichte das Türmchenhaus, als gerade der leere Betonmischer-LKW abfuhr und der nächste Fahrmischer die Betonpumpe anwarf.

Ahmet, einer der Zwillingsbrüder, winkte ihn zu sich. „Diese Fuhre noch, Chef, dann ist fertig", sagte er.

Edgar nickte. „Okay, und wie geht´s dann weiter? Ich denke, der Beton muss ein paar Tage trocknen."

Ahmet grinste und wackelte mit dem Zeigefinger vor Edgars Nase. „Nicht trocknen, Chef. Aushärten. Braucht vier Wochen."

„Was?", entfuhr es Edgar. „Vier Wochen? Dann ist ja Mitte April."

„Wenn du nicht glaubst, frag´ Mehmet. Vier Wochen Faustregel. Vorher darfst du nicht draufstehen. Ist so.

Aber danach geht alles schnell, wirst sehen. Im Mai alles fertig." Ahmet klatschte ihm strahlend die Hand an den Oberarm.

Ein Freitag im Juni 2022
Fes/Tanger (Marokko)

Meryem

„Est-ce la mer, Maman?" (Ist das das Meer, Maman?)
 Dahbia stand an der Hand der Mutter neben der breiten *Avenue Mohammed VI* und zeigte mit ausgestrecktem Arm über den Strand. „C´est énorme." (Es ist riesig.)
 „Oui, c´est ça, la mer, Dahbia" (Ja, das ist es, das Meer, Dahbia), antwortete Meryem. „Tu aimes une glace aux fruits?" (Magst du ein Fruchteis?)
 „Plus tard. D´abord je veux aller à l´eau." (Später. Zuerst möchte ich zum Wasser.)
 „D´accord. Bonne idée. Allons-y. La première qui es au bord de l´eau a gagné." (Einverstanden. Gute Idee. Gehen wir. Wer zuerst am Wasser ist, hat gewonnen.)

Meryem ließ Dahbia natürlich gewinnen. Und als sie kurz darauf mit gerafften Kleidern bis zu den Knien im Wasser standen und sich gegenseitig nass spritzten, flog zum ersten Mal seit Langem wieder fröhliches Lachen über ihre Lippen. Meryem konnte sich nicht daran erinnern, wann und ob sie jemals so ausgelassen gewesen waren.

In einer Verschnaufpause sagte Meryem: „Attends, Dahbia, attends." (Warte, Dahbia, warte.) Sie lenkte die Augen zu jenem fernen Punkt, wo das Meer und der Himmel miteinander verschmolzen. Die Richtung, in die sie schaute, stimmte. Doch die Erdkrümmung ließ das europäische Festland hinter dem Horizont verschwinden.

Spanien, dachte Meryem. Dort wollte sie hin.

Noch allerdings befanden sie sich in *Tanger*, der Millionenstadt an der Straße von Gibraltar. Ihr ersehntes Sprungbrett in eine bessere Welt. Gestern erst waren sie hier angekommen.

*

In *Fès* war es nicht mal besonders schwierig gewesen, eine Arbeit zu finden. Meryems ursprünglicher Plan hatte so ausgesehen, dass, falls ihr die Flucht aus der Heimat gelänge, sie mit dem Mädchen in *Fès* bleiben wollte.

Fès ist eine große Stadt, hatte sie gedacht. Eine Million Einwohner schienen ihr Menschen genug, um in der Menge untertauchen und anonym bleiben zu können. Eine Arbeit, eine kleine Wohnung – mehr Ansprüche wollte sie vorerst nicht stellen. Nur selbstbestimmt wollte sie sein. Und sicher.

Gegen einen Aufpreis, den der schmierige Portier vermutlich in die eigene Tasche wandern ließ, hatte sie für drei Nächte, von Freitag bis Montag, ein schäbiges Zimmer in einem heruntergekommenen Hotel gebucht.

Zwei Tage wollte sie sich und Dahbia Ruhe gönnen. Zwei Tage, an denen nichts wichtiger war als unbeschwert und frei zu sein. Erst am Montag hatte sie vorgehabt, in der Stadt nach einer Arbeit zu suchen.

Die erste Nacht im Hotel. Meryem hatte noch nie in einem Hotel übernachtet, weswegen ihr jegliche Vergleichsmöglichkeiten bezüglich Qualität, Sauberkeit und Preis-Leistungsverhältnis fehlten. So war sie zufrieden, ein breites Bett, einen Schrank sowie einen Tisch mit Stühlen vorzufinden, und natürlich ein Badezimmer mit Dusche.

Da die Nacht bei ihrem *Check-in* schon begonnen hatte, kuschelte sie sich mit Dahbia sogleich aufs Bett. Minuten später war Dahbia bereits eingeschlafen. Meryem selbst fand keinen Schlaf. Ihr Herz klopfte wie wild. War tatsächlich **sie** es, die den Mut aufgebracht hatte, diesen Schritt zu wagen? Sie atmete tief. Auch wenn die Luft im Zimmer muffig und abgestanden roch, war es für sie der Duft der Freiheit. Ihre Gedanken spielten verrückt, fuhren Karussell, eines jener waghalsigen Dinger, die einen schwindeln ließen und zum Schreien brachten. Aber sie schrie nicht, sondern schloss die Augen. Hinter den Lidern fand ein farbenprächtiges Spektakel statt, als wäre der Sehnerv ein Kaleidoskop. Explosionen von bunten grellen Lichtern, als wäre sie auf einem Trip mit irgendeiner Droge, ohne freilich je damit in Berührung gekommen zu sein.

Diese erste Nacht in Freiheit – ohne Angst, ohne Qual und Schmerz, und fern von der Sorge um das, was morgen sein würde – die wollte sie bewusst erleben. Und sollte ihre Flucht aus irgendeinem Grund doch nicht gelingen, so würde diese eine Nacht in ihren persönlichen Besitz übergehen und sie stolz daran erinnern, sie gehabt zu haben.

Meryem schlief keine Minute, und als der Morgen graute, war sie nicht eine Spur müde. In ihrer Bauchkuhle schlummerte friedlich Dahbia. „Viel Glück, meine Kleine", flüsterte Meryem und strich dem Kind zärtlich übers Haar.

*

Sie hatte geglaubt, Glück zu haben, als schon ihre erste Anfrage mit Erfolg beschieden worden war. In einer Lederfärberei im Gerberviertel unter freiem Himmel sollte sie die gefärbten Häute zum Trocknen über Gestelle hängen.

Dahbia, die in der fremden Stadt selbstverständlich nicht allein bleiben konnte, verbrachte die Zeit, in der Meryem arbeitete, am Rande der Färberei unter einem Sonnendach und malte mit Bleistift in einem dünnen Heft.

Die erste und die folgende Nacht schliefen sie mit Erlaubnis des Arbeitgebers in einem in der Nähe befindlichen Schuppen auf Rohlederhäuten. Es gab nur einen einzigen Wasserhahn, an dem sich alle Arbeiter die Farben und Chemikalien abwuschen, und hinter dem Schuppen ein Plumpsklo.

Zwei Tage hielt Meryem die Knochenarbeit durch. Dann konnte sie nicht mehr. Der Gestank aus den Gerb- und Farbbottichen war unerträglich. Die farbtriefenden Häute waren schwer, und außerdem brannten deren Ausdünstungen in den Augen.

Und wieder hatte sie Glück. In Sichtweite der Färberei war eine Gebäudereinigungsfirma niedergelassen. Meryem konnte bereits am nächsten Tag, einem Mittwoch, mit der Arbeit beginnen und bekam gegen eine geringen Lohnabschlag ein Bett, das sie mit Dahbia teilte, in einem Gemeinschaftsraum für Frauen.

Gearbeitet wurde in Gruppen, die morgens entweder zu Fuß, lag der Arbeitsort weiter weg, mit einem Kleinbus, in die festgelegte Straße marschierten oder gefahren wurden. Dahbia durfte ihre Maman zu den Orten begleiten und wartete geduldig, bis Maman und die Gruppe mit der Arbeit fertig waren und zum nächsten Einsatzort liefen oder fuhren.

Diese Arbeit gefiel Meryem sehr viel besser. Sie verdiente zwar nicht viel, aber immerhin reichte es für zwei Essen am Tag und das Bett, und sie brauchte das eigene Geld, das sie unter ihrem Kleid in einem gefalteten Tuch um die Hüfte trug, nicht anzugreifen.

Zwei Wochen war es gut gegangen. Dann, es war ein Donnerstag, Meryem putzte gerade ein Schaufenster in einer belebten Straße, hatte sie sich plötzlich Farid gegenübergesehen. Farid, der komische Bruder ihres Mannes, mit Gips am Bein, auf Krücken. Und vielleicht war Bahir in der Nähe.

Ohne ein Wort hatte sie die Stange mit dem Putzschwamm fallengelassen, war in die nächste Passage zwischen zwei Geschäften gehuscht, wo sie wusste, dass Dahbia dort wartete, hatte deren Hand gepackt und war mit ihr davongerannt. Durch das Gewimmel von Leuten, fort, fort, fort.

„Meryem, warte!", hatte Farid gerufen. „So warte doch! Lauf doch nicht weg! Ich tu´ dir nichts!"

Aber niemand hatte verstanden, was der brüllende Mann meinte, vielleicht war er ja verrückt, und niemand hielt Meryem und Dahbia auf.

Sie waren schnurstracks zu ihrem Bett geflohen, hatten atemlos ihr dürftiges Bündel geschnappt und waren erst am Busbahnhof wieder stehen geblieben. *Tanger*, war an einem der Busse angeschrieben gewesen. *Tanger*.

Tanger liegt Europa am nächsten, hatte Meryem gedacht und Dahbia mit sanftem Druck in den Bus geschoben.

*

Farid.

Das Bein. Das verdammte Bein.

Nach über zwei Wochen Gips sollte man doch eine signifikante Besserung erwarten können. Dass die Schmerzen endlich nachließen. Aber das war nicht der Fall, absolut nicht, und er hegte den Verdacht, dass sie im Krankenhaus in *Taza* vielleicht gepfuscht hatten. *Ach, er ist ja nur ein dummer Schafbauer aus den Bergen. Nagel rein, Schiene dran und Gips drum, fertig.*

Er musste ja schließlich wieder richtig arbeiten können. Hundert Prozent, und nicht, wie seit einer Woche, nur die Hälfte. Ja, er wusste, dass er überhaupt nicht hätte arbeiten sollen, nicht arbeiten dürfen, – *aber mach' das mal mit mehreren Schafherden plus einer Ziegenherde und bei einem Bruder, der, seit Meryem mit ihrer Tochter nicht mehr im Haus war, von*

Tag zu Tag mehr durchdrehte und zunehmend unausstehlich wurde. Mach' das mal.

Einer seiner zahllosen Bekannten hatte ihm dann den Tipp gegeben: *In Fès*, hatte er gesagt. *Ein Knochenflicker. Dort musst du hin. Aber du musst ihn bar bezahlen.*

In *Fès* also.

Er mochte die großen Städte nicht, egal wie sie hießen. Sie standen als Gegenentwurf zu dem, was er als Traditionalist zu bewahren versuchte: Die ursprüngliche Berberkultur; die Berbersprache; die Architektur; die Ethnien. Zwar hatten neunzig Prozent aller Einwohner des Landes berberische Wurzeln; doch es gab zu viele Einflüsse von außen, die die Gebräuche und Traditionen verwässerten. Vor allem die jüngeren Generationen schienen für eine Aufrechterhaltung des Berbertums verloren zu sein. Von einer Wiederbelebung ganz zu schweigen. Diese Entwicklungen machten Farid traurig.

Mit der Adresse des *Knochenflickers* und genug Geld in der Tasche fuhr er mit dem Bus in die Millionenstadt. Schon bald nach Abfahrt überließ man ihm wegen seines sonderbaren Gebarens genug Platz, damit er das verletzte Bein ausstrecken konnte. Wer wollte schon neben jemandem sitzen, der ständig Grimassen schnitt und Selbstgespräche führte?

Er war trotz seiner achtunddreißig Jahre erst zweimal in *Fès* gewesen. Das erste Mal als junger Mann, das zweite Mal vor drei Jahren als Abgesandter seines

Stammes zu einer Konferenz. Nun würde es das dritte Mal sein, und er hatte nicht die Absicht, länger, als der Aufenthalt beim Arzt dauerte, dort zu bleiben. Mit dem Gipsbein machte es keinen Sinn, durch die Straßen zu flanieren oder den Souk zu besuchen.

Bahir, sein Bruder, hatte eine Haushaltshilfe engagiert, die sich schon nach wenigen Tagen im Haus einnistete und das Regime übernahm. Karima. Eine freudlose Frau mit stechendem Blick und harter Stimme. Sie war eine Qual für Augen und Ohren, besonders, wenn man sie mit Meryem verglich. Was hatte Bahir bloß dazu bewogen, einen solchen Hungerhaken bestimmen zu lassen, was es zu essen gab?

War sie seinem Bruder anscheinend hündisch ergeben, legte sie gegen Farid eine geradezu freche Hochnäsigkeit an den Tag. Die Abneigung war somit von Herzen gegenseitig, doch damit entwickelte sich das Verhältnis der Kräfteverteilung auf dem Hof zu Farids Ungunsten.

Er stieg an einer Haltestelle zwischen der historischen Altstadt und der sogenannten Neustadt aus und geriet, ehe er sich versah, in die gegeneinander fließenden Mahlströme tausender von Menschen, zwischen denen er als Fremdkörper mit den Krücken die Wirkung eines Wellenbrechers entfaltete. Er wurde angerempelt, geschubst, gestreift, überholt, geschnitten, gedrückt und geschoben. Es half ihm nichts, er musste quer hindurch, und handelte sich durch sein Ungeschick manch erniedrigendes Schimpfwort ein, was ihn wiederum selbst erzürnte. Er blieb mitten im Gewühl stehen, machte sich mit Hilfe der Krücken breit und fluchte gotteslästerlich über die Verrohung der Welt im Allgemeinen und die Rücksichtslosigkeit gegenüber den Schwachen und Behinderten im Besonderen. Mit zuckenden Gesichtsmuskeln erreichte er schließlich die Schaufensterfront, wo er sich wieder zur Ruhe zwang.

Die Praxis des *Knochenflickers* befand sich zwei Seitenstraßen weiter. Er hangelte sich dicht an den Glasscheiben entlang - Krücke, Fuß, Krücke, Fuß – hatte nur noch die eine Einmündung im Blick, wo er hin musste, als er auf einmal und völlig unerwartet vor **ihr** stand. Meryem.

Und auch sie erkannte ihn. Ihr Arbeitsgerät fiel zu Boden, und dann floh sie von ihm weg, in eine Passage zwischen zwei Geschäften, tauchte mit ihrem Kind an der Hand gleich wieder auf und hastete durch die Menschenmenge davon.

„Meryem, warte!", rief er ihr hinterher. „*So warte doch! Lauf doch nicht weg! Ich tu´ dir nichts!*"

Den Versuch, ihr zu folgen, brach er bald ab. Mit den Krücken hatte er keine Chance.

Aber sie lebt, dachte er, *und ich schwöre, dass ich sie finden werde, wo immer sie sich aufhalten mag.*

Der Besuch beim Orthopäden war das Geld wert. Mit einer verbesserten Schiene und einer leichten stabilen Manschette anstelle des Gipses fuhr er am Nachmittag mit dem Bus nach Hause zurück. Die Begegnung mit Meryem erwähnte er dort jedoch mit keinem Wort.

Montag, 08. April 2024
Gengenbach

Sie sah das Zeitungspapier an der Ladentür schon von Weitem und beschleunigte die Schritte. Die Spannung trieb ihr augenblicklich den Herzschlag in den Hals. Dass es sich erneut um eine französischsprachige Zeitung handelte, registrierte sie eher nebenbei. Der Klebstreifen, stellte sie fest, war diesmal etwas länger als beim ersten Mal. Zudem war es windstill, sodass kein Windhauch den Umschlag, denn nichts anderes konnte die Zeitung sein, bewegte. Fast ehrfürchtig löste sie das Papier von der Scheibe, eilte ins Büro und packte, noch bevor sie die Jacke auszog, die zu erwartende Kostbarkeit aus.

Gleiches Format wie vor zwei Wochen: DIN-A4. Ein völlig anderes Sujet: Eine Unterwasserwelt. Genauer gesagt: Die lebendige Darstellung eines Korallenriffs mit all seinen Bewohnern.

Melanie seufzte. Sie würde eine Enzyklopädie zurate ziehen müssen, wollte sie alle Tiere namentlich benennen. Auf Anhieb erkannte sie den Clownfisch, den

Seestern, den Feuerfisch und die Seeanemone. Im tieferen Gewässer paddelte eine Meeresschildkröte und zog ein Hai seine Bahn. Die meisten gemalten Lebewesen waren ihr jedoch fremd.

Die Korallen blühten in allen Farben. Unter einem Geröllhaufen lugte der Deckel einer Schatzkiste hervor. Ein Schiffsanker lag verloren und zur Hälfte verschüttet im Sand. Das flache Wasser über den Korallen war von Sonnenstrahlen durchdrungen.

Melanie fühlte sich wie ein Taucher, dem die Luft knapp wurde. Erregt schaute sie auf die Rückseite. SAIDA, las sie und schmunzelte. *Wer sonst?*, dachte sie.

Edgar ging diesmal feinfühliger mit der Zeitungsseite um und behandelte sie wie eine wertvolle Rarität. Zwei Seiten einer Zeitung galten zwar nicht gleich als herausragendes Aha-Erlebnis für einen Kriminalhauptkommissar a. D., aber aus ehemals beruflicher Sicht war es schlicht die Wiederholung eines Vorkommnisses. Einer Handlung. Zurückfallend in alte Denkweisen flammte der Schriftzug *Wiederholungstäter* vor dem inneren Auge auf. Wohl sträubte er sich dagegen, von einem Modus Operandi zu sprechen, und doch neigten sich seine Gedanken in diese Richtung. Oft ließen sich nämlich wiederkehrende Vorgänge einer bestimmten Person zuweisen, und manche polizeiliche Ermittlung fußte auf solchen Erkenntnissen.

Tanger le Jour aus dem Jahr 2022 also zum zweiten Mal.

Er würde diese Seite zu der bereits vorhandenen in seinem Büro legen. Freilich nicht als Indiz für irgendeine Art von Verbrechen – es lag ja keines vor – aber doch als kleine Wegmarke, auf die man beim gelegentlichen Stöbern stoßen und sich an die sonderbare Geschichte mit den Gemälden eines Kindes erinnern würde.

Ja, genau, warum nicht, dachte Edgar und lächelte. *Schließlich sammle ich seit Jahren auch alle Polizeiberichte, die man in der Zeitung veröffentlicht.*

Melanie hatte das Bild samt Verpackung zur Mittagspause mit nach Hause gebracht, wo es sowohl bei Edgar als auch bei Rita Böhringer, Gerti Krause und deren künftiger Adoptivtochter Janna einen beachtlichen Eindruck hinterließ.

„Du kennst das Kind also gar nicht?", fragte Rita, die heute Gertis Mittagstisch dem Kantinenessen der Polizeidirektion *Offenburg* zum einen, und den besten Zimtschnecken der Stadt *Offenburg* zum andern, vorgezogen hatte.

„Eben nicht", antwortete Melanie. „Wir haben nur den Namen Saida und diese marokkanischen Zeitungsseiten. Wir wissen nicht einmal genau, ob es sich bei dem Namen um einen Jungen- oder Mädchennamen handelt."

„Doch, doch", intervenierte Edgar. „Laut *Google* ist Saida einer der gebräuchlichsten Mädchennamen Marokkos. Ich hab' da ein bisschen recherchiert."

„Aha, und warum sagst du mir das nicht?" Melanie guckte ihn verwundert an. „Aber gut, dann wissen wir das jetzt. Ein Mädchen, wie ich ohnehin vermutet hatte."

Rita hüstelte. „Soll ich mal ein bisschen im Einwohnermelderegister …?"

„Nee, lass mal, Rita", unterbrach Melanie sie. „Ich denke, für die großen Geschütze ist das nichts. Falls mich wirklich die Neugier treibt, weiß ich einen anderen Weg. Da wir von einem Kind ausgehen, wird es bestimmt eine unserer Schulen besuchen."

„Gut kombiniert, Melanie", lobte Edgar. „Doch warum sollten wir überhaupt wissen wollen, wer das Kind ist?"

„Weil ist begabt? Weil ist talentiert?", antwortete Janna. „Vielleicht ist gut für Beförderung? Kunstschule oder so, versteh' Edgar?"

„Janna hat es erfasst", sagte Melanie. „Genau darum geht's am Ende. Aber wir wollen mal nichts überstürzen, einverstanden?"

Melanie rahmte das neue Gemälde und stellte es neben das erste ins Schaufenster. Und obwohl sie die Bilder und das Mädchen Saida mittlerweile als Herzensangelegenheit betrachtete, verfiel sie nicht in hektischen Aktionismus. Dabei lag sie voll und ganz auf Jannas Linie: Einem Kind mit solcher Begabung musste eine Förderung zuteilwerden. Das allerdings konnte nur über die Eltern, beziehungsweise die Schule geschehen, und vielleicht würde Melanie die Person sein müssen, die den Stein ins Rollen brachte.

Edgar indes drängte Melanie nicht. Er verließ sich in dieser Sache komplett auf ihr Urteilsvermögen und Feingefühl, den richtigen Zeitpunkt zum Handeln zu erkennen. Er gestand ihr neidlos die Begabung zu, zum einen Talentiertheit von Dilettantismus unterscheiden zu können, denn das war ihr Metier, zum anderen, gerade was Kinder betraf, mit Behutsamkeit und wachem Auge deren Entwicklung zu verfolgen, ohne sie gleich mit zu viel Lob zu erdrücken.

Selber gehörte er nicht zu der Sorte Menschen, die eine Frist unbekümmert und gelassen absitzen konnten. Ostern war vorbei, und bis die Gebrüder Güdüler die Bauarbeiten wieder aufnehmen würden, dauerte es, Stand heute, noch geschlagene zwei Wochen.

Was, zum Teufel, braucht ein Beton vier Wochen um auszuhärten?, haderte er.

Er durchforstete das Internet nach betonspezifischen Eigenschaften, landete jedoch immer wieder bei der Achtundzwanzig-Tage-Regel. Eine geringere Wartezeit versprach nur sogenannter Schnellbeton, und den hatten die Gebrüder Güdüler nicht verwendet. *That's it.*

Er stellte sich vor, was in den zwei Wochen alles geschaffen werden könnte. Vor den träumenden Augen sah er bereits Wände erstehen, ein Dach Gestalt annehmen, den Wintergarten bezugsfertig sein. Aber nein, der Beton musste noch zwei Wochen aushärten, abdichten, oder was auch immer. Und selbst danach würde der Prozess des Aushärtens weiter- und weitergehen und würde laut Internet selbst dann nicht beendet sein, wenn Edgar längst unter der Erde läge.

Angeblich, hatte er gelesen, würde dereinst, in ein oder zwei Milliarden Jahren, die Sonne sich zu einem Vielfachen der jetzigen Größe aufblähen. Welche chemischen oder physikalischen Prozesse dieser Berechnung zugrunde lagen, hatte er zwar nicht verstanden, doch die computergenerierte Animation des Vorgangs war zumindest sehenswert gewesen. Die durch die Aufblähung entstehende Gluthitze würde dann den letzten

Milliliter Wasser auf der Erde verdunsten, und Beton, dieses Grundstoffes beraubt, würde deswegen zu Staub zerfallen, und mit ihm alle daraus gefertigten Bauwerke.

Grau ist alle Theorie, dachte Edgar, von diesen Aussichten nicht wirklich beunruhigt.

Bei Rita, zum Jahreswechsel zur Kriminaloberkommissarin aufgestiegen, konnte Edgar mit seiner fachlichen Kompetenz zurzeit nicht landen. Es gab aktuell aus ihrer und Edgars Sicht keine komplizierten Kriminalfälle, bei deren Aufklärung er hätte mitwirken können. Was ihm Rita am Feierabend über vorkommende Kleinkriminalität nicht freiwillig erzählte, erfuhr er spätestens tags darauf aus der Zeitung. So bestand seine einzige Herausforderung darin, die jeweiligen Artikel auszuschneiden, in Dokumentenhüllen zu stecken und abzuheften. Gut, auch diese Arbeit musste getan werden, aber für Edgars Ermittlernase war das wenig erbaulich. Kurz gesagt: Edgar begann sich zu langweilen.

Was inzwischen geregelt und vollzogen worden war, betraf Gertis Haus und Grundstück im Mistelweg in *Gengenbach*. Edgar war nun, notariell beglaubigt und nach Bezahlung von zweihundertfünfundsechzigtausend Euro, als neuer Besitzer im Grundbuchamt eingetragen. Wogegen das Adoptionsverfahren zwischen Gerti und Janna zwar unter Einreichung der erforderlichen Unterlangen angestoßen worden war, vom Familiengericht jedoch ein abschließender Verhandlungstermin offenstand.

„Kann man die Angelegenheit nicht irgendwie beschleunigen?", hatte Gerti die Familienrunde gefragt.

„Du meinst Schmiergeld?", war Edgars Gegenfrage gewesen.

„Ach, Mensch, Edgar, doch keine Korruption. Ich meine persönlich vorstellig werden, oder anrufen, oder so."

„Lieber nicht, Gerti", hatte Melanie geraten. „Solche Behörden schätzen es nicht, wenn man Druck ausübt. In der Regel erreicht man damit das Gegenteil von dem, was man will. Ich glaube, in eurem Fall ist einfach Geduld die richtige Strategie."

„Aber bis Janna ab September die Mode- und Designschule in *Mannheim* besucht, wird es doch wohl entschieden sein, auch wenn Gottes Mühlen langsam mahlen?"

„Seien wir froh, dass es Gottes Mühlen sind, und nicht die des Teufels", hatte Melanie geantwortet und Gertis Hand gedrückt.

Edgar vertrieb die Langeweile, indem er, unterstützt von seinem Freund Pit Ferman, das Haus im Mistelweg von Brandschutt und Asche befreite. Pit Ferman war es auch, der ihm ein zweites Gutachten betreffs der Gebäudesicherheit nahelegte. „Stell' dir vor, du lässt es abreißen, obwohl es gar nicht notwendig wäre. Du würdest dich totärgern. Hol' dir lieber nochmal eine Meinung ein."

„Hm, du magst recht haben, Pit. Aber momentan kann ich mir keine weitere Baustelle leisten, wenn du verstehst, was ich meine", gab Edgar zu bedenken und rieb Daumen und Zeigefinger als Zeichen für Pinkepinke.

„Brauchst du auch nicht. Das Haus hier frisst ja keinen Zentner Salz. Wie mir scheint, ist die eine Hälfte tipptopp in Schuss. Und aus der beschädigten Hälfte lässt sich bestimmt noch was machen. Unter Umständen in Eigenleistung. Ich würde dir natürlich helfen. Doch wie gesagt – hol dir ein Gutachten ein."

Edgar hatte die Menge an Brandschutt total unterschätzt. Er hatte gedacht, mit ein paar Eimern wäre es getan. Doch bereits nach kurzer Zeit wurde es zur Gewissheit, dass er in Kubikmetern rechnen musste und dass ein kleiner Haufen Dreck im Vorgarten, den er nach und nach in die Mülltonne füllen konnte, reines Wunschdenken gewesen war. Wohl oder übel bestellte er bei *Container-Weisz* eine Schuttmulde, die noch innerhalb der gleichen Stunde geliefert wurde.

Die beiden Männer schufteten bis Einbruch der Dunkelheit. Als sie fertig waren, sahen sie aus wie Grubenarbeiter im Kohlebergbau, und die Schuttmulde war randvoll.

„Hast du Wechselkleidung dabei? Du kannst bei uns duschen", bot Edgar an. „Eliza erschrickt sonst, wenn du so nach Hause kommst."

Pit winkte ab und klapperte mit dem Autoschlüssel. „Lass mal. Eliza schnuppert heute Abend in einen Yoga-Kurs hinein und ist gar nicht daheim. Ich setz' dich am Türmchenhaus ab und fahre gleich weiter. Ruf' an, wenn du mich brauchst, okay?"

Ein Montag im Juni 2022
Tanger/Agadir (Marokko)

Meryem

Sie saßen auf einer Mauer am Meer, und Dahbia lutschte am Fruchteis. Vom Meer her wehte ein beständiger Wind, der Meryem luftig unter die Djellaba fuhr und ihre Haare wild zerzauste. Sie kämpfte mit einer Landkarte von Marokko, die sie ebenfalls am Kiosk gekauft hatte, und presste sie schließlich mit den Unterarmen auf die Schenkel.

Es war eindeutig. Von *Tanger* aus war es nur ein Katzensprung nach Spanien. Meryem wollte nicht so recht verstehen, dass man, wenn es so nah lag, es nicht sehen konnte.

Meryem hatte wieder auf das Geld in ihrem Hüftgürtel zurückgegriffen und gleich nach der Ankunft des Busses über das Wochenende ein Hotelzimmer bezahlt. Noch saß der Schock des vergangenen Donnerstags wegen der Konfrontation mit ihrem Schwager zu tief. Hätte er sie festgehalten oder mit einer seiner Krücken zu Boden geschlagen, wäre es das Ende ihrer Flucht gewesen und alles hätte von Neuem begonnen. Die Gefangenschaft, die Missachtung, die Prügel. Und ja, Dahbias Traurigkeit.

Dann aber war ihr eingefallen, dass es mit Farid eigentlich nie zu Konflikten oder Ärger gekommen war und entschuldigte sich im Geiste bei ihm. Und wenn sie ehrlich sein wollte, dann musste sie zugeben, dass ihr seine schmachtenden Augen nicht verborgen geblieben waren, aber sie es aus Eigenschutz zu näherem Kontakt oder Gedankenaustausch nie hatte kommen lassen.

Der Mann am Kiosk, den sie schüchtern nach Spanien gefragt hatte, sagte ihr, dass es regelmäßige Fährverbindungen zwischen der spanischen Exklave *Ceuta* an der Nordspitze Marokkos nach *Algeciras* in Südspanien gab. Allerdings sei die Grenze scharf bewacht und außerdem mit einem hohen Grenzzaun versehen, um unerlaubte Einwanderung zu unterbinden.

Da Meryem davon ausgehen musste, dass ihr Mann sie durch die marokkanische Polizei suchen ließ, konnte sie einen regulären Grenzübertritt nicht wagen. Außer ihrem Personalausweis besaß sie kein anderes Dokument, geschweige denn ein Visum für Spanien. Dieser offizielle Weg blieb ihr also verwehrt.

Aber es muss doch andere Verbindungen von hüben nach drüben geben, dachte sie. *Fischerboote zum Beispiel. Es kann doch nicht sein, dass etwas so nah und doch so fern ist.*

Mit Dahbia an der Hand bummelte sie etwas verloren am Ufer und am Hafen *Tangers* herum und sprach wildfremde Männer an, die sie ihres Aussehens wegen für Fischer hielt oder für Bootsbesitzer, denen sie die Fähigkeiten oder Führungsrolle zu einer illegalen Bootsfahrt über das Meer zutraute. Aber sie erntete nur unverständiges Kopfschütteln. Machte sie etwas falsch?

Am Ende der Hafenmole entdeckte sie eine Gruppe von elf dunkelhäutigen Männern, die dort zusammensaßen und rauchten. Je näher Meryem ihnen kam, desto abgerissener wirkte ihre Kleidung, desto angespannter schienen sie zu sein. Ihre Gesichter waren gezeichnet von Müdigkeit und einer Art Trotz, was sie merkwürdig alt aussehen ließ. Dabei waren alle ungefähr in Meryems Alter, wenn nicht jünger.

Sie fasste sich ein Herz, marschierte schnurstracks zu ihnen hin und fragte, ob die Herren Französisch sprächen. Einer wandte ihr seine Aufmerksamkeit zu.

„Gut", sagte sie mit vibrierender Stimme. „Ich suche für meine Tochter und mich eine Passage nach Spanien. Können Sie mir helfen?" Um ihr Vorhaben zu verdeutlichen, breitete sie die Landkarte Marokkos vor ihm aus und zeichnete mit dem Finger die Strecke *Tanger* – Spanien nach.

„Ich verstehe schon", sagte der junge Mann im Verschwörerton, „aber *Tanger* ist nicht gut. Wir haben es auch schon versucht. Umsonst. Viele Kontrollen vor Gibraltar, verstehst du? Polizei, Zoll, Grenzschutz, Kontrolle. Nicht gut. Du musst nach *Agadir*." Sein Zeigefinger fuhr an der Küste Marokkos entlang, bis er auf *Agadir* deutete. „*Agadir* – Lanzarote oder Fuerteventura ist gut."

Meryems Augen fielen auf einen noch südlicheren Punkt auf der Landkarte. „Warum *Agadir*? Warum nicht *Tarfaya*? *Tarfaya* liegt viel näher."

Der Mann grinste breit. „Ich weiß schon. Geografisch liegt es näher. Doch dort hast du zwei Probleme. Einmal die Nähe zu Westsahara. Deine Landsleute haben Westsahara annektiert. Zu viel Militär dort. Ist nicht gut für Flüchtlinge. Das zweite und größere Problem ist die Meeresströmung. Verstehst du? Die Strömung geht an den Inseln Lanzarote und Fuerteventura vorbei. Strömen vorbei an den Inseln. Wenn der Motor des Bootes ausfällt, treibt der Meeresstrom dich aufs offene Meer.

Der sichere Tod." Er wischte mit dem Finger weit auf den Atlantischen Ozean hinaus. „Mach´ *Agadir*."

Meryem nickte, war aber nicht überzeugt.

Ein anderer Kerl, dessen Französisch nicht so gut war, sagte: „Komm mit Mercredi. Camion nach *Agadir*. All Freun´ hie´", er schloss mit einer raumgreifenden Armbewegung die anderen Männer ein, „und du und Kind. Mercredi. Für Passage. Okay? Selb´ Platz. Camion fahr´ neun Uhr." Er erntete wütende Blicke der anderen.

„Woher kommt ihr?", fragte Meryem.

„Mali", antwortete wieder der Erste. „Dort ist Krieg und es gibt keine Arbeit. Deswegen wollen wir weg. Alle jungen Männer wollen weg. Jetzt ist eine gute Zeit. Wenn du mitwillst, musst du bezahlen. Tausendfünfhundert für dich, die Hälfte für das Kind. Euro. Kein marokkanisches Geld. Hast du Geld?"

Meryem nickte.

Der Mann sprach weiter: „Ist keine Garantie, dass du mitkommen kannst. Die Boote sind klein, und viele wollen mit, verstehst du? Ist auch gefährlich, wenn ein Sturm kommt."

Meryem nickte erneut. Dann fragte sie: „Mittwoch also? Neun Uhr?"

„Ja."

Meryem wanderte mit Dahbia zurück in die Stadt. Unterwegs murmelte sie unentwegt vor sich hin. *Mittwoch, neun Uhr, nach Agadir. Mittwoch, neun Uhr, nach Agadir.*

An der Rezeption ihres Hotels fragte sie den Portier, wo sie Geld wechseln könne. Da Dahbia müde war, brachte sie sie auf ihr Zimmer, sperrte sie dort ein und verließ das Hotel sofort wieder, um all ihr Geld auf der Wechselstube, die der Portier ihr genannt hatte, umzutauschen. Mit dem unguten Gefühl, übervorteilt worden zu sein, aber mit dreizehntausend Euro dennoch zufrieden, kehrte sie zu Dahbia zurück. *Mittwoch, neun Uhr, nach Agadir.*

Montag, 22. April 2024
Gengenbach

Edgar passte es nicht so recht in den Kram, dass der Gutachter den Termin ausgerechnet auf den zweiundzwanzigsten April gelegt hatte. Der Tag also, an dem die Gebrüder Güdüler die ersten Balken auf das nun betretbare und tragfähige Betonfundament legen wollten. Vergleichbar in etwa mit einer Grundsteinlegung. Edgar erschien das bemerkenswert genug, diesen Moment durch seine Anwesenheit zu würdigen. Um jedoch nicht den Eindruck zu erwecken, dass ihm das Gutachten nicht so wichtig sei, hatte Edgar dem Termin zähneknirschend zugestimmt und trug das Datum des heutigen Tages ersatzweise dick und mit roter Farbe in den Kalender ein. Er sagte Mehmet Bescheid, dass er kurzfristig abwesend sein würde.

„Geh´ nur," antwortete Mehmet. „Du kannst sowieso nichts anderes machen als zugucken."

Mit dem morbiden Gefühl, auf der Baustelle nur unnötig im Weg zu stehen und zu nichts nütze zu sein, machte er sich auf zu seinem neuen Besitz im Mistelweg.

Es war, wie Pit Ferman vermutet hatte. Die vom Hauseingang gesehene linke Hälfte des Hauses im Mistelweg wurde vom Gutachter als unbedenklich eingestuft. Die rechte Hälfte, unter der im Keller das Feuer gewütet hatte, musste jedoch bis zur Raumdecke im ersten Stock entkernt werden. Das hieß, dass die Zimmerdecke des Erdgeschosses komplett entfernt und ersetzt werden musste.

Für diese Erkenntnis hätte ich keinen Gutachter gebraucht, dachte Edgar, musste allerdings zugeben, dass er bis zuletzt die Hoffnung gehegt hatte, um einen Abriss der letztgenannten Decke irgendwie herumzukommen. Nun war es aber sozusagen amtlich, und er musste wohl oder übel in den sauren Apfel beißen.

Edgar unterhielt sich mit dem Gutachter gerade über Möglichkeiten der Wiederinstandsetzung, als sein Handy klingelte. Es war Melanies Nummer.

„Da muss ich ran", sagte er zum Gutachter und nahm das Gespräch an. „Melanie?"

„Ja, ich bin's", sagte sie. „Wie weit bist du mit der Besichtigung? Kannst du vorbeikommen?"

„Wir sind so gut wie fertig, nicht wahr?" Die Frage war an den Gutachter gestellt, der durch Kopfnicken bestätigte. „In spätestens einer Viertelstunde bin ich bei dir."

„Gut. Lass dir den Befund schriftlich geben, Edgar. Bis gleich."

„Sowieso", erwiderte er.

Vom Mistelweg in die Altstadt war es nicht weit. Melanie erwartete ihn auf der Treppe ihres Geschäftes.

„Heute war das Bild im Briefkasten", empfing sie ihn. „Ich habe es erst bemerkt als die Post kam, sonst hätte ich dich schon früher angerufen. Schau mal." Sie führte Edgar ins Rückraumbüro. Auf dem Schreibtisch lagen eine Zeitungsseite und eine neue Zeichnung.

Edgar nahm das Bild zur Hand und pfiff durch die Zähne. „Das ist ein Porträt", sagte er.

„Ja, ich nehme an, ein Selbstporträt, denn diesmal steht der Name auf der Vorderseite", sagte Melanie. „Sieh, wie es gemacht ist. Lauter Bleistiftpunkte. Hunderte, tausende von Punkten. Edgar, das ist – ich weiß nicht, wie ich es sagen soll – genial?"

„Für ein Kind schon", antwortete er. „Es wirkt wie eine Schwarz-Weiß-Fotografie. Ich habe ähnliche Techniken schon bei renommierten Künstlern gesehen. Das Mädchen, das dargestellt ist, mag höchstens neun oder zehn Jahre alt sein."

„Nicht wahr? So hätte ich es ebenfalls geschätzt. Neun oder zehn. Und als Verpackung wieder eine Seite von *Tanger le Jour* vom Februar vorvergangenen Jahres."

„Also besteht kein Zweifel daran, dass es nicht vom selben Kind ist, oder?"

Melanie nickte. „Saida. Ich hab´ vor, morgen Vormittag in der Schule vorzusprechen."

„Wie willst du vorgehen?", fragte Edgar.

„Na, ich nehme an, dass ein Kind mit neun, zehn Jahren noch in die Grundschule geht. Das wird die *Gebrüder-Grimm-Schule* sein. Meines Wissens gibt es dort auch Förderklassen für Flüchtlingskinder, die noch geringe Deutschkenntnisse haben. Ich denke speziell an den Bezug zu Marokko. Realschulen und Gymnasien können wir demnach vernachlässigen. Und ja, wie gehe ich vor? Zuerst mal anrufen, oder?"

„Ja, macht Sinn", meinte er. „Wenn du möchtest, komme ich mit."

„Gerne, ja. Aber wirst du nicht auf unserer Baustelle gebraucht? Bauaufsicht ausüben oder so?"

Edgar verneinte und wechselte verlegen das Standbein. „Ich glaube, ich werde dort bloß als Störfaktor wahrgenommen."

Melanie ahnte, woher der Wind wehte. „Ja wenn das so ist, dann kommst du natürlich mit."

Die Geschwindigkeit, mit der die Wände des Anbaus in die Höhe wuchsen, war verblüffend. Edgar war höchstens zwei Stunden weg gewesen, doch die soeben gesetzte Balkenlage ragte bereits bis in Bauchnabelhöhe, beeindruckenderweise ganz ohne sein Zutun. Ahmet winkte ihm von einem Innengerüst zu und drückte den nächsten Balken, den sein Bruder mit einem Kran herbeischwenkte, in die richtige Position.

Edgars Wangenmuskeln arbeiteten. Er grüßte zurück und reckte einen Daumen in die Luft. Der kleine, fiese Stich, überflüssig zu sein, piesackte ihn wie ein lästiger Federkiel im Sitzkissen. Aber das ließ er sich nicht anmerken.

„Das geht aber flott voran", vernahm er Ritas Böhringers Stimme hinter sich.

Er drehte sich um. Sie stand in Blue Jeans und einem verwaschenen T-Shirt vor ihm, die Daumen locker in die Gesäßtaschen eingehängt. Edgar erkannte das T-Shirt sogleich als ein zu Lebzeiten von Ulf Thommen getragenes, unterließ aber jeglichen Kommentar dazu. Der Schmerz über seinen so unsinnigen Tod war noch zu frisch, die Wunden längst nicht vernarbt.

Sie hat abgenommen, stellte er in Gedanken fest, *und das trotz Gertis guter Küche.* „Erstaunlich, nicht wahr? 'n Morgen, Rita. Es geht tatsächlich steil aufwärts. Was hast du heute an deinem ersten Urlaubstag vor?"

Sie blies die Backen auf. „Oooch, einmal richtig ausschlafen war schon mal kein schlechter Beginn", antwortete sie mit bemühtem Lächeln. „Sonst lass´ ich die Tage auf mich zukommen. Lesen, vielleicht Gerti im Garten helfen, Ulfs Grab und seine Mutter besuchen, zu meinen Eltern fahren – ich hab´ ja drei Wochen Zeit."

Edgar brummte Zustimmung, dachte jedoch: *Das ist nicht unbedingt das, was einer jungen Frau im Urlaub Freude bereiten dürfte. Herrgott, ist das traurig.* Dennoch war er froh und dankbar, dass Rita Melanies und sein Angebot, bei ihnen im Türmchenhaus einzuziehen, angenommen hatte. Mittlerweile gehörte sie ganz selbstverständlich zur Familie. Edgar begrüßte die Personalentwicklung in seiner nächsten Umgebung sehr.

„Melanie und ich machen morgen eine Visite in der *Gebrüder-Grimm-Schule*", sagte er. „Wenn du Lust hast …" Er überließ es ihr, die Grauzone seines Angebots auszulegen und setzte sogar noch einen Verstärker drauf. „Aber nur wenn du Lust hast."

Nach dem gesundheitlich verkorksten vergangenen Jahr verglich sich Edgar heute mit einem Planeten, der nach einigen heftigen Meteoriteneinschlägen und taumelnden Phasen allmählich wieder Stabilität auf der Bahn um das Zentralgestirn gewann. Er war angeschlagen gewesen, aber die große vernichtende Katastrophe war ausgeblieben. Nicht zuletzt dank seiner Melanie.

Die Befürchtung, unumkehrbar und geradewegs in eine Demenz zu schlittern, hatte sich nicht erhärtet. Er war noch einmal mit einem blauen Auge davongekommen, wie er salopp dachte, wobei ihn das **noch einmal** wie ein Spreißel im Auge störte. Den Meteoriten dort draußen im All, auf ihren unberechenbaren Bahnen – er traute ihnen nicht mehr.

Er sprach nicht darüber, doch wenn er morgens aufwachte, versicherte er sich seither der grundlegendsten Dinge: *Meine Frau heißt Melanie Köninger; wir leben in Gengenbach in einem schönen Haus; wir besitzen zwei Hunde namens Müller und Lydia; in unserem Haus wohnen außerdem Gerti Krause, Rita Böhringer und Janna Kabojashvili; und ich bin Kriminalhauptkommissar a. D. Edgar Schaaf.*

Was er nicht von der Hand weisen konnte: Mit diesem rituellen Mantra gestand er sich im Grunde ein, dass er von den einschneidenden Ereignissen des letzten Jahres nachhaltiger beeindruckt wurde als ihm lieb war. Was wiederum zur Folge hatte, dass er spontane Einfälle zugunsten einer vernunftgeprägten Einsicht eher zweimal überdachte.

Melanie ihrerseits bemerkte mit wachen Sinnen, dass ihr geliebter Edgar insgesamt vorsichtiger geworden zu sein schien. Sie beobachtete, wie sich eine seiner typischen Verhaltensweisen häufte, nämlich dass er mit zum Pfeifen gespitzten Lippen einherging, ohne je einen Ton zu produzieren. Überhaupt, fand sie, war er stiller geworden und in sich gekehrter, ohne dabei gleich an Demut zu denken. Insgeheim jedoch und mit ein bisschen Bangigkeit hütete sie das klare ungetrübte Bild, das sie von ihm im Herzen trug und hoffte, dass es nicht wie eine alte Fotografie mit den Jahren unwiederbringlich blass und blasser wurde und letztlich nicht mehr zu erkennen war. *Dem walte Gott. Dass das nicht passiert, dafür werde ich Sorge tragen*, schwor sie sich.

Was ihre ureigene Situation betraf, gesundheitlich wie spirituell, war es ihr nie besser gegangen. Sie würde im September fünfundsechzig Jahre alt werden, und das Leben schien es gut mit ihr zu meinen.

Hatte sie vor vier Jahren noch allein in dem großen Haus gewohnt, war mit Edgars unerwartetem aber folgerichtigem Einzug, so meinte sie, der Idealfall eingetreten. Dass es noch besser werden würde, hatte sie nicht zu träumen gewagt. Doch seit letztem Jahr war, wenn auch aus der Not geboren, quasi ein Generationenhaus daraus geworden. Zuerst war Gerti nach dem Verlust ihres Hauses im Mistelweg dazugekommen, dann Rita nach dem Tod ihres Freundes, und schließlich Janna aus Gründen des Personenschutzes. Nichts war auch nur im Detail geplant gewesen, doch irgendwie hatte sich die beste und vortrefflichste Konstellation von ganz allein ergeben. Einfach durch kluge und sehr selbstverständliche Entscheidungen.

Melanie fühlte sich durch das Abgeben und Teilen von Raum und Platz in ihrem Haus nicht als Verliererin. Im Gegenteil, füllte sich ihr Leben doch dafür mit Lachen, Gemeinsamkeit, Jugend und Freunden, kurz – mit Leben selbst. Für sie gab es nichts Schöneres, als am Abend an einem vollbesetzten Tisch mit ihrer *Familie* zu speisen und zu quatschen, oder am Wochenende mit der ganzen Bande, inklusive den Hunden, die

Straußwirtschaft mit den anerkannt größten Schnitzeln in der Nähe zu überfallen. Dann war sie manchmal geneigt, sich vor lauter Glück zwicken zu wollen.

*

Ritas Welt umfasste drei Zeitzonen.

In der ersten, die ungefähr von sieben Uhr morgens bis siebzehn Uhr abends dauerte, ging sie ihrem Beruf nach: Kriminaloberkommissarin Rita Böhringer bei der Polizeidirektion *Offenburg*, mit all den positiven wie negativen Randerscheinungen, mit denen sie berufsbedingt zu tun hatte.

Egal, welche Fälle ihr übertragen wurden – es kam nie eine Klage über ihre Lippen. Und wenn ihr Kriminalassistent Mika Laukonen über diese oder jene als ungerecht empfundene Schikane seinen Unwillen verbreitete, sagte sie in der Regel nur: „Moser´ nicht rum. Mach´s einfach."

Das war die Zeit, in der sie am wenigsten Gelegenheiten fand, über den tragischen Verlust ihrer großen Liebe Ulf Thommen nachzudenken. Den Job als Polizistin richtig zu auszuüben, erforderte ihre gesamte Aufmerksamkeit, und deshalb war sie dankbar für jede Aufgabe, und sei sie auch noch so banal.

Glücklich jedoch war sie dabei nicht. Aber da persönliches Glück nicht als Bedingung vorgeschrieben war, erledigte Rita die an sie gestellten Anforderungen weitestgehend emotionslos. Die Kollegen, mit denen sie hin und wieder zu tun hatte, wie zum Beispiel der Kriminaltechniker Allgöwer, beschränkten sich im Umgang mit ihr auf das wirklich Nötigste und verschonten sie mit unpassenden Kommentaren wegen ihrer Introvertiertheit. Den einen oder anderen Idioten, der meinte, sich auf ihre Kosten von anderen Beifall erheischen zu können, strafte sie mit kalter und lebenslanger Verachtung.

Wenn sie gegen siebzehn Uhr, was nicht die Regel war, Feierabend hatte und in ihren Dienstwagen stieg, begann die zweite Zeitzone.

Die Zeit ab siebzehn Uhr bis circa dreiundzwanzig Uhr gehörte ihrer *Familie*. Nicht Ritas leiblichen Eltern in *Ingelheim am Rhein*, sondern jenen Leuten in *Gengenbach*, die sie aufgefangen hatten, als sie im September 2023 vom Rand der Erde ins Nichts zu stürzen drohte und ihr uneigennützig ein Obdach angeboten hatten: Melanie und Edgar, Gerti und Janna, sowie die Vierbeiner *Müller* und *Lydia*.

Meistens hatte Gerti ein warmes Menü auf dem Herd oder im Backofen stehen, und alle warteten bloß auf Ritas Eintreffen, um gemeinsam mit ihr das Mahl zu beginnen.

Im Kreis dieser Leute flammten Ritas Lebensgeister auf. Auch wenn die Unterhaltungen oft nur profaner oder tages- oder regionalpolitischer Natur waren, so fühlte sich Rita darin mitgenommen und eingebunden. Sie konnte Edgars komplizierte Sprache genauso ertragen wie Gertis rührende Weltanschauungen, und Rita durfte vergessen sich dafür zu schämen, wenn ihr mal ein befreiendes Lachen aus dem Hals brach.

Aus diesen sechs, manchmal sieben Stunden, zog Rita die Energie, die sie am Leben erhielt.

Die dritte Zeitzone, die sieben bis acht Stunden der Nacht, gehörte Rita allein. Die Zeit, in der sie sich körperlos mit ihrem Liebsten vereinte. Rita und Ulf.

Oft verbrachte sie die Nächte in halbwachem Zustand, und war doch morgens nicht müde. Ob Wirklichkeit oder Traum – ihr Bewusstsein mäanderte wie ein naturbelassener Fluss übergangslos aus einer Phase in die andere, erging sich in weiten Schleifen und engen Windungen, trieb manchmal träge dahin, um urplötzlich munter und überraschend fröhlich über eine Kaskade zu springen. Geriet sie in ein Kehrwasser, genoss sie in Vorfreude den Wiedereintritt in die Strömung und die Wiederholung von soeben Erlebtem. Die Grenzen vom einen Zustand zum anderen blieben verschwommen und sie wusste vorher nicht, was sie erwartete.

Obwohl sie mittlerweile jede Handbreite des Flusses zu kennen glaubte, wurde sie seiner nicht überdrüssig. Im Gegenteil. Nie war er gleich. Immer war er anders. Und doch so vertraut, denn **er** war immer bei ihr. Ulf.

Irgendwann, das wussten sie, würden sie auf diese Weise das riesige Meer erreichen, doch das war nicht ihr Ziel. Sie wollten so lange wie möglich auf und in diesem Fluss verweilen, und da ihnen von niemandem eine Frist gesetzt war, begannen sie ihre gemeinsame Reise praktisch jede Nacht von vorne.

Immer wieder entdeckten sie neu ruhige Ufer, die in der Nacht zuvor noch nicht vorhanden gewesen waren und die sie zum Bleiben einluden. Verwunschene Nischen aus ihren Träumen gesponnen, mystische Orte aus ihren Sehnsüchten entsprungen, die sie zu ihrem Zuhause formten und ihrer Liebe eine Heimat gaben.

Wurde Rita morgens beim Frühstück gefragt, wie sie geschlafen habe, antwortete sie stets mit einem verträumten Lächeln: „Gut."

Wovor sie ein wenig Bammel hatte, war der Urlaub, den sie seitens ihres Dienstherrn mehr oder weniger gezwungen war zu nehmen. Drei Wochen, die ihr täglich eine Zeitzone von zehn Stunden raubten. Zehn Stunden also, von denen sie noch keine Ahnung hatte, wie sie sie, ohne in eine mentale Tretmühle zu geraten, füllen könnte.

Was sie Edgar gegenüber erwähnt hatte – Gerti im Garten zu helfen, Ulfs Grab und Mutter in *Gambsheim* oder die eigenen Eltern in *Ingelheim* zu besuchen – war nicht wirklich zuoberst auf ihrer Wunschliste gestanden. Es entsprach eher einem Notprogramm zur Beschäftigung phantasieloser Langweiler. Waren aus den Fingern gesogene Vorschläge mangels besserer Ideen.

Aus diesem Grund nahm sie Edgars Einladung, Melanie und ihn morgen zur *Gebrüder-Grimm-Schule* zu begleiten, geradezu mit Erleichterung an.

*

Janna überraschte am Abend mit der Nachricht, ab Montag in einer Woche einen Job im Baumarkt angenommen zu haben. „Job ist gültig bis Ende August", sagte sie stolz. „Verdiene bisschen Geld bis Mode- und Designschule. Ist gut?"

Mittwoch bis Montag im Juni 2022
Agadir (Marokko)/Lanzarote (Spanien)

Meryem

Es war ein wildes Camp auf einem Brachfeld außerhalb *Agadirs*. Dass das Meer nicht weit entfernt sein konnte, hörte man am Rauschen der Brandung. Ein kräftiger auflandiger Wind fledderte die dünnen Wände von ungefähr zwanzig einfachen Campingzelten, die wahllos über das Gelände verteilt standen. Vor einigen der Zelteingänge brannten mehr schlecht als recht armselige Feuer, über denen abenteuerlich anmutende Gefäße standen oder hingen, in denen irgendwelche Mahlzeiten darauf warteten, verzehrt werden zu können.

Die Fahrt von *Tanger* bis hierher hatte etliche Stunden gedauert. Zuerst war der Lastwagen nicht zur verabredeten Zeit erschienen, und als er endlich da gewesen war, hatte eine endlose Diskussion wegen des Fahrpreises eingesetzt. Davon, dass auch der Transport nach *Agadir* extra bezahlt werden musste, war am Montag noch nicht die Rede gewesen. So hatte sich Meryem gezwungen gesehen, verschämt zur Seite zu treten und mit Dahbia als Sichtschutz die Djellaba zu raffen und den Fahrpreis aus dem Geldgürtel zu zählen. Hundert Euro pro Kopf für die unbequeme Fahrt auf einem stinkenden Lastwagen, dessen Auspuffrohr die Abgase direkt über die Köpfe der Menschen auf der Ladefläche blies, und das über zehn Stunden in praller Sonne auf der harten Pritsche. Der Fahrer schien seine Freude daran zu haben, alle paar Kilometer seitlich über die Bankette zu rumpeln, die Passagiere durchschütteln zu lassen und zusätzlich viel Staub aufzuwirbeln.

Als Meryem mit Dahbia im Camp ankam, ging im Westen gerade die Sonne unter.

Sie aßen von ihren mitgebrachten Keksen, tranken ihr eigenes Wasser, und verbrachten die kalte Nacht in einem der kleinen Zelte mit noch fünf anderen Personen. Niemand besaß einen Schlafsack oder wenigstens eine Decke, unter die man hätte schlüpfen können. Die gnädige Erschöpfung bewahrte sie davor, über die ungewohnten Umstände zum einen, und über das Fehlen jeglicher Intimsphäre zum anderen, genauer nachdenken zu können. Kaum hatten sie die Augen geschlossen, schliefen sie bereits.

Sobald sie wach wurden, verließen Meryem und Dahbia die Enge des Zeltes. Die Notdurft verrichteten sie am Rande einer nahen Düne und verwendeten dafür Blätter monatealter Zeitungen, die sie aus dem Foyer des Hotels in *Tanger* mitgenommen hatten. Zum Frühstück aßen sie erneut Kekse und tranken Wasser.

Zu diesem Zeitpunkt hielten sich ungefähr hundert Menschen in dem Camp auf. Alle mit dunkler Hautfarbe, und außer Meryem und Dahbia alles Männer und Jungen. Manche waren hier, obwohl sie das Geld für eine Passage übers Meer nicht aufbringen konnten. Sie warteten und hofften darauf, dass in einem Boot Plätze frei blieben und man sie dann einfach mitnehmen würde. Am Strand, den Meryem und Dahbia nach dem Frühstück aufsuchten, lagen zwei Holzboote kieloben, jedes circa sieben Meter lang. Meryem überkamen

Zweifel, ob solch eine Nussschale sicher genug für eine Fahrt über das Meer sein konnte.

Es war am Tag nach ihrer Ankunft an ein *Ins-Meerstechen* nicht zu denken. Der Wind wehte noch immer von Westen und warf hohe Brecher an die Küste. So verlief der Tag in lähmender Lethargie.

Schon als sie am Freitag aus dem Zelt krochen, spürten sie die Aufbruchstimmung im Camp. Der Wind hatte gedreht und wehte nun von der Wüste her aufs Meer hinaus. Ein Zeichen, dass heute die Organisatoren erscheinen würden, um die Boote startklar zu machen. Alle Campbewohner strebten deswegen zum Strand, wo sie aufgeregt palaverten und durcheinander liefen.

Und richtig. Die erwarteten Männer tauchten mit einem Pick-up auf. Marokkaner, wie Meryem aufgrund ihres Berberdialekts unschwer erkannte. Auf der Ladefläche lagen zwei Benzinmotoren, die sie sofort zu den Booten bringen ließen. Man drehte die Boote um und hängte je einen Motor an das Heckbrett. Dann begann die Prozedur der Auswahl der Glücklichen, die ausreichend Geld für eine Passage nach den Kanarischen Inseln bezahlen konnten.

Während der eine der drei Männer beim Pick-up das Geld einkassierte, überwachten die anderen beiden die Besetzung der Boote. Für jedes der Boote waren sechsunddreißig Plätze vorgesehen. Vier Reihen zu je acht, zwei am Bug, und zwei am Heck, wobei die Heckleute den Außenbordmotor bedienen mussten.

Meryem stand vor der Frage aller Fragen: Sollte sie den nächsten Schritt vollziehen? Den unumkehrbaren Schritt? Sollte sie Dahbia und sich in die Hände dieser

Schlepperbande geben? Dieser Halsabschneider? Hatte sie nicht eine Verantwortung für ihr Kind? Musste sie es nicht vor allen Gefahren beschützen? Sie in ein lebenswertes Leben begleiten? Sollte dieser marode Kahn sie in die Zukunft bringen? Musste sie Dahbia vorher nicht wenigstens fragen, ob sie diese ungewisse Zukunft überhaupt wollte? Meryem kaute nervös und unentschlossen auf der Unterlippe.

Da ergriff Dahbia ihre Hand und sagte: „Viens, maman, on doit se dépêcher." (Komm´ Mama, wir müssen uns beeilen.)

Meryem und Dahbia wurden dem ersten Boot zugewiesen. Den einzigen Luxus, den ihnen die Organisatoren anzubieten hatten, waren Müllsäcke aus Kunststoff, um das private Gepäck vor Spritzwasser zu schützen, sowie zwei Kunststoffeimer, um Wasser aus dem Boot zu schöpfen. Trinkwasser wurde nur gegen Bezahlung in eineinhalb Literflaschen angeboten und war sündhaft teuer. Die meisten konnten oder wollten sich diesen Luxus nicht leisten, in der Hoffnung, die Seestraße zwischen hier und Lanzarote oder Fuerteventura rasch zu überqueren. Meryem hingegen wollte sich nicht komplett auf das Glück verlassen und kaufte vier Flaschen.

Der Motor wurde angeworfen, der Kahn wurde ins Wasser geschoben, und sobald er schwamm, kletterten die Passagiere hinein. Mit gemeinsamer Anstrengung der Zurückgebliebenen erhielt er den entscheidenden Stoß über die Flachzone des Strandes hinaus. Die Schiffsschraube begann sich zu drehen und trieb das Boot vorwärts, Richtung Südwesten, wo die Kanarischen Inseln lagen.

Erst als sie schon weit vom Ufer weg waren, stellte Meryem fest, dass keiner der Flüchtlinge eine Schwimmweste trug.

Der Motor des Bootes arbeitete eineinhalb Stunden, dann begann er zu spucken, zu stottern, und dann stellte er den Betrieb ein. Der Tank war leer.

Meryem drehte sich um. Von Marokko, beziehungsweise Afrika, war rückwärtig nichts mehr zu sehen. Und voraus kein anderes Land. Sie suchte die Wasseroberfläche nach dem zweiten gestarteten Boot ab, entdeckte jedoch nichts.

„Was jetzt?", fragte sie mit einem Knoten im Hals den Mann neben ihr. Es war jener, mit dem sie an der Mole in *Tanger* gesprochen hatte.

„Wie ich dir gesagt habe", antwortete er. „Jetzt kommt die Strömung und treibt uns von allein auf die Inseln zu."

„Woher weißt du das?"

„Hat mein Cousin mir gesagt. Der hat das schon gemacht."

„Und warum rudern die Männer auf beiden Seiten des Bootes mit den Händen?"

„Muss so sein", sagte der Mann. „Musst keine Angst haben."

„Und wenn ein Sturm kommt?"

Der Mann verdrehte die Augen. „Es kommt kein Sturm. Oder siehst du eine einzige Wolke?" Sein Lächeln war nicht mehr so echt und nicht mehr so breit.

„Wie heißt du?"

„Warum?"

„Ich will wissen, wer mich angelogen hat, wenn ich es wissen muss."

„Drissa. Mein Name ist Drissa."

Es vergingen der erste Tag und die erste Nacht auf dem Meer. Die Stimmung unter den Männern war schlecht. Viele waren seekrank und hingen apathisch auf den Plätzen. Kaum einer ruderte noch mit der bloßen Hand, weil man sich nicht einig war, in welche Richtung, und man wusste nicht, wo überhaupt man sich befand. Auf die Idee, sich nach dem Stand der Sonne zu richten, kam niemand.

Und es war erniedrigend. Die Männer standen zum Wasserlassen einfach an der Bootswand und pinkelten, von zwei anderen gestützt, damit sie nicht vornüber ins Wasser fielen, vor aller Augen ins Meer. Meryem und Dahbia mussten zum Urinieren ihren nackten Hintern über den Bootsrand recken, während sie an den Armen festgehalten wurden.

Die meisten der Kerle waren miserabel vorbereitet und hatten weder etwas zu essen noch zu trinken dabei. Meryem versuchte Dahbia heimlich Kekse zuzustecken, doch es wurde bemerkt. Ein Streit brach aus, und Meryem wurden alle Kekse, die sie noch besaß, gewaltsam entrissen.

„Ihr seid fiese Schweine", schrie sie. „Die sind für mein Kind."

„Wir sind alle deine Kinder", fauchte sie der Brutalste an. „Sei froh, dass wir dich nicht ins Meer werfen."

Dermaßen eingeschüchtert verstummte Meryem und legte schützend die Arme um Dahbia.

Nach einer Weile raunte Drissa: „Tut mir leid, dass ich nicht eingegriffen habe. Aber wir können uns keine Meuterei leisten. Die Männer handeln aus purer Angst."
„Ich habe auch Angst", flüsterte Meryem zurück.
„Ja, aber du wirst nicht böse", antwortete er. „Warum lässt du dich auf diese Fahrt ein?"
Meryem überlegte, was sie erwidern sollte, und entschied sich für die Wahrheit. „Ich habe meinen Mann verlassen und werde gesucht."
„Wie heißt du?"
„Meryem Abdehabi."
„Hast du einen Ausweis?"
Meryem nickte.
„Wirf' ihn fort", sagte Drissa. „Wirf' ihn ins Meer. Wenn wir unser Ziel erreicht haben, wirst du einen anderen Namen angeben. Auch für deine Tochter. Keiner kann es kontrollieren, verstehst du?"
Meryem antwortete nicht. Doch nach ungefähr fünf Minuten kramte sie ihren Ausweis aus dem Beutel, der im Müllsack bis jetzt trocken geblieben war.
Dieses Stück Papier ist der Beweis, dass es uns gibt, dachte sie und war hin- und hergerissen.
„Tu' es", drängte Drissa.
Traurig beugte sie sich über die Bootswand und ließ das Dokument ins Wasser gleiten.

Die folgende Nacht verlief quälend langsam. Der Platzmangel machte den Männern immer mehr zu schaffen. Kaum einer schlief, weil er vom Nächsten sofort weggestoßen wurde. Die ohnehin schlechte Stimmung sank auf einen Tiefpunkt. Einige, insbesondere von den Jüngeren, fingen an zu weinen. Andere lamentierten wie in

Trance vor sich hin. Bei einer dritten Gruppe schwelte eine mühsam gebremste Aggression, die sich in dumpfem Brüten und gehässigen Blicken ausdrückte.

Mit dem Morgen kam der Durst.

Um nicht erneut den Zorn auf sich zu ziehen, verteilte Meryem drei ihrer vier Wasserflaschen unter den Bootsinsassen. Der Einzige, der sich bedankte, war Drissa.

Den ganzen Tag brannte die Sonne unbarmherzig auf das Boot. Suchten die Flüchtlinge anfangs noch durch hochgehaltene Mülltüten Schutz vor den Strahlen, fehlte ihnen jedoch bald vor Erschöpfung die Kraft in den Armen. Nun gab es auch keinen Händel mehr unter den Männern, wenn ihre Körper vor Müdigkeit gegeneinander sanken. Am Nachmittag lagen die sechsunddreißig Menschen abgestumpft und wirr durcheinander wie Mikado-Stäbchen im Boot.

Dann, es wurde wieder Abend, wurden die Wellen heftiger, starker Wind riss in Böen die Wellenköpfe in Fetzen – und der Sturm begann.

Am Ende kenterte das überforderte Holzboot noch vor Sonnenaufgang am frühen Montagmorgen in der Brandung vor dem Städtchen *Orzola* am nördlichen Zipfel der Insel Lanzarote. Von den ursprünglich sechsunddreißig Passagieren konnten sich sieben durch eigene Kraft an die felsige meerumtoste Küste retten. Vierzehn, darunter Meryem mit ihrer Tochter, wurden von hilfsbereiten Bürgern *Orzolas* in lebensgefährlichem Einsatz an Land und in Sicherheit gebracht. Für fünfzehn Menschen kam jede Hilfe zu spät. Ihre von Wellen und Felsen zerschmetterten Körper wurden später an der zerklüfteten Küste gefunden.

Die Geretteten verdankten ihr Überleben hauptsächlich der Tatsache, dass sie sich in der Verzweiflung an die Müllsäcke klammern konnten. Zu diesem Zweck zwar nicht vorgesehen, wirkten sie doch durch das bisschen enthaltene Luft wie Rettungsringe.

Dienstag, 23. April 2024
Gengenbach

Schulleiterin Magda Stauffer empfing Melanie vor dem Eingang des Schulhauses und schien leicht irritiert zu sein, dass diese in Begleitung zweier weiterer Personen erschienen war.

„Guten Morgen, Frau Stauffer?", ging Melanie gleich in die Offensive. „Ich sehe Ihre fragenden Augen. Entschuldigen Sie, dass ich gleich meine ganze Familie mitbringe." Sie stellte Edgar und Rita als ihren Mann und ihre Ziehtochter vor. „Die beiden wollten unbedingt mal wieder eine Schule von innen besuchen."

Frau Stauffer, schlank, um die fünfzig Jahre mit grauem Kurzhaarschnitt, trug eine olivgrüne Jacke zu einer Blue Jeans. Sie zuckte ergeben mit den Schultern. „Na dann kommen Sie mal herein." Sie hielt die Tür auf, ließ das Trio eintreten, überholte es dann und eilte zu ihrem Büro voraus.

„Sie wollen aber nicht am Unterricht teilnehmen?", fragte sie an Edgar gewandt und wies auf die Tasche, die er vor dem Bauch hielt.

Melanie übernahm die Antwort: „Nein nein, da sind ein paar Utensilien drin für die Schülerin Saida, von der ich am Telefon gesprochen hatte. Außerdem drei Bilder, die wir diesem Mädchen zuschreiben. Edgar, sei doch so gut, und zeig´ Frau Stauffer die Werke."

Edgar breitete die Gemälde auf Frau Stauffers Schreibtisch aus.

Mit unbewegter Miene nahm die Schulleiterin ein Bild nach dem anderen in die Hände und betrachtete sie eingehend, wobei ihre Augen an der Porträtzeichnung am längsten hängenblieben. „Saida", seufzte sie, und legte die Stirn in Falten. Und noch einmal: „Saida."

Melanie räusperte sich und fragte: „Sie kennen das Mädchen, oder lesen Sie den Namen einfach von der Zeichnung ab?"

Magda Stauffer legte die Zeichnung auf den Tisch zurück. „Natürlich kenne ich meine Schüler", antwortete sie. „Aber sowas wie das hier", mit einem Kopfnicken wies sie auf die Bilder hin, „hab´ ich von ihr noch nie gesehen. Also von Saida."

„Ist sie …?", setzte Melanie zur Frage an, wurde jedoch unterbrochen.

„Saida ist eines unserer Sorgenkinder", sagte Frau Stauffer. „Sie ist erst seit einem halben Jahr bei uns und geht in die Förderklasse für Kinder mit mangelnden Deutschkenntnissen. Sie ist ein sehr verschlossenes Mädchen, spricht kaum und nimmt nur passiv am Unterricht teil. Über ihren Wissensstand können wir eigentlich gar nichts sagen. Deswegen bin ich heute überaus erstaunt, dass diese Bilder von ihr stammen sollen."

„Wie alt ist sie denn?"

„Gute Frage. Ihre Mutter behauptet, dass sie neun Jahre alt sei. Angeblich existiert keine Geburtsurkunde. Dem Aussehen nach, der körperlichen Entwicklung, mag das zutreffen."

Melanie überlegte kurz: „Es geht mich im Grunde nichts an: Aber haben Sie das Kind schon einmal zu Hause besucht? Mit ihren Eltern gesprochen?"

Die Schulleiterin nickte. „Ja, aber die Mutter ist ebenfalls sehr verschlossen. Sie spricht nur Französisch."

„Was ja kein Problem darstellen sollte, nicht wahr? Und der Vater?"

„Soviel ich weiß, ist die Frau mit dem Kind vor ihm aus Marokko geflohen. Es gibt also keinen Kontakt zum Vater."

„Entschuldigen Sie, wenn ich mich einmische", übernahm Rita das Wort. „Aber Sie haben schon das Gefühl, dass Saida kindgerecht behandelt und versorgt wird?"

„Ja, durchaus. Sie sieht keineswegs vernachlässigt aus. Ihre Kleidung ist immer sauber, sie hat ihr Pausenbrot dabei, eine Monatskarte für die Bahn – da gibt es von unserer Seite nichts zu beanstanden, wenn es das ist, was Sie meinen."

„Das, und ihre Unversehrtheit", sagte Rita.

„Sie meinen, ob sie missbraucht wird? Nein, dafür gab und gibt es keine Anzeichen."

Melanie nahm Edgar die Tasche aus der Hand. „Wir haben ein paar Geschenke für sie dabei. Buntstifte, Wassermalfarben, Aquarellpapier, Radiergummi, Bleistifte und so. Wäre es möglich, dass wir Saida die Sachen geben können?"

Frau Stauffer benötigte einige Sekunden, um die gedankliche Kurve von der Missbrauchsfrage zum unverfänglichen Thema zu meistern. Dann lächelte sie unverbindlich und sagte: „Ja, warum nicht? Ich lass´ sie rasch herbringen."

Etwa fünf Minuten später klopfte es leise an die Bürotür und ein Kind wurde von einer Hand, die zu einer Person draußen auf dem Flur gehörte, hereingeschoben. Die Hand wurde zurückgezogen, und das Mädchen stand mit großen Augen da.
  Melanie hielt die Luft an. Das Mädchen war höchstens eins zwanzig groß, und damit relativ klein für eine Neunjährige. Unter einem wilden dunkelbraunen Lockenkopf beherrschten zwei schwarze Augen den dunklen Teint des Gesichts. Die Nase war klein, passte aber perfekt zu den weichen Rundungen von Wangen und Kinn. Die Lippen hielt es fast trotzig geschlossen. Es trug Blue Jeans und ein dunkelgrünes Sweatshirt.
  „Saida, das ist Frau Köninger mit ihrer Familie. Sie hat ein Geschenk für dich. Kommst du bitte näher?"
  Frau Stauffers Stimme klang in etwa so warm wie eine Packung Pommes frites aus der Tiefkühltruhe.
  Saida blieb bei der Tür stehen. Ihre Augen wanderten zwischen der Schulleiterin und Melanie hin und her.
  „Saida? Hast du mich verstanden?" Frau Stauffers extrascharfe Senf-Stimme.
  Meine Güte, so geht das nicht, dachte Melanie und kramte ihre Französisch-Kenntnisse aus dem Gedächtnis. „Bonjour Saida, je m´appelle Melanie. Comment vas-tu? Merci beaucoup pour tes dessins. J´ai été très heureuse. Regarde, je t´ai apporté un cadeau." (Guten Tag, Saida. Ich heiße Melanie. Wie geht es dir? Vielen

Dank für deine Zeichnungen. Ich habe mich sehr gefreut. Schau, ich habe dir ein Geschenk mitgebracht.)

In die Lippen des Mädchens kam Bewegung. Die Mundwinkel zeigten nach oben. „Je sais qui tu es. Tu es la femme qui possède l'endroit" (Ich weiß, wer du bist. Du bist die Frau, der das Geschäft gehört), flüsterte es beinahe unhörbar.

Melanie öffnete die Tasche und ließ Saida einen Blick hineinwerfen. „C'est pour toi. Avec ça, tu peux mieux peindre." (Das ist für dich. Damit kannst du besser malen.)

„Merci beaucoup, Melanie", sagte Saida leise. Und als Melanie ihr die Hand hinstreckte und „au revoir, tu viens me rendre visite?" (auf Wiedersehen. Kommst du mich mal besuchen?), fragte, glomm in der Tiefe der dunklen Augen des Mädchens ein dankbarer Funke.

„Wir sehen es nicht gerne, wenn mit den Kindern in ihrer Muttersprache gesprochen wird", wurde Melanie von Frau Stauffer getadelt, nachdem Saida das Büro verlassen hatte. „Sie sollen ja schließlich Deutsch lernen."

„Aha, soso", reagierte Melanie. „Aber darum geht es mir vordringlich nicht, ob das Kind Deutsch lernt. Meine Idee war gewesen, Ihre Sinne, Frau Stauffer, auf das künstlerische Talent des Kindes zu lenken. Sie darauf aufmerksam zu machen, dass in einer Ihrer Klassen ein hochbegabtes Kind sitzt. Oder verstehe ich unter dem Begriff *Förderschule* etwas falsch?"

„Ihr Engagement in allen Ehren, Frau Köninger, aber zuerst einmal geht es um Integration. Was nützt es einem Kind, hochbegabt zu sein, wenn es sich nicht in der

Sprache dieses Landes verständigen kann? Und wenn Sie denken, dass Saida so hochbegabt ist, wie Sie meinen, sie sei es, dann wird sie die Anforderungen unserer Bildungseinrichtung ohne Schwierigkeiten bestehen. Zäumen wir also das Pferd nicht von hinten auf."

Bei dem Gespräch läuft irgendetwas falsch, dachte Rita.

„Das klingt ein bisschen so wie die Beschreibung einer automatischen Haarschneidemaschine", warf Edgar ein. „Dort sind die Köpfe, die man in sie hineinsteckt, nur beim ersten Mal verschieden groß. Schmeißen sie etwa die Kinder, egal wes Geistes Kind sie sind, alle in denselben Topf, und am Ende sind alle gleich?"

Frau Stauffer schluckte. *Was denken diese Leute denn, wen sie vor sich haben? Frau Pestalozzi persönlich? Ist es nicht genug, dass wir trotz ständigen Lehrermangels und immer knapper werdender finanzieller Mittel überhaupt eine Förderklasse eingerichtet haben? Sollen diese Herrschaften doch eine Privatschule gründen.*

„Wollen Sie mir erklären, wie ich meinen Job zu machen habe?", fragte sie frostig rhetorisch. „Wir sind eine öffentliche Schule und unterrichten nach den Vorgaben des Kultusministeriums. Sie haben keine Ahnung, wie schwer es ist, Kindern aus unterschiedlichsten Ländern, Kulturen und Religionen ein einheitliches Wissen zu vermitteln. In einem Punkt haben Sie recht, Herr … Schaaf. Ja, wir wollen Gleichheit, und zwar dass alle Kinder, die bei uns in die Schule gehen, die gleichen Chancen bekommen. Das ist unser Auftrag, und den versuchen wir mit besten Kräften zu erfüllen. Wenn Sie mehr wollen, dann müssen Sie das in die eigenen Hände nehmen, und das wird erfahrungsgemäß nicht billig."

„Es ist demnach, wie so oft, wieder mal eine Frage des Geldes? Entscheidet die Gnade der Geburt, ob die Begabung eines Kindes erkannt und unterstützt wird?", schärfte Edgar das Messer.

Definitiv falsch, dachte Rita erneut und griff ein. „Stopp!", sagte sie. „Es fruchtet nicht, wenn wir hier Grundsatzdiskussionen führen. Kehren wir doch einfach zu unserem Anliegen zurück. Von Ihrer Seite aus, Frau Stauffer, sehen Sie keine Möglichkeit, Saidas Begabung vorrangig zu fördern, solange sie die Grundschule nicht abgeschlossen hat. Richtig?"

Die Schulleiterin nickte, die Arme vor der Brust verschränkt, mit dem Kopf.

„Da gibt es auch keine Form einer Empfehlung an – wie soll ich sagen – weiterführendere Bildungseinrichtungen?", fragte Rita weiter.

„Nicht zum jetzigen Status, wenn Sie so wollen", antwortete Frau Stauffer. „Später, wenn die Entwicklung offensichtlich ist und der Leistungsstand es zulässt – ja, dann könnte man eine neigungsorientierte Fördereinrichtung befürworten."

„Okay. Von unserer Seite bestünde dennoch die Möglichkeit, auf privater Basis eine dem Kind angemessene und anerkannte Schule zu suchen? Das Einverständnis der Eltern natürlich vorausgesetzt?"

„Unter Einhaltung der Schulpflicht stünde Ihnen das frei, klar."

„Schön. Dann haben wir ja, was wir wissen wollten", sagte Rita mit einem Lächeln. „Wenn Sie uns dann noch den vollständigen Namen Saidas nennen wollen?"

Frau Stauffer hatte ihnen weder den Familiennamen noch die Adresse Saidas mitgeteilt. „Wir geben grundsätzlich keine Namen oder Adressen an Außenstehende, schon allein zum Schutz der Kinder nicht. Diese Menschen kommen größtenteils aus prekären Verhältnissen, die ich im Einzelnen gar nicht erst auflisten will. Sie brauchen ja nur die Nachrichten zu verfolgen. Bitte respektieren Sie das."

„Und jetzt?", fragte Edgar auf dem Rückweg von der Schule. „War´s das jetzt?"

„Ich denke", meinte Melanie, „wir lassen das Saida selber entscheiden. Ich habe sie gefragt, ob sie mich mal besuchen kommt."

Rita zeigte eine bedenkliche Miene. „Ohne vorher ihre Mutter zu fragen? Das finde ich nicht so gut, um ehrlich zu sein. Du weißt nichts über ihre Lebensverhältnisse und nicht, wie sie reagieren würde."

„Ja, stimmt leider", gab Melanie zu. „Was ich natürlich nicht will, ist, dass Saida in Gewissenskonflikte gerät. Mist aber auch, dass wir keinen Kontakt aufnehmen können."

„Nun, immerhin wissen wir, dass das Mädchen nicht in *Gengenbach* wohnt", sagte Edgar.

„Hoppla, ist mir da etwas entgangen? Woher willst du das denn wissen?", fragte Melanie.

„Wie ich mich erinnere, hat Frau Stauffer eine Monatskarte erwähnt. Also wohnt die Familie außerhalb und das Kind benutzt Bus oder Bahn für den Schulweg."

„Hm, was die Sache nicht gerade einfacher macht. Damit kommen etliche Orte infrage", stellte Melanie fest.

Edgar nickte. „Ja, das wird die Suche im Heuhaufen, wenn du das Mädchen wirklich finden willst. Und ich gehe davon aus, dass wir deswegen keine Behörde einschalten, oder?"

„Es sei denn", schlug Rita vor, „du erteilst mir einen offiziellen Auftrag, frei nach dem Motto: *Such, Rita, such.* Ohne Melderegister und so."

„Dir?"

„Warum nicht? Ich hab' doch jede Menge Zeit", grinste Rita und verabschiedete sich, sobald sie im Stadtzentrum angekommen waren „Wir sehen uns dann später", meinte sie und ging ihres Wegs.

„Weißt du, was sie vorhat, Edgar?", fragte Melanie und schaute Rita nach, die in Richtung Bahnhof strebte.

„Ich denke, sie wendet eine uralte und analoge Methode an, jemandes Wohnort herauszufinden."

Als Edgar kurz vor Mittag nach dem Fortgang der Bauarbeiten schaute, waren Ahmet und Mehmet Güdüler dabei, die ersten Deckenelemente für das Erdgeschoss, beziehungsweise Bodenelemente für den ersten Stock, auf den Holzträgern zu verlegen. Sieben Zentimeter dicke, mehrschichtig verleimte Holzplatten von enormem Gewicht, jede etwa drei Quadratmeter groß.

Die Geschichte nimmt allmählich Formen an, dachte Edgar und beglückwünschte sich zu der Wahl der Bauweise. Die Stapel neben der Remise waren deutlich kleiner geworden.

*

Rita schätzte die Chance, Saida vom Bahnhof aus folgen zu können, auf siebzig zu dreißig. *Entweder sie nimmt die Bahn oder den Schülerbus*, dachte sie, wobei sie der Bahn ihrer Berechnung nach den Vorzug gab, denn Melanies *Aquarelle und Poesie* lag praktisch ohne große Umschweife auf direktem Weg zwischen Bahnhof und Schule. Zudem waren Saidas Bilder jeweils vor Ladenöffnung an der Tür angebracht worden. Frühmorgens also. Rita sah keinen Sinn darin, warum Saida mit dem Bus zuerst zur Schule fahren, von dort in die Stadt laufen, die Zeichnungen an Melanies Tür hängen und wieder zurück zur Schule rennen sollte.

Sie nimmt die Bahn. Achtzig zu zwanzig. Neunzig zu zehn. Nein, hundertpro!

Als Polizistin war Rita das Warten gewohnt. Wie viele Stunden sie ihren Hintern anfangs in einem Streifenwagen, später in einem zivilen Dienstwagen der Polizei, plattgesessen und auf irgendeine Person oder auf irgendein Ereignis gewartet hatte, konnte sie beim besten Willen nicht sagen. Beobachtungen. Überwachungen. Manchmal hatte sie auch nur darauf gewartet, dass nichts passierte. Dass niemand auftauchte. Nur zum Schutz für jemanden, der/die Angst hatte oder der/die in einer konkreten, und falls das nicht der Fall war, in einer nicht näher definierten Gefahr schwebte. Viele Stunden. Zusammengezählt bestimmt mehre Tage.

Polizisten führten ein einsames Leben.

Selbst wenn man zu zweit im Streifen- oder Dienstwagen hockte, wurde Warten mit anhaltender Dauer ein Kampf gegen die Einsamkeit. Denn irgendwann waren auch die banalsten Erlebnisse, die privatesten Geheimnisse, sofern man sie preiszugeben bereit war, erzählt, und nicht jeder Kollege war ein vertrauenswürdiger Zuhörer oder ein empathischer Mensch. Nicht jede gemeinsam verbrachte Nacht in einem Dienstfahrzeug schweißte notgedrungen zusammen. Es herrschten gravierende Unterschiede in den Teams und man sollte grundsätzlich vorsichtig sein, was man vor Langeweile oder Müdigkeit oder einem Mix aus beidem von sich gab.

Warten.

Rita begab sich in den Warteraum des Bahnhofs und kaufte am Kiosk einen Becher Kaffee und eine Salzbrezel. Nicht weil sie den Hunger stillen wolle, sondern um Kleingeld für den Fahrkartenautomat zu erhalten. Da sie nicht wusste, wann Saida Schulschluss haben würde, stellte sie sich auf eine unbestimmte Wartezeit ein. Die Zeit vertrödelte sie mit einem Sudoku, einem zweiten Sudoko, und als das dritte Sudoko gelöst war, mit Musik von *Deep Purple* auf dem Kopfhörer: „*Whoosh*".

Es war nach halb ein Uhr, als erste Schülerhorden lärmend die Bahnsteige okkupierten. Zeit für Rita, die Augen offenzuhalten.

Sie fühlte sich etwas komisch in ihrer Haut, einem ahnungslosen Mädchen nachzuspionieren und hoffte darauf, dass Saida sie, falls sie überhaupt auf dem Bahnsteig erschien, nicht wiedererkennen würde. Im Büro der Schulleiterin jedenfalls hatte Saidas Aufmerksamkeit hauptsächlich Melanie gegolten. Aber man konnte ja nicht wissen.

Sie entdeckte sie auf dem gegenüberliegenden Bahnsteig zwischen einer Gruppe größerer Kinder. *Sie ist so zart wie eine Prinzessin*, dachte Rita und löste hastig einen Ein-Zonen-Fahrschein. Drüben fuhren die Züge in

Richtung *Biberach/Baden* und *Hausach* ab, und der Zug befand sich bereits bei der Einfahrt.

Rita rannte den diesseitigen Bahnsteig entlang und überquerte hinter dem haltenden Zug die Gleise. Sie vergewisserte sich, dass Saida tatsächlich in den Zug eingestiegen sein musste und nicht zurückgeblieben war und kletterte dann selbst in den letzten Wagen.

Rita blieb direkt an der Tür stehen. Bei jedem Halt würde sie rasch hinausgehen und gucken, ob Saida ausstieg oder nicht.

Schon beim ersten Halt in *Biberach/Baden* hatte sie Glück. Das Mädchen war ausgestiegen und trottete neben und hinter anderen Schülern her dem Ausgang zu. Jetzt erst fiel Rita auf, dass es in einer Hand die Tasche mit Melanies Geschenken trug. Sie folgte ihm in ausreichendem Abstand.

Es hatte nicht den Anschein, als würde Saida zu einer der Gruppen gehören oder von einem anderen Mädchen oder Jungen begleitet werden. Sie lief alleine und niemand achtete auf sie. Bald zerstreuten sich auch die Wege der anderen, sodass man nur noch Einzelkinder durch die Straßen des Ortes gehen sah, sofern man die Fortbewegungsarten eines Kindes als *gehen* bezeichnen konnte.

Saida durchquerte beinahe das gesamte Dorf und hielt sich dann nach rechts, dem Ortsrand zu. Ein Straßenschild besagte, dass sie sich im Querspangenweg befand. Saida stapfte die holprige Straße entlang, an deren Ende im rechten Winkel die Hammerstraße kreuzte. Direkt vis-à-vis der T-Kreuzung versperrte ein grauer Wohnblock die Sicht auf das dahinterliegende offene Land. Drei Stockwerke, zwei Eingänge. Saida schob, nachdem sie einen Klingelknopf gedrückt hatte, die linke Eingangstür mit beiden Händen auf und verschwand dahinter.

Rita blieb ungefähr eine Minute lang an der Straßenecke stehen. *Nicht gerade die allerbeste Wohngegend*, dachte sie und lichtete das Haus mit dem Handy ab. Dann schlenderte sie gemächlich zu dem Eingang hin und studierte die Klingelschilder. Wenn Saida ein marokkanischer Mädchenname war, dann passte von den durchweg handgeschriebenen Namen nur einer dazu: Messoudi. Auch davon schoss sie ein Foto.

Das sollte fürs Erste reichen, dachte Rita und kehrte auf gleichem Weg zum Bahnhof zurück.

Messoudi.

Als Rita bei Melanie im *Aquarelle und Poesie* eintraf, war es kurz vor zwei Uhr. Sie hörte Melanie im Rückraumbüro telefonieren und schaute sich derweil im Laden um, bis das Gespräch beendet war. Sie war immer wieder aufs Neue berührt, mit welch liebevoller Fantasie die Auslagen präsentiert waren.

„Rita, komm´ rein", rief Melanie, „oder willst du eventuell etwas kaufen?"

„Ich kann mich nicht entscheiden", seufzte Rita, „am besten packst du mir den ganzen Laden ein." Sie betrat Melanies Büro und zückte ihr Handy. „Schau, hier wohnt unsere Prinzessin aus tausendundeiner Nacht. Hammerstraße siebzehn in *Biberach*. Die Familie heißt Messoudi."

Melanie betrachtete die beiden Fotos auf Ritas Display. „Naja, nicht unbedingt ein Märchenschloss", kommentierte sie, „aber immerhin eine eigene Wohnung, wie's aussieht. Und Messoudi klingt doch auch irgendwie ... marokkanisch, oder?"

Rita nickte. „Der einzige Name, den man assoziieren kann."

„Du warst aber nicht im Haus selbst, oder?"

„Nein, nur bis an die Tür. Äääh ... weißt du schon, wie du weiter vorgehen willst?"

Melanie räumte einen Stapel Papiere von einer Seite des Schreibtischs auf die andere. „Hm, vielleicht gehe ich dieser Tage mal hin. Hängt ein bisschen davon ab, wie meine Frau Holzer mich vertreten kann." Sie zögerte. „Und ehrlich gesagt bin ich nicht mehr so sicher, ob es eine gute Idee war und ist, wegen dieses Mädchens so ein großes Buhei zu machen."

„Ich glaub' ich verstehe, was du meinst. Du kannst es dir ja noch überlegen. Auf alle Fälle solltest du jedoch zuerst mit der Mutter reden. Falls Saida dich wirklich besuchen möchte, muss ihre Mama wissen, bei wem sie ist. Du darfst nicht vergessen, dass sie auf der Flucht waren und vielleicht immer noch sind."

Melanie räumte den Papierstapel wieder zurück. „Wie du siehst, bin ich ganz konfus" stöhnte sie und lächelte entschuldigend. „Du hast ja recht, Rita. Überhaupt könntest du mich begleiten. Ich meine, du kennst den Weg dorthin und zu zweit würde ich mich ein bisschen wohler fühlen. Nicht, dass ich Angst hätte, verstehst du, aber grundsätzlich ..."

„Ja, gerne."

„Denn wenn ich Edgar mitnehme ... seine dunkle Gestalt, die Narbe auf der Stirn ... ist vielleicht nicht die beste Referenz für mein Anliegen."

Rita lachte. „Kein Problem, Melanie. Sag´ mir einfach wann, und ich stehe Gewehr bei Fuß."
„Danke, Rita. Bist ein Prachtmädel. Aber kein Wort zu Edgar wegen der Referenz, okay?"

Ein Mittwoch im August 2022
Lanzarote (Spanien)

Meryem/Fatma

Dass auf Lanzarote zu sein nicht gleich bedeutete, in Spanien zu sein, merkte Meryem schon nach kurzer Zeit. Meryem, die bei der Lagerverwaltung als Fatma geführt wurde. Fatma Messoudi. Sie hatte sich bei der Aufnahmeregistrierung durch die zuständige Behörde für den Namen ihrer Mutter entschieden. In Marokko behalten die Ehefrauen ihren Nachnamen bei, anstatt, wie in anderen Ländern üblich, den des Mannes anzunehmen. Und Dahbia hörte jetzt auf den Namen Saida.

Die Verhältnisse im Flüchtlingslager waren katastrophal. Es lag auf einem freien Feld bei *Arrecife* in der Nähe des Flughafens. Umzäunt, wie es bei allen Flüchtlingslagern an den Randgebieten Europas üblich war. Je nach Windrichtung startete oder landete alle paar Minuten ein Flugzeug über die Zelte hinweg, und im August riss der Verkehrsstrom niemals ab. Touristen-Hauptsaison.

Täglich strömten weitere Flüchtlinge in das Lager, das zunehmend aus den Nähten platzte. Junge Männer hauptsächlich, fast noch Kinder. Die Kapazität war auf vierhundert Personen festgelegt, doch drängte sich mittlerweile die doppelte Anzahl von Flüchtlingen darin. Falls man seitens der Einwanderungsbehörde damit gerechnet hatte, der Zustrom von Flüchtlingen würde rückläufig werden, wenn man nur genug Bilder des überfüllten Lagers und der darin herrschenden chaotischen Zustände in die Welt hinaussendete, sah man sich mit einer anderen Realität konfrontiert. Immerhin legten hunderte von Menschen im Lager Zeugnis dafür ab, dass sich das Wagnis, mit maroden kleinen Booten übers Meer zu fahren, lohnte.

Nirgendwo auf dem Gelände gab es Schatten. Die Zelte, in denen die Flüchtlingen leben mussten, waren licht- und wärmedurchlässig und boten vor der permanenten Sonneneinstrahlung keinen ausreichenden Schutz.

Fatma lag bei geschlossener Zeltwand auf einer Liege und fieberte mit glühendem Kopf seit einer halben Woche dahin, ohne dass sich an ihrem Zustand etwas zu ändern schien. Sie schluckte ein Präparat, das angeblich das Fieber senken sollte, doch die gewünschte Wirkung stellte sich nicht ein. Eine Frau des Samariter-Hilfsdienstes hatte es ihr gegeben, ohne mehr tun zu können. Die unermüdlich arbeitenden Ärzte der Organisation *Ärzte ohne Grenzen* stuften Fatmas Gesundheitszustand als nicht so ernst ein, um eine Verlegung in ein Krankenhaus in Erwägung zu ziehen. Dass es im Spätsommer zudem unerträglich heiß war, trug nicht gerade zu ihrer Genesung bei.

Saida, die keine Anzeichen von Fieber zeigte, saß fürsorglich neben ihr, kühlte mit einem feuchten Lappen

Mamans Stirn und wischte ihr den Schweiß aus Gesicht, Nacken und Hals. Bei Bedarf lief sie hinaus, um mit einer Plastikflasche frisches Wasser von einem Tankanhänger zu holen.

Meryem, die jetzt Fatma hieß, sah sie in lichten Momenten wie durch einen Schleier.

Die eigene Mutter hatte Fatma nie kennengelernt. Sie war wenige Tage nach ihrer Geburt gestorben. Und obwohl Mutters ältere Schwester die ersten Jahre die Mutterrolle für sie und die Haushaltsführung für den Vater übernommen hatte, hatte dieser dem Kind von Anfang an zu verstehen gegeben gewusst, dass es Schuld am Tod seiner Frau sei. Er hatte nicht wieder geheiratet und auch keine weiteren Kinder in die Welt gesetzt.

Es waren ärmliche Verhältnisse gewesen, in denen sie aufgewachsen war. Ein Haus mit zwei Räumen und einem Stall in einem Seitental in der Nähe der größeren Stadt *Taza*. Ihr Vater hatte eine Herde Ziegen besessen, die einzigen Einnahmequelle der Familie. Schon von Kindesbeinen an hütete sie die Ziegen an den Berghängen, lernte sie zu melken und aus der Milch Käse herzustellen. Die Zeit, die sie allein mit den Ziegen auf den Bergweiden verbrachte, war die glücklichsten ihrer Kindheit.

Die Schule besuchte sie bis zum zwölften Lebensjahr nur sporadisch.

Eines Tages bauten weiter hinten im Tal Soldaten der marokkanischen Armee ein Feldlager auf. Die Bevölkerung wusste nicht, was die Soldaten dort trieben, doch hörte man viele Explosionen, und immer wieder hagelte es Steine auf die Dächer der Häuser, und das Wort Dynamit machte die Runde.

Meryem war zu jener Zeit fünfzehn Jahre alt. Sie besuchte damals regelmäßig die Schule in *Taza*, half nachmittags aber immer noch mit den Ziegen und bei der Käseherstellung.

So kam sie auf die Idee, den Soldaten im Feldlager etwas Ziegenkäse zu verkaufen und bei der Gelegenheit etwas Taschengeld zu verdienen. Sie packte also reichlich Käse in ein Tuch und wanderte frohgemut zum Feldlager.

Die Soldaten nahmen den Käse gerne an und bezahlten ihn fürstlich. Doch ein paar von ihnen zerrten Meryem in ein Gebüsch und vergewaltigten sie brutal.

Weder in der Schule noch von ihrer Tante je aufgeklärt, war sie dermaßen verwirrt und traumatisiert, dass sie niemandem von der Vergewaltigung erzählte. Und selbst als die Anzeichen einer Schwangerschaft nicht mehr zu verbergen waren, schwieg sie, auch unter den Schlägen ihres Vaters, zu jeder Frage nach dem Verursacher.

Meryems Vater, der ihre ledige Schwangerschaft als Schande empfand, handelte daraufhin mit einem ihm bekannten unverheirateten Schafsbauern in aller Eile eine Hochzeit aus. Bahir Fouhami hieß er. Ein rechthaberischer, jähzorniger und ungepflegter, aber verhältnismäßig vermögender Kerl, der mehr als doppelt so alt wie Meryem war.

Kurz nach der Geburt des Kindes, das den Namen Dahbia erhielt, wurde Meryem im Alter von sechzehn Jahren verheiratet. Sie brachte Vaters Ziegenherde sozusagen als Aussteuer mit in die Ehe. Im Gegenzug verpflichtete sich Bahir Fouhami, dem Brautvater eine kleine monatliche Rente zu bezahlen, die ihm einen bescheidenen Lebensstandard sicherte.

Trotz aller Bemühungen des Ehemannes, im Guten wie im Bösen, mit Meryem ein eigenes Kind zu zeugen, wurde sie nicht wieder schwanger. Womit ihr Schicksal und das des Kindes als unrentable Kostenfaktoren besiegelt war.

Donnerstag, 25. April 2024
Gengenbach/Biberach (Bd.)

Edgar stampfte heftig auf Gertis und Jannas Fußboden im neuem Zimmer herum. *Sehr solide*, dachte er. Das Gleiche tat er im benachbarten neuen Badezimmer. *Einwandfrei.* Die Trennwand dazwischen war schon errichtet. Soeben schwenkte Mehmet mit dem Kran die letzte Deckenplatte herbei.

Edgar kletterte durch Gertis ehemaliges Außenfenster, das geplantermaßen zur Badezimmertür erweitert werden würde, und stieg innerhalb des alten Hauses eine Etage tiefer und von dort zurück in den Neubau. *Hier könnte man im Prinzip schon mit dem Innenausbau beginnen*, dachte er, breitete die Arme aus und drehte sich im künftigen Büro um die Längsachse. *Mehr Platz als in meinem ehemaligen Büro*, stellte er fest.

Noch fehlten die Fenster und die Elektrik, und im Badezimmer natürlich alle Installationen. Aber sonst?

Besitzerstolz ließ seine Brust schwellen und die Gedanken vorauseilen.

Die Wetteraussichten waren formidabel. Noch zwei ähnliche Wochen, und das Dach wäre gedeckt. *Alles in trockenen Tüchern, hihihi. Die beste Idee meines Lebens. Außer Müller und Melanie natürlich.*

Dass Melanie und Rita ohne ihn nach *Biberach* fahren wollten, focht Edgar in keiner Sekunde an.

Sollen sie gehen, die Mädels. Ich hab´ genug zu tun, dachte er.

So pendelte er mit Zollstock, Schreibblock und Kugelschreiber zwischen altem und neuem Büro hin und her, treppauf, treppab, schrieb alle Maße auf, zeichnete Grundrisse und Möbelaufstellungen, zerriss sie, wenn sie ihm nicht gefielen, um von vorne anzufangen. Er bedachte den Einfall des Sonnenlichts wegen des besten Stellplatzes für den Computer; kennzeichnete die Stellen wo a) die elektrischen Lampen anzubringen und b) die Kabel für Computer und Drucker und für die Musikanlage verlaufen sollten. Zum Schluss bestimmte er, wo die Regale stehen, wo welches Bild und welcher Kalender hängen, und wo welche Teppiche liegen sollten. Nach und nach entstand ein dreidimensionales Bild eines viereckigen Raumes, in dem er, das ahnte er im Voraus, sich absolut zu Hause fühlen würde.

Mit scharfem Auge korrigierte er ein wenig an der Perspektive, knickte die Zeichnung alsbald in der Mitte ein und trug sie wie einen Schatz ins alte Büro. Er konnte es kaum erwarten.

Melanie und Rita hatten den Zug um dreizehn Uhr fünfzig genommen und waren nach fünf Minuten Fahrzeit in *Biberach* ausgestiegen. Es hatte sich nicht mal gelohnt zu sitzen.

Der Fußweg durch das Dorf dauerte länger. Im Querstangenweg wies Rita auf den geradeaus liegenden Wohnblock hin. „Da vorne ist es. Gleich haben wir es geschafft."

„Und wenn niemand zu Hause ist?"

„Dann haben wir halt einen Metzgergang gemacht", antwortete Rita leichthin.

Aber Melanies Sorge war unbegründet, denn kaum hatte sie den Klingelknopf bei Messoudi gedrückt, summte der Türöffner, und Rita stieß die Tür auf. Aus dem Treppenhaus erklang eine Frauenstimme: „Saida, c′est toi?" (Saida, bist du′s?)

„Non, c′est nous" (Nein, wir sind′s), rief Melanie nach oben und stieg mit Rita die Treppe zur ersten Etage empor. Eine von drei Wohnungstüren stand ein Stückchen offen und der Kopf einer Frau lugte in den Flur.

„Bonjour, Madame Messoudi?"

„Oui?" Der Türspalt schloss sich um gut die Hälfte, sodass nur noch Augen, Mund und Nase der Frau zu sehen waren.

„Désolé pour le braquage. Je m'appelle Melanie, et voici ma fille, Rita. On vient pour Saida." (Entschuldigung für den Überfall. Ich heiße Melanie, und hier meine Tochter Rita. Wir kommen wegen Saida.)

Die Frau erschrak sichtlich und der Türspalt wurde breiter. „Pourquoi ? Quelque chose s'est-il passé avec Saida?" (Warum? Ist etwas mit Saida passiert?)

„Non, non, pas du tout" (Nein, überhaupt nicht), antwortete Melanie rasch und hielt eines von Saidas Gemälden in die Höhe. „C´est pour ça. Les dessins de votre fille. Avez-vous quelques minutes pour nous?" (Es ist deswegen. Die Zeichnungen Ihrer Tochter. Haben Sie ein paar Minuten Zeit für uns?)

Nach kurzem Zögern und Melanies gewinnendem Lächeln öffnete Madame Messoudi die Tür und bat die Besucherinnen in die Wohnung. Sie ging einen schmalen Flur voraus. „Ich habe ständig Angst, Saida könnte etwas zustoßen", sagte sie auf Französisch und führte Melanie und Rita ins Wohnzimmer. „Sie hat heute Nachmittag Schwimmunterricht, aber manchmal kommt sie früher nach Hause. Sonst klingelt bei uns niemand."

Melanie fühlte sich beim Anblick der Möblierung in die fünfziger und sechziger Jahre zurückversetzt. Als Kind hatte sie eine ähnliche Wohnungseinrichtung selber noch erlebt. Sessel mit dünnen hölzernen Beinen aus Mahagoni-Imitat. Ebenso die Sitzlehnen aus poliertem dunklem Holz. Die Polster flach und grau. Sie war in solchen Verhältnissen aufgewachsen. Für Rita war es eine total fremde Welt.

Frau Messoudi war eine kleine schlanke Person, kaum älter als Rita, wenn nicht sogar jünger. Sie hielt den Kopf leicht geneigt. *Geduckt*, dachte Rita.

Wie ihre Tochter hatte Frau Messoudi dicke lockige Haare und die gleichen großen und dunklen Augen, nur dass darin kein Feuer brannte. Sie glichen schwarzen Tunnels ohne Hoffnung auf Licht. Sie trug eine bequeme schwarze Tunika und eine ebensolche weite Hose.

Rita fiel auf, dass Frau Messoudis Gesicht nicht ebenmäßig war. Eine schöne Frau war sie gleichwohl, doch irgendetwas störte die Harmonie. Rita sah es zwar, erkannte jedoch die Ursache nicht.

„Möchten Sie sich setzen? Kann ich Ihnen einen Tee anbieten?" Frau Messoudi zeigte auf einen ovalen Couchtisch und die leichten Sessel und eilte auf leisen Sohlen wieder aus dem Raum.

Wahrscheinlich in die Küche, dachte Melanie und sah sich im Zimmer um. Ihre Augen blieben an der nostalgischen Wohnwand in Nussbaumdekor hängen. *Genau wie damals*, dachte sie. *Fehlt nur noch der Gummibaum in der Ecke.*

Nach ungefähr zehn Minuten stellte Frau Messoudi ein Tablett mit Tassen und einer Teekanne auf den niedrigen Tisch. Als sie sich mit der Kanne nach vorne beugte, gab der Halsausschnitt ihrer Tunika einen Einblick auf einen Teil des Oberkörpers preis. Das rechte Schlüsselbein zeigte eine unnatürliche Verkrümmung. Rita seufzte unhörbar. Auch Melanie schien das aufgefallen zu sein, denn sie wechselten einen schnellen Blick untereinander.

Frau Messoudi schenkte Tee ein. „Greifen Sie zu", sagte sie. „Sie kommen wegen Saida?"

Melanie schlürfte vom Tassenrand. Der Tee hatte die Farbe von dunklem Baumharz und war heiß und sehr süß. „Ja", nahm Melanie die Frage auf. „Sie hat drei Zeichnungen bei mir in *Gengenbach* hinterlassen. Ich führe dort ein kleines Geschäft mit Zeichnungen und Gemälden, wissen Sie? Uns ist aufgefallen, dass Saida eine sehr große Begabung für die Malerei besitzt. Wir waren deswegen auch schon in Saidas Schule, ob man ihr Talent nicht besser unterstützen könnte. Ja, und ich wollte Sie, Madame Messoudi fragen, ob Saida manchmal zu mir kommen darf, um zu malen? Natürlich dürfen Sie sie auch begleiten."

Über Madame Messoudis zartes Gesicht huschte ein feines Lächeln. „Ja, die Malerei", sagte sie. „Kommen Sie, ich will Ihnen etwas zeigen. Kommen Sie."

Sie stand auf, ging in den Flur voraus und öffnete dort eine Tür zu einem Zimmer. „Kommen Sie. Saidas Zimmer. Schauen Sie." Sie winkte Melanie hinein. „Schauen Sie."

Melanie betrat fast andächtig das Zimmer. Durch ein schmales Fenster fiel Tageslicht. Das Zimmer war relativ klein. Ein schmales Bett, ein kleiner Schrank, ein Stuhl und ein als Schreibtisch benutztes Brett über aufeinandergestapelten Backsteinen. Aber jeder freie Quadratzentimeter der Wände war mit Saidas Gemälden und Bildern bedeckt. Eine überwältigende Galerie von Zeichnungen und Buntstiftgemälden. Melanie war sprachlos und schätzte an die sechzig Bilder im DIN-A4-Format.

„Saida hat keine Freunde", sagte Frau Messoudi von der Tür her. „Darum malt sie. Stundenlang." Ihre Stimme war von Traurigkeit und Resignation getragen.

„Puis-je prendre des photos des dessins?" (Darf ich Fotos von den Zeichnungen machen), fragte Rita, die ebenfalls etwas Französisch sprach und das Handy hochhielt.

„Oui, naturellement", antwortete Saidas Mutter.

Die ersten hundert Meter zwischen Frau Messoudis Wohnung und dem Bahnhof gingen Melanie und Rita stumm nebeneinander her, jeder in die eigenen Gedanken vertieft. Dann brach Rita den Bann:

„Du hast es auch gesehen, nicht wahr?"

Zwischen Melanies Augen bildete sich eine senkrechte Falte. „Ihr Gesicht? Das Schlüsselbein? Die geduckte Haltung? Unübersehbar, ja."

Die nächsten hundert Schritte verliefen wieder wortlos.

„Und? Was hältst du davon?", unterbrach Rita erneut die Stille.

„Sag´ du´s mir", spielte Melanie den Ball zurück.

„Schlecht verheilte Verletzungen durch grobe Gewalt. Schläge; Prügel; alles was man sich nur vorstellen kann. Vermutlich unbehandelte Knochenbrüche."

„Ja."

„Die Frau ist mindestens zwei bis drei Jahre jünger als ich, aber ihre Geschichte ist so alt wie die Menschheit. Unterdrückung, Misshandlung und Vergewaltigung. Man braucht bloß in ihre Augen zu schauen."

„Ja. Und Saida ist neun Jahre alt. Wenn deine Schätzung stimmt, dann ist die Frau mit spätestens sechzehn Mutter geworden. Wenn nicht sogar früher."

Ritas Zwerchfell zitterte, als sie tief ein- und ausatmete.

Melanie sprach weiter: „Wenn Frau Messoudi ihre Tochter nächste Woche bei mir vorbeibringt, frag´ ich sie, was passiert ist. Was mit ihr geschehen ist. Ich will ihre Geschichte wissen", sagte sie entschlossen.

Rita rümpfte skeptisch die Nase. „Du kannst es ja versuchen, aber ich denke, dass ihre Scham größer ist als das Trauma, das sie erlebt hat. Ich vermute, dass sie nichts sagen wird."

„Okay, vielleicht empfindet sie mich als zu alt, um ein Vertrauen zu entwickeln. Aber wenn **du** dabei sein könntest? Verstehst du? Ihr könntet Freundinnen sein. Vom Alter her, meine ich."

„Mein Französisch ist aber nicht so toll", gab Rita zu bedenken.

Melanie nahm Rita bei der Hand. „Ihr werdet euch verstehen, darauf wette ich. Zudem bin ich ja auch da."

„Für wann habt ihr abgemacht? Ich hab´ nicht immer so genau hingehört."

„Dienstagnachmittag bringt sie die Kleine ins *Aquarelle und Poesie*. So um zwei Uhr ungefähr."

„Gut. Dann bleiben mir noch knapp fünf Tage, um einen Online-Crashkurs in Französisch zu absolvieren", rechnete Rita.

„Tu´ das, meine Kleine", sagte Melanie und drückte Ritas Hand.

Nach Feierabend fand Melanie ihren Edgar in der hauseigenen sogenannten Bibliothek. Der einzige Raum im Haus, der nicht ständig beheizt und auch nicht so häufig frequentiert wurde, und außerdem der einzige Raum im ersten Stock, der nach Edgars Einzug im ursprünglichen Zustand belassen worden war. Dort wo keine Bücherregale standen, sah man noch immer die altersdunkle Wandpaneele, die früher einmal die gesamte Etage beherrscht und die Edgar in Eigenarbeit alle herausgerissen hatte. Bis auf dieses Zimmer. Die Bibliothek.

„Guten Abend, mein Edgar", begrüßte sie ihn mit einem Kuss, „suchst du nach was Bestimmtem?"

„´n Abend, mein Engel. Ja", sagte er, das Kinn reibend, „ich suche nach Literatur über Marokko.

Irgendwas. Bildband oder Reiseerzählungen. Haben wir nichts da?"

„Marokko? Das zählte, soviel ich weiß, nicht gerade zu den Sehnsuchtsorten meines Ex-Mannes. Und zu den meinigen auch nicht. Demzufolge glaube ich nicht, dass du hier fündig wirst. Höchstens noch in der alten *Brockhaus*-Enzyklopädie oder bei …"

„Oder bei Wikipedia, ich weiß." Edgars Augen hüpften die Reihe der *Brockhaus*phalanx entlang, bis sie beim Buchstaben M hängenblieben. Er zog den Band heraus und klemmte ihn unter den Arm.

„Bist du neuerdings auf dem Marokko-Trip? Oder ist es wegen Saida?" Melanie wischte etwas Staub vom Buchrücken. „Müsste man alles mal gründlich abstauben", murmelte sie.

„Gute Frage", ächzte Edgar. „Irgendwie flog es mich an, ohne dass ich dir sagen kann, warum. Nennen wir es passives Interesse. Und ja, mit Saida hängt es schon auch zusammen. Wie war es übrigens in *Biberach*? Habt ihr mit ihr gesprochen?"

„Mit ihrer Mutter. Saida war gar nicht zu Hause. Kommenden Dienstag wollen sie uns besuchen", antwortete Melanie.

„Ja und? Die Mutter! Hat sie was gesagt? Wieso? Warum? Weshalb? Hat sie nichts erzählt?"

„Edgar! Rita und ich sind, wenn man so will, als Bittsteller dorthin gefahren, und nicht als Vernehmungsbeamte der Polizei. Das ist eine zerbrechliche Angelegenheit. Um Fragen zu stellen, muss sich erst ein Vertrauen entwickeln, und das braucht Zeit. Wir konnten doch nicht einfach mit der Tür ins Haus platzen. Aber was wir gesehen haben, hat uns gereicht. Frau Messoudi trägt eindeutige Anzeichen von erlittener Gewalt. Wir müssen damit sehr sensibel umgehen, Edgar."

„Verstehe", sagte er. „Also nächsten Dienstag?"

„Ja, nachmittags. Rita soll dir übrigens die Fotos zeigen, die sie in Saidas Zimmer aufgenommen hat. Da wirst du staunen, mein Lieber."

Sie hockten zu fünft vor Edgars Laptop und reckten die Hälse nach dem Bildschirm. Rita hatte die Aufnahmen via ihres Messengerdienstes übermittelt.

„Wäre das nicht eine Idee für deine Kellergalerie?", fragte Gerti. „Eine Ausstellung mit Saidas Bildern?"

„Ja, und du machst Verkauf und Konto für Ausbildung", schlug Janna, die praktisch dachte, vor.

„Hallo Leute, macht mal halblang", bremste Edgar den Ideenfluss. „Saida ist ein Kind und soll es bleiben. Ich will von Preisen und Werten und Profiten nichts hören. Lernen wir erst einmal das Kind kennen, bevor wir uns weitere Gedanken machen, okay?"

Ein Freitag im August 2023

Farid.

Eine der elektrischen Schafscheren war defekt. Farid stand an der Werkbank und öffnete mit einem Schraubendreher das Gehäuse. Wahrscheinlich war nur das Kabel aus der Klemme gerutscht, eine einfache

Reparatur, falls es nur daran liegen sollte. Deswegen kaufte man nicht gleich eine neue Schere für teures Geld. Solch ein Gerät kostete immerhin an die achthundert Dirham, die man sparen konnte, wenn man etwas technisch bewandert war.

Wie es seine Art war, kommentierte er die Handgriffe. *„Ich löse die zwei Schrauben und klappe das Gehäuse auf, dann werde ich schon sehen, woran es liegt. Und siehe da, es ist exakt so, wie ich es gedacht hatte. Das Kabel ist aus der Klemme gerutscht, Ich brauche nur das blanke Ende wieder unter die Klemme zu schieben, die Klemme festschrauben und fertig ist der Lack. Das Gehäuse zu, Schrauben drehen, Stecker in die Steckdose, Probelauf, fertig. Achthundert Dirham gespart. Nur gibt mir die keiner."*

Er spürte den Atem des Bruders sprichwörtlich im Nacken. *Warum schleicht er sich so leise von hinten an mich heran?*, fragte sich Farid.

Bahir räusperte sich. *„Hhrrmmhh. Mir ist zu Ohren gekommen, dass du nach ihr suchst!"*

Farid begann eine Melodie zu summen, was er öfter tat, wenn er sich unsicher fühlte.

„Hör´ auf zu singen! Ist da was dran, was ich gehört hab´? Dass du nach ihr suchst? Und wenn es stimmt, warum du es machst?"

Es stimmte, was Bahir sagte. Farid suchte nach Meryem. Vielmehr: Er ließ nach ihr suchen. Von Leuten, die er kannte, die andere Leute kannten, die wiederum andere Leute kannten – in Marokko, in Algerien, in Spanien, in ganz Europa. Ja, er ließ nach ihr suchen, weil es ihm selber an Möglichkeiten fehlte. Weder besaß er die technische Ausrüstung dazu, noch das Know-how sie zu bedienen. Es war eine nichthierarchische offene und ständig wachsende Organisation ohne jedweden kriminellen oder mafiösen Hintergrund. Leute, allesamt Berber und überwiegend Männer, die strukturlos miteinander in Verbindung standen und doch wie ein Uhrwerk funktionierten.

„Ich hab´ sie immer gemocht. Ja, ich suche nach ihr, weil sie ... "

„Weil sie dir den Kopf verdreht hat, du Narr!", blaffte Bahir. *„Und? Ist bei der Suche schon etwas herausgekommen?"*

Farid senkte den Blick. *„Bis jetzt nicht. Aber ich werde sie finden."*

„Aha, und dann? Bringst du sie hierher? Wohnst mit ihr in deiner schäbigen Kammer?"

Farid hob den Kopf und schaute dem Bruder trotzig in die Augen. *„Wenn sie will. Jedenfalls würde ich sie nicht schlagen, so wie du es getan hast."*

Bahir spie zur Seite. *„Was weißt du schon, du Kretin, wie man mit einer Frau umgehen muss, he? Hör´ zu! Falls du sie findest, sagst du mir sofort Bescheid, verstanden? Sofort! Du tust nichts hinter meinem Rücken. Und wage es nicht, mich zu reinzulegen. Auch ich habe meine Informanten, wie du siehst. Also pass´ auf, was du tust!"* Mit den letzten Worten hielt Bahir ihm den Drohfinger unter die Nase, wandte sich dann abrupt ab und ließ Farid stehen.

Es war nicht das erste Mal, dass er von seinem Bruder so abgekanzelt wurde. Niedergemacht wurde. Beleidigt und verletzt wurde. Das gehörte zum System Bahirs und hatte schon in der Kindheit begonnen. Normalerweise machte sich Farid nicht viel daraus, denn mit der Zeit war er gegen die Demütigungen abgestumpft. Aber jetzt ging es um eine Herzensangelegenheit, und deswegen trafen ihn die Schmähungen bis ins Mark. Farid bebte vor Wut, als er sich langsam zur Werkbank umdrehte. Dort lag sie, die reparierte Schafschere. Er nahm sie zur Hand, und mit einem kräftigen Ruck riss er das Kabel heraus. *„Reparier' deinen Scheiß doch selber"*, murmelte er und empfand ein bisschen Genugtuung dabei.

*

Lanzarote (Spanien)

Fatma

Mürbe. Das Warten machte mürbe.

Endlos die Tage. Tage in Apathie. Nächte in Depression.

Immer wieder die Frage, ob die Flucht richtig gewesen war. Oder ob es besser gewesen wäre, bei ihrem ungeliebten Mann zu bleiben. Immer wieder dieselbe Frage.

Über ein Jahr war seit ihrer Landung auf Lanzarote vergangen, und noch immer saß sie mit Saida im Flüchtlingslager fest.

Saidas Name ging ihr mittlerweile wie selbstverständlich über die Lippen. Sie rief sie Saida, sie träumte Saida, und wenn sie an ihren richtigen Namen dachte, wusste sie kaum noch, wie er geschrieben wurde.

Fatma verstand nicht, warum es mit dem Asylantrag so ewig lange dauerte. Die Auskunft, die sie regelmäßig zu hören bekam, dass Marokko als ein *sicheres Herkunftsland* eingestuft werde, konnte sie nicht nachvollziehen. *Wenn es so sicher ist, wie behauptet wird, warum sind dann so viele Leute hier?*, fragte sie sich.

Manchmal begegnete sie Drissa, dem jungen Mann aus Mali, der neben ihr im Boot gesessen hatte. Auch er wartete auf die Anerkennung des Asylantrags.

„Das ist die restriktive Flüchtlingspolitik der Europäischen Union", sagte er verbittert. „Es ist genau ihr System und ihr Ziel, uns so weit und so lange wie möglich fernzuhalten."

Fatma wusste zwar nicht, was *restriktiv* bedeutete, aber den Kern der Aussage hatte sie verstanden.

„Wenn wir Pech haben, schicken sie uns wieder zurück", sagte er dazu und sein Blick schweifte über das Meer Richtung Afrika.

Im Winter hatte es oft geregnet und das Lager war im graubraunen Schlamm versunken. Und schließlich waren sie zu einer Touristenattraktion geworden. Waren es anfänglich nur einzelne Schaulustige gewesen, die noch mit angemessenem Abstand das Lager beobachteten, wurden mit Beginn des Frühlings regelrechte Bustouren zum Lager angeboten. *Refugees Watching.*

Die Leute kamen in Scharen und begafften die Flüchtlinge wie Tiere in einem Zoo, machten Videoaufnahmen mit den Handys. Für die Kinder wurden Süßigkeiten über den Zaun geworfen. Einige, die wiederholt kamen und einen Absatzmarkt witterten, zogen einen Handel mit Alkoholika, Rauschgift und pornografischen Heften auf, wodurch es zunehmend zu Zwistigkeiten und Schlägereien im Lager kam.

Saida ertrug diese Situationen mit erstaunlicher Ruhe. Sie hielt sich konsequent von allen Massenansammlungen fern. Betrachteten andere die Touristen als willkommene Abwechslung, ließ sie sich auf süße Verlockungen nicht ein. Sie beobachtete zwar den jeweiligen Trubel am Zaun, hielt aber Abstand und redete nicht viel. Irgendwie schien sie zu wissen, dass sie der Halt für ihre Mutter sein musste.

Die Zustände im Flüchtlingslager wurden von Woche zu Woche schlechter. Unter den jungen Männern bildeten sich nach ethnischen Zugehörigkeiten kriminelle Banden, die gegeneinander konkurrierten und auch vor Gewalt nicht zurückscheuten. Bald gab es erste Tote zu beklagen. Neben anderen Delikten, wie Drogen- und Alkoholhandel sowie Zuhälterei männlicher Prostitution, gehörte Schutzgelderpressung zum Geschäftsmodell der Clans. Auch Fatma wurde genötigt, einen stetig steigenden Betrag für ihren, und vor allem für den Schutz Saidas zu bezahlen, was man ihr unmissverständlich zu verstehen gab.

Indes riss der Zustrom von Flüchtlingen aus Afrika auf die Kanarischen Inseln nicht ab. Das Lager auf Lanzarote war auf das Vierfache der vorgesehenen Kapazität angewachsen und versank mehr und mehr im Müll und im Chaos, wogegen die aufopferungsvoll kämpfenden Leute der Hilfsorganisationen machtlos waren.

Durch aufrüttelnde Publikationen gelang es endlich, zuerst die Öffentlichkeit über die entsetzlichen Missstände zu informieren, und auf deren Druck die Politik auf den Plan zu rufen. Alsbald gaben sich Vertreter der EU auf Lanzarote die Klinke in die Hand und versprachen entschlossenes Handeln. Was dann im Sommer des Jahres 2023 mit der Behäbigkeit und Schwerfälligkeit eines Ozeandampfers geschah.

Man beschloss nämlich per Verteilungsschlüssel und unter Aussetzung des *Dublin-Verfahrens* dreihundertvierzig besonders schutzbedürftige Flüchtlinge auf die bereitwilligen EU-Länder zu verteilen. Das betraf hauptsächlich unbegleitet reisende Jugendliche sowie Kinder.

Auf einmal ging es dann sehr schnell. Ohne jede vorherige Information und kaum dass man Fatma Zeit ließ, ihr Bündel zu packen, wurden sie und Saida an einem Freitagmorgen im August aus ihrem Zelt geholt, zu einem Bus gebracht und zum Flughafen gefahren. Mit im Bus befanden sich etwa zwei Dutzend jugendlicher Männer, die ebenfalls keine Ahnung hatten, was mit ihnen geschehen sollte.

Das ist es, wovon Drissa gesprochen hatte, dachte Fatma in Panik. *Sie schicken uns zurück.*

Sie ergriff den nächststehenden uniformierten Mann am Arm und fragte: „Was ist? Wo bringen Sie uns hin?"

Er schaute sie reglos an. „Die EU hat sich auf einen Verteilerschlüssel geeinigt", sagte er. „Sie kommen nach Deutschland. Ihr hier gestellter Asylantrag wird in Deutschland anerkannt."

Montag - Samstag, 22. – 27. April 2024

Farid.

Er maß dem Umstand, dass sein Bruder nicht zu Hause war, zunächst keine tiefergreifende Bedeutung zu. Karima redete, wenn überhaupt, nur in herablassendem Ton mit ihm, und als er sie fragte, wo Bahir hingefahren sei, bedachte sie ihn nur mit einem vernichtenden Blick, gegen den glühende Lava ein eiskaltes Gestein war.

Gut, es war Montagmorgen, und manchmal fuhr Bahir in die Stadt, um Dinge zu erledigen, die sich übers Wochenende ergeben hatten, oder um Waren einzukaufen, die für die anstehende Woche gebraucht wurden. Aber nicht dass man es für nötig erachtet hätte, ihm, Farid, Bescheid zu sagen. Es hätte ja sein können, dass er ebenfalls einen Wunsch auf der Einkaufsliste ... Er winkte ab. Seit Karima im Haus das

Zepter schwang, war er es gewohnt, seine Sachen selber zu besorgen.

Farid bereitete sich auf sechs Tage Außeneinsatz bei den Schafherden vor und würde erst am Samstag auf den Hof zurückkehren. Wo es möglich war, übernachtete er bei den Schäfern vor Ort in deren mobilen Wagen, und wo nicht, auch in seinem *Dacia*. Es war das Leben, das er am meisten schätzte und das er vermisste, wenn er zu lange zwischen vier gemauerten Wänden und unter einem festen Dach sein musste. So gesehen beunruhigte ihn die Abwesenheit Bahirs nicht sonderlich.

Anders sah es aus, als er am Samstag von den Weiden zurückkehrte und sein Bruder immer noch nicht anzutreffen war. Das war nicht nur sonderbar, sondern auch noch nie vorgekommen. Er stellte Karima zur Rede. *„Wo ist er?"*, fragte er und vermittelte den Anschein, dass er sich nicht mit Ausflüchten würde abspeisen lassen. Entsprechend wild zuckten die Gesichtsmuskeln.

Sie probierte es trotzdem: *„Was interessiert's dich?"*

„Pass' auf, Karima. Er ist mein Bruder. Und falls ihm etwas zugestoßen sein sollte, dann muss ich das wissen, verstehst du? Es geht hier nicht zuletzt um den Hof und auch um deine Stellung."

Karima wurde hellhörig. *„Meine Stellung? Was meinst du damit?"*

„Damit meine ich, dass, falls Bahir nicht wieder nach Hause kommt, deine Tage hier gezählt sind. Also wo ist er?"

Karimas Miene verdunkelte sich und nahm verschlagene Züge an. *„Dein Herr Bruder ist nach Deutschland gefahren, um diese Meryem mit ihrem Gör abzuholen."*

„Meryem? Deutschland? Aber wie ... man braucht ein Visum ... und wie hat er erfahren, dass ...?"

Karima triumphierte. Sie legte den Kopf weit in den Nacken und schielte auf ihn herab. *„Er hat einen Anruf von einem deiner Informanten erhalten, als du gerade nicht da warst. Neuer Name und Adresse von Meryem in Deutschland. Meryem wird ihre Schulden als Magd auf dem Hof abarbeiten. Und glaube mir: Sie wird keine Zeit zum Faulenzen haben. Und jetzt geh' mir aus dem Weg. Ich habe noch zu tun."*

Farid war verwirrt. War das jetzt gut, oder war das schlecht? Weil nicht er Meryems Aufenthaltsort herausgefunden hatte, sondern sein Bruder? Und weil nicht er Meryem nach Hause holen konnte, sondern Bahir. Sollte er sich freuen, dass sie wieder hier sein würde, oder sollte er sie bedauern für das, was ihr zu blühen drohte? Denn Meryems Zukunft auf dem Hof schien alles andere als unter einem guten Stern zu stehen. Welcher Informant war so blöde gewesen, die Nachricht, auf die er so sehnlich gewartet hatte, Bahir anstatt ihm persönlich auf die Nase zu binden?

Er fühlte sich durch die unerwartete Wendung überfordert. Die Idee, die er über kleinem Feuer mit viel Geduld hatte allmählich gar köcheln wollen, war ihm geraubt worden, als hätte man ihm den Kochtopf von der Flamme genommen und ihn stattdessen auf ein Induktionskochfeld gestellt. Der in vielen einsamen Stunden lang angelegte Fahrplan zu Meryems Rückgewinnung war außer Kraft gesetzt. Diese Erkenntnis musste Farid erst einmal verdauen, und das tat er am besten in seinem Schneckenhaus.

Freitag – Montag, 26. – 29. April 2024
Gengenbach

Aus den Lautsprecherboxen schallte *Marrakesh Express* von *Crosby, Stills and Nash*.

Edgar hockte in seinem Noch-Büro am Computer und gab drei Bestellungen beim *ZVAB* auf. *Zentrales Verzeichnis Antiquarischer Bücher*. Drei Bücher über Marokko. Bildbände mit Beschreibungen, die, einmal angeschaut und gelesen, normalerweise für den Rest aller Tage im Bücherregal verstaubten. Er hatte einige solcher Schinken im Schrank stehen und wusste, dass es so war. Zumindest bei ihm. Ein Bildband über die USA zum Beispiel. Ein anderer über die Transsibirische Eisenbahn zum Beispiel. Einer über *Harley Davidson*. Nie wieder angeschaut.

Marrakesh Express hatte er aufgelegt, weil er sich daran erinnerte, dass in den wilden Sechzigern des vergangenen Jahrhunderts Marokko, und speziell *Marrakesch*, bei einigen Rockbands hoch im Kurs gestanden war. Von den *Beatles* wusste er es nicht so genau, meinte, dass die Pilzköpfe sich eher Richtung Indien orientiert hätten, aber von den *Rolling Stones* mit Sicherheit. Und auch heute besaßen etliche prominente Leute Häuser oder Wohnungen in *Marrakesch*.

Er war einer flüchtigen Eingebung gefolgt, nicht mehr als ein ätherischer Duft, der an ihm vorbeiflog. Ein in hoher homöopathischer Potenz verdünnter Gedanke, doch nachhaltig lästig wie eine Zecke in der Haut. Marokko.

Da die Bücher beim *ZVAB* meistens aus zweiter Hand waren, waren sie auch sagenhaft günstig. Nicht dass er zu geizig gewesen wäre, die Bücher neu zu kaufen, nur: Neu würden sie ein halbes Vermögen kosten, und so gesehen konnte er mit ein paar Gebrauchsspuren leben. Wie gesagt: Einmal angeschaut und gelesen …

Edgar war da nicht etepetete.

Er zählte es zu den Freiheiten des Pensionärdaseins, gewissen Einfällen nachzuhängen. Für die einen mochten es Spleens sein, oder auch Fürze, für Edgar bedeuteten sie Kopfkino ohne Regie und Drehbuch. Was konnte aufregender und spannender sein, als sich von der Handlung eines Films auf der Breitwandleinwand hinter der Stirn überraschen zu lassen? Es musste ja nicht *oscarreif* sein.

Noch agierte er bloß als passiver Zuschauer. Aufgrund fehlenden Bildmaterials nährten sich seine Vorstellungen über Marokko aus rudimentärem Schulwissen von vor sechzig Jahren. Königreich, Atlas-Gebirge, Zwei-Meeres-Staat, Berbervolk, Tuareg, *Marrakesch*,

Rabat, *Casablanca*, Oasen, Sahara. Mehr brachte er nicht zusammen, doch auch aus den wenigen Schlagworten ließ sich trotzdem so etwas wie eine Ouvertüre bilden. Oder ein Puzzle, bei dem noch einige Lücken klafften.

Er musste eingestehen, dass er die Länderbeschreibung im *Brockhaus* nach wenigen Zeilen schnell als langweilig und uninteressant empfunden und bald wieder zugeklappt hatte. Mit solchen Texten wollte er seinen Kopffilm nicht belichtet und nicht untermalt wissen. Da ein Vorteil des Kopfkinos unter anderem darin bestand, es jederzeit nach Belieben abbrechen zu können, schloss Edgar das Kapitel Marokko darum bis zum Eintreffen der bestellten Bücher ab.

*

Bis zum heutigen Abend, versprachen die Gebrüder Güdüler beim Mittagessen, zu dem Gerti eingeladen hatte, würden die Fenster und Innentüren des Anbaus montiert sein. Nächste Woche sollten dann die Arbeiten am Dach beginnen. Dachfirst, Dachsparren, Isolierung, Querlattung und Anschluss an das bestehende Hausdach.

„Und der Wintergarten?", fragte Edgar zwischen zwei Bissen Lammkeule. Gerti servierte Lammkeule, grüne Bohnen und Kartoffelbrei.

„Erst das Dach", sagte Mehmet. „Das Wetter könnte umschlagen." Und an Gerti gerichtet: „Schmeckt ausgezeichnet, Greti."

„Sie heißt Gerti, Mehmet", korrigierte Ahmet kauend.

„Greti? Sag´ ich doch. Sehr gut, Greti."

Ahmet verdrehte vor so viel Schussligkeit die Augen und wandte sich an Edgar: „Edgar, wir spannen heute zum Abschluss eine Plane über den Neubau. Wenn du willst, kannst du schon einziehen. Möbel und so. Nur Strom hat´s noch nicht."
Dieser Vorschlag ging Edgar runter wie Öl und er nahm sich vor, gleich nach dem Essen Pit Ferman anzurufen, um ihn wegen der versprochenen Hilfe beim Wort zu nehmen.

Pit Ferman vertröstete ihn auf morgen. „Ich arbeite gerade an einem Cover für ein neues Buch, und damit möchte ich heute noch fertig werden, wenn´s recht ist", entschuldigte er sich. „Außerdem kann morgen Eliza mitkommen und mithelfen."
Dann ist es eben so, dachte Edgar ohne enttäuscht zu sein. *Mit den leichten Sachen kann ich ja schon mal anfangen.*
Nach einigen Gängen hin und her zwischen Altbau und Neubau, Stiege rauf und runter, wie gehabt, immer beladen mit *leichten Sachen*, spürte er die Anstrengung in den Schultern und im Kreuz.
„Na, Schmerzen?" Rita begegnete ihm im Hausflur. Ihr mitleidiges Lächeln war nicht zu übersehen.
„Man ist halt nicht mehr der Jüngste", schnaufte er. „Aber die Erfahrung wirst du auch einmal machen."
„Warum beeilst du dich eigentlich so? Ich meine ..."
„Ha, damit **du** so bald wie möglich zu einem weiteren Zimmer kommst", wunderte er sich. „Damit **du** mehr Platz hast. Das war doch der Deal."

Sie rümpfte die Nase. „Ach, weißt du, ich glaub', ich hab' mir die Sache anders überlegt. Mein Zimmer und die Schlafkajüte reichen mir."

„Kajüte?"

„Ja, die sechs Quadratmeter, wo mein Bett steht. Das und das andere Zimmer. Mehr brauch' ich nicht."

*

„Mehr braucht sie nicht", tischte er Melanie brühwarm auf, als sie am Feierabend nach Hause kam.

Melanie zuckte mit den Schultern. „Und, mein lieber Edgar, wo ist das Problem?"

„Wo das Problem ist? Wir haben ein Zimmer zu viel!", echauffierte er sich versuchsweise.

„Aber, aber, mein Edgar", packte sie ihn zärtlich an den Ohren, „an Zimmern kann man doch nie genug haben. Du meinst, dass damit dein Belegungsplan über den Haufen geschmissen ist."

„Naja, es steht halt sonst leer", meinte er.

Meint er das jetzt ernst, oder tut er nur so?, dachte Melanie. „Erinnerst du dich, als du hier eingezogen bist? Damals standen vier Zimmer leer. Ritas jetziger Schlafalkoven nicht mal mitgerechnet. Und als du deine Sachen hergebracht hast, waren es immer noch zwei Zimmer, die leer geblieben sind. Wenn jetzt wieder ein Zimmer frei wird, dann richten wir es einfach zu einem Gästezimmer her, und wenn niemand zu Besuch kommt, dann nutze ich es als Mal-Atelier oder als Yoga-Raum, und der Fall ist gelöst."

„Da sieh mal einer an", tat er beeindruckt. „Meine Frau hat sich also schon Gedanken darüber gemacht.

Womöglich steckt sie mit Rita sogar unter einer Decke? Was hat sie denn gedacht, was sie zu ihrer Verteidigung vorbringen kann?"

Melanie kicherte. „Wenn euer Ehren erlauben, möchte ich in dieser Sache von meinem Zeugnisverweigerungsrecht Gebrauch machen."

*

In weniger als zwei Stunden, auch Rita und Janna hatten mitgeholfen, war am Samstagmorgen Edgars altes Büro komplett in den neuen Raum umgezogen.

„Wenn du hier und jetzt am PC arbeiten willst, brauchst du ein Verlängerungskabel. Das ist dir wohl klar. Und wenn du es nachts tun willst, eine elektrische Lampe." Pit konnte es nicht lassen, seinen Senf aufs Brot zu schmieren, als wüsste Edgar das nicht selber. Deswegen überhörte er Pits versteckte Kritik geflissentlich.

Er stand in der Mitte des Raumes und betrachtete das Gesamtwerk. Alles war so, wie er es geplant hatte. Zentimetergenau.

„Danke euch, Mädels" sagte er dann und meinte Rita und Janna. „Ihr seid entlassen, danke."

Eliza hatte sich vorher schon zurückgezogen, um Gerti in der Küche beim Kochen zu unterstützen.

„Danke auch dir, Pit. Lust auf ein Bier?"

„Endlich", stöhnte der erleichtert, „ich dachte schon, du würdest nie fragen. Heute darf ich, denn Eliza hat sich erboten zurückzufahren."

Sie gingen, jeder eine Dose Bier in der Hand, hinaus in den Garten. Edgar präsentierte seinem Freund die Stelle, wo der Wintergarten angebaut werden sollte.

„Mit zwei Zugängen vom Haus und einen vom Garten aus. Melanie freut sich riesig."

Pit nickte anerkennend. „Ja", gestand er, „sowas hätten wir auch gerne. Da möchte ich mal drin sitzen, wenn´s draußen kalt ist."

„Jederzeit, Pit, jederzeit. Und im Sommer graben wir im Garten ein Loch und schütten deinen See hinein."

Pit tippte ihm an die Stirn. „Sonst noch Ideen?" Er schaute sich nochmal prüfend um. „Doch, so ein Wintergarten hat was", bestätigte er nachdrücklich. „Sag´ mal, du hast nicht zufällig einen neuen Fall in Arbeit? Du weißt schon. Krimi. Mein neues Buch ist nämlich gerade fertig und ich bin – ach, was soll ich sagen – gewissermaßen arbeitslos."

Edgar verneinte. „Aktuell nicht", sagte er, „aber wenn sich was tut, bist du der Erste der´s erfährt."

Dann vernahmen sie Gertis Stimme aus dem Küchenfenster rufen: „Essen ist fertig! Kommt und holt es euch, bevor ich es den Hunden verfüttere."

„Mann, das sind ja Methoden wie beim Viehtrieb im *Wilden Westen*", meinte Pit.

„Da sagst du was. Ich sag´ dir, es ist kein Spaß, unter solch einem Regiment alt zu werden."

*

Fatma

Saida hatte sich in ihr Zimmer zurückgezogen. „Nicht stören, Maman. Ich muss malen", hatte sie gesagt und ihren Zeigefinger als Ausdruck für Ruhe senkrecht auf die Lippen gelegt. Fatma hatte nachsichtig gelächelt.

Mein Kind. Saida. Durch dich wird vielleicht doch noch alles gut, dachte sie und schaute aus dem Küchenfenster. *Durch dich und deine Malerei.*

Denn gut war noch längst nicht alles.

Obwohl die Landung des Flugzeuges aus Lanzarote in Deutschland schon weit über ein halbes Jahr zurücklag, war Meryem in dem neuen Land noch nicht wirklich angekommen. Nicht dass sie sich ihrem Schicksal ergeben hätte, nein, aber sie hatte sich, seit ihr Fuß erstmals deutschen Boden berührte, irgendwie treiben lassen. Nicht willenlos, aber passiv.

Sie hatte sich als Teil eines ihr unbekannten Programms verwaltet gefühlt. Während der Registrierung bei der Einreisebehörde war sie sich vorgekommen wie eine Verbrecherin bei der Polizei. Fotos, Fingerabdrücke, Misstrauen wegen fehlender Personalausweise. *Mein Name ist Fatma Messoudi, vierundzwanzig Jahre alt aus Marokko; der Name meiner Tochter ist Saida, acht Jahre alt.*

Bei der Erstversorgung mit Kleidern und Hygieneartikeln, bevor sie eine temporäre Unterkunft zugewiesen bekamen, waren Saida und Fatma zum ersten Mal mit Blue Jeans und T-Shirts in Berührung gekommen. Aus zweiter Hand, aber dennoch gute Ware, und für Fatma waren die Hosen das äußere Zeichen für den Kulturwechsel gewesen.

Nach einigen Tagen ungewissen Wartens waren sie abgeholt und in ihre jetzige Wohnung in *Biberach* gebracht worden. Drei kleine Zimmer und eine Küche für sie allein.

Saida durfte nach einer Übergangs- und Eingewöhnungszeit von ein paar Wochen die Schule in *Gengenbach* besuchen. Meryem wurde mehr oder weniger zur Teilnahme an Sprachkursen verpflichtet, und ab Januar des Jahres 2024 arbeitete sie halbtags als Näherin in einer Fabrik für Arbeitsbekleidung.

All die Zeit durchlebte Fatma, als würde sie unter starken Medikamenten stehen. Ihr Kopf weigerte sich, eine präzise Erinnerung aufzubauen, und oft vergaß sie, was sie einen Tag vorher an Sprache gelernt, beziehungsweise nicht gelernt hatte. Sie fühlte sich fremd und unwillkommen. Das Leben in Deutschland verlangte nach ganz anderen Regeln, als sie in Marokko gewohnt gewesen war. Da ging es nach Zeit, nach Korrektheit, Ordnung und Effizienz. Alles war irgendwie getaktet, berechnet und vorgeschrieben. Außerdem spürte sie, dass man ihre Nähe mied, im Supermarkt einen Bogen um sie schlug, hinter vorgehaltener Hand über sie redete, und wenn sich doch einmal jemand um sie kümmerte, dann tat man es, als sei sie ein begriffsstutziges Kind oder nicht ganz richtig im Kopf.

Und dann – auf einmal – wie ein Geschenk des Himmels – diese beiden Frauen. Melanie und Rita. Die sie wegen Saidas Zeichnungen besucht hatten. Die Französisch sprachen. Die sie eingeladen hatten. Für Dienstagnachmittag.

War das ein Anfang? Der Beginn der echten Integration, von der alle sprachen, doch keiner danach handelte? Nein, zu bürokratisch. Der Beginn einer Normalität? Eventuell einer Freundschaft?

Fatma hatte die beiden ausgesprochen sympathisch gefunden. Befand sie sich doch auf dem richtigen Weg?

Die junge Frau, die Rita hieß, könnte das nicht eine Freundin sein?

Aus Saidas Zimmer drangen Geräusche. Fatma ging an die Tür und lauschte. Nie würde es ihr einfallen, einfach so in Saidas Zimmer zu platzen. „Bist du fertig mit malen? Hast du Lust auf ein Fruchteis? Oder wollen wir in die Stadt gehen?"

Es raschelte wie Papier. „Gleich, Maman. Am besten ist, wenn wir in die Stadt gehen und dort Eis essen", schallte es durch die Tür.

Fatma lächelte erneut. *Abgemacht, du Schlaubergerin*, dachte sie. *Vielleicht wird doch noch alles gut.*

Es klopfte an die Wohnungstür. Fatma erschrak, denn sie hatte keine Türglocke gehört. Auf Zehenspitzen schlich sie zur Tür. Da kein sogenannter Spion eingebaut war, fragte sie: „Ist da wer?"

*

Der Sonntag wurde von den Bewohnern des Türmchenhauses auf unterschiedlichste Weise genutzt.

Rita fuhr, nachdem sie ihr Kommen telefonisch angemeldet hatte, für einen Tagesbesuch zu Maren, Ulf Thommens Mutter, nach *Gambsheim* im Elsass.

Janna bereitete sich, innerlich nervös und aufgedreht, auf ihren ersten Arbeitstag im Baumarkt vor.

Gerti stöberte nach althergebrachter Art in Katalogen aus Papier nach Vorhangstoffen für die neuen Fenster.

Melanie informierte sich im Internet über die Preise von Einzelbetten inklusive Matratzen und so weiter für das leerstehende Zimmer, und belegte es vorläufig selbst mit ihrer Staffelei und den Malerutensilien.

Edgar verlegte tatsächlich ein Verlängerungskabel in das neue Büro und hängte eine Bauleuchte an die Decke, ohne weder den Computer noch die Lampe anzuschließen. Vielmehr saß er, Beine langgestreckt, Hände hinter dem Kopf verschränkt, auf dem Schreibtischstuhl und ließ die Atmosphäre des neuen Raumes auf sich wirken, gewährte den Gedanken einen Spaziergang.

Was Pit Ferman so nebenbei an Hinweis hatte fallen lassen, stimmte. Es war nun über ein halbes Jahr her, dass Edgar an einem Fall gearbeitet hatte. An einem kriminalistischen Fall. Er konnte sich nicht erinnern, während der vergangenen vier Jahre eine derart lange Pause zwischen den Fällen gehabt zu haben. Vorher schon. Ab der Pensionierung bis ... bis ... ja, eigentlich bis er Melanie kennengelernt hatte. Das waren zwei Jahre ohne einen einzigen Fall gewesen.

Seither jedoch war es Schlag auf Schlag gegangen. Neun kapitale Kriminalfälle, wenn er richtig zählte. Und plötzlich war Pit Ferman, der Krimi-Autor, sozusagen arbeitslos. Nagte Edgars persönlicher Biograf etwa am künstlerischen Hungertuch?

Edgar ächzte und rekelte sich im Stuhl. *Die Gelenke werden immer steifer*, dachte er. *Fühle ich mich ebenso arbeitslos, wenn ich nicht ermittle?*

Über Entzugserscheinen konnte er zum jetzigen Zeitpunkt nicht klagen. Was nicht hieß, dass ihn eines Tages das Fieber nicht wieder ergreifen würde. Doch aktuell war er mit sich im Reinen, und mit der Lage, respektive der Entwicklung der Dinge, zufrieden.

Vielleicht hatte es an den diversen Ablenkungen gelegen, dass er für das Kriminalisieren keinen Nerv hatte mobilisieren können. Schließlich waren andere Dinge wichtiger gewesen. Nach der Hirnblutung erst mal wieder richtig auf die Beine zu kommen. Dann die Planungen für den Anbau voranzutreiben. Gertis ehemaliges Haus zu übernehmen. Termine beim Architekt, beim Notar, beim Anwalt wegen Jannas Adoption – alles hatte seine Zeit und einen klaren unverbauten Kopf gebraucht.

Und sowieso und überhaupt: Für das Kriminalisieren bräuchte es einen Fall, und solch einen Fall hatte es in diesem halben Jahr nun mal nicht gegeben, wie genauso ein Fall momentan weit und breit nicht zu sehen war. Er konnte sich ja nicht einfach einen schnitzen. Und mit einem Fall meinte er freilich einen *echten* Fall. Also keinen Kaugummiautomatenbetrug oder dergleichen Kinkerlitzchen. Nein, einen **Fall**!

Aber weit und breit.

Nichts.

Nichts? Diese Wahrnehmung wurmte Edgar dann doch ein bisschen.

Natürlich, und dessen war er sich bewusst, würde es eines Tages soweit sein, dass er aus Altersgründen keine Ermittlungen mehr anstrengen konnte. Wobei er vom Älterwerden keine konkreten Vorstellungen hatte, sofern es ihn selber betraf. Noch gehörten Pflegebetten und Rollatoren zu den abstrakten Hilfsmitteln, von denen er sich weit entfernt glaubte, und demzufolge meinte er, noch jeder Herausforderung gewachsen zu sein. Zumindest fast jeder, denn immerhin sah er ein, dass gewisse Dinge, überwiegend körperlicher, sportlicher oder athletischer Art, nicht mehr möglich waren.

Ergo doch ein Abschied auf Raten?

Mit einem tiefen Seufzer steckte er das Computerkabel in die Steckdose und schaltete ihn ein. Er klickte sich zuerst uninspiriert durch die Weltnachrichten, bevor er auf die Bilddateien stieß, die Rita ihm von ihrem Handy auf den Laptop gesandt hatte. Die zwei Aufnahmen aus - wie hieß das Mädchen gleich nochmal? Saida? – aus Saidas Zimmer, von den Wänden mit den aufgehängten Zeichnungen und Gemälden.

Es störte ihn, dass er die Bilder nur in dem Format zu sehen bekam, wie Rita sie fotografiert hatte: Als Gesamtaufnahme. Wollte er Details erkennen, musste er umständlich mit der Zoom-Funktion arbeiten und das entsprechende Bild mit dem Finger auf dem Touchpad ins Display schieben.

Für was hab´ ich ein Bildbearbeitungsprogramm?, dachte er und machte sich an die Aufgabe, jedes einzelne Bild auszuschneiden und als Einzelaufnahme in den Bilddateien zu speichern. Dass es dadurch an Schärfe verlor, war ihm egal. Als er damit fertig war und die Diashow abspulen ließ, zählte er am Ende achtundfünfzig Einzelbilder.

Nicht alle Bilder waren von der gleichen Qualität, wie sie zum Beispiel auf den dreien zum Ausdruck kam, die Melanie erhalten hatte. Manchmal schienen es bloß nüchterne Wiedergaben einer gesehenen Realität zu sein, wie Abbildungen von Orten, Städten oder Landschaften, ohne ausgeprägte fantasievolle Ausschmückungen. Aber dort, wo Tiere ins Spiel kamen, wie Schafe, Ziegen, Esel, Hühner, Hunde und Katzen, blühten die Emotionen wie lebendige Blumen aus den Bildern. Seltsamerweise entdeckte Edgar auf keinem einzigen Bild die Darstellung von Menschen.

*

Montag. Obwohl Fatmas und Saidas Besuch erst für den nächsten Tag vorgesehen war, warf er seinen Schatten voraus. Bei den Bewohnern des Türmchenhauses herrschte, Janna ausgenommen, die bereits zum Baumarkt aufgebrochen war, eine ähnlich gespannte, aber gezügelte Erwartung, wie man sie ansonsten vielleicht vor Weihnachten spürte. Man schaute völlig unnötig oft auf die Uhr, nur um festzustellen, wie langsam im Grunde die Zeit doch verging.

Alles, was getan wurde, schien an Wichtigkeit hinter dem Tag X zurückzustehen. Gerti streute Dünger auf ihren Gartenbeeten aus; Rita übte französische Vokabeln; Melanie besorgte Tee, Kuchen und Schokolade; Edgar nahm zur Kenntnis, dass die Gebrüder Güdüler mit dem Dachaufbau begonnen hatten. In den Köpfen waren sie jedoch durch die Bank bereits einen Tag weiter.

Wenn sich ihre Augen begegneten, verwies der beseelte, fast schon konspirative Ausdruck darin auf den anstehenden Tag. Das Gefühl, Teilhaber an einem besonderen Ereignis zu werden, verlieh ihnen den Nimbus Auserwählte zu sein. Und da die Sache so einmalig war, hieß die stillschweigende Übereinkunft, nicht darüber zu sprechen. Denn man wusste aus reichlicher Lebenserfahrung, dass, wenn man es benannte, das Wunder nicht eintraf, so wie es nun mal die verflixte Eigenart von Wundern war. Man lernte die Grundzüge des diesbezüglich richtigen Umgangs schon als Kind.

So wurde also nicht darüber gesprochen. Der morgige Tag wurde von jeder Unterhaltung ausgeschlossen, und dennoch ahnte jeder vom anderen, was dieser dachte.

Als es Abend wurde und Janna von ihrem ersten Arbeitstag im Baumarkt nach Hause kam, rief sie im Überschwang der Gefühle: „Morgen ist also der große Tag!"

„Pschschschscht!!!", lautete unisono die Antwort darauf.

Dienstag, 30. April 2024
Gengenbach/Biberach

„Ich glaube, ich schließe heute Nachmittag das Geschäft", eröffnete Melanie beim Frühstück. „Das *Aquarelle und Poesie* ist vielleicht doch nicht der geeignete Ort, um Gäste zu empfangen und zu bewirten. Hier im Haus wäre es viel gemütlicher. Was meint ihr dazu?"

Edgar hatte sein Müsli so dick angerührt, dass der Löffel senkrecht drin stecken blieb. „Grundsätzlich eine gute Idee", meinte er. „Aber jetzt hast du schon für dort abgemacht."

„Dann geh´ ich halt hin und warte auf sie. Ist doch kein Problem", antwortete Melanie leichthin.

„Ja wenn du meinst ..."

„Lass´ mich das machen", erbot sich Rita. „Dann kann ich gleich mein Französisch testen. D´accord?"

„Schön, wenn du willst, dann machen wir das so."

Ahmet und Mehmet schickten sich an, den Dachanschluss zwischen neuem und altem Dach zu konstruieren.

„Jetzt wär´s gut, wenn es die nächsten Tage trocken bliebe, Edgar", sagte Mehmet und hob die Augen prüfend zum Himmel. „Morgen dürfen wir ja nicht arbeiten."

„Ja, verdammt, du hast recht", erwiderte Edgar, der es als Pensionär nicht mehr gewohnt war, auf solche Feinheiten wie Werk- und Feiertage zu achten.

„Sollte es morgen regnen, kommen wir und decken das gesamte Dach ab. Egal ob Feiertag oder nicht."

Edgar musterte Mehmets Gesicht. *Meine Güte, dass es so zuverlässige Handwerker noch gibt*, dachte er und sagte: „Ich danke dir, Mehmet. Und auch Ahmet. Aufrichtigen Dank."

„Musst nicht danken, Edgar. Ist normal für uns. Wir sind auch dankbar dafür, dass du uns den Auftrag gegeben hast. Du weißt, wir sind Türken, und es gibt nicht viele Bauherren, die uns auf ihrer Baustelle sehen wollen."

Edgar nickte. „Verstehe. Wenn ihr hier fertig seid, hab´ ich vielleicht noch einen Auftrag für euch. Im Mistelweg."

„Mistelweg, Mistelweg." Mehmet nahm den Bauhelm ab und kratzte sich hinterm Ohr. „Dort, wo es gebrannt hat? Das gehört auch dir? Hab´ ich nicht gewusst."

„Erst seit kurzem. Gerti, die am Freitag für euch gekocht hat, hat früher dort gewohnt. Sie hat es mir verkauft", erklärte Edgar.

„War Greti ihr Haus? Jetzt weiß ich. Ihr Mann war Briefträger, stimmt´s?"

„Ja genau, Mehmet. Aber ihr Name ist Gerti."

„Sag´ ich doch. Greti."

Rita machte sich gegen halb zwei Uhr auf die Socken zum *Aquarelle und Poesie*. Viel zu früh, wie sie annahm, und auch Melanie sagte ihr das, aber es machte Rita nichts aus. Diese Art von Warterei war eine gänzlich andere als die, welche sie von Berufs wegen kannte.

Sie hockte auf die Stufen vor Melanies Laden, stöpselte die Kopfhörer in die Handybuchs und wählte die Musik, die Ulf und sie am liebsten gehört hatten. Erst kurz vor seinem Tod hatte er erwähnt, dass er die Lieder von *Klaus Hoffmann* ganz gern mochte, und darum spielte sie einige Titel aus dem Album *Septemberherz*.

Gestern. Es war keine leichte Sache gewesen, nach *Gambsheim* zu fahren und sein Grab zu besuchen. Das hatte sie vorher schon geahnt, und die Ahnung hatte sich erfüllt. Die Erinnerung war gekommen wie ein scharfes Schwert und hatte die Wunde aufgerissen, kaum dass sie vernarbt war. Sein Bild war in Lebensgröße wie ein Hologramm vor ihr gestanden, sein Name wie ein Echo durch den Hohlraum geirrlichtert, den sie als das Innere einer Kathedrale ausmachte, und doch nichts weiter als die leere Kammer ihres Herzens war, in der er einst gewohnt hatte.

Es ist nicht vorbei, mein Liebster, hatte sie zu ihm gesagt. *Für immer nicht vorbei.*

Du darfst mich loslassen, hatte er geantwortet. *Schenke den Platz in deinem Herzen einem Lebendigen.*

Das geht nicht und das kann ich nicht, und so wird es auch nie geschehen, hatte sie geflüstert.

Loslassen heißt nicht, dass du vergessen sollst. Plötzlich war ein Wind aufgekommen und hatte sie gestreift. *So wie du den Wind spürst, wirst du eines Tages auch das Leben wieder spüren*, waren seine letzten Worte gewesen, und Rita war nicht sicher, ob es das war, was sie hatte hören wollen.

Mit ihrer Traurigkeit im Gepäck war sie anschließend zu Ulfs Mutter Maren gefahren, doch die hatte sich selber in keiner erfreulichen Verfassung befunden. Offensichtlich war der Versuch, mit ihrem Ex-Mann Urs an einer Reanimation ihrer Partnerschaft zu basteln, endgültig gescheitert. Obwohl Maren über Ritas Kommen informiert gewesen war, musste ihr Blick in die Weinflasche tiefer ausgefallen sein als ihr gut getan hätte. Die Luft in ihrem Haus war negativ geladen, Marens Verhalten hatte zwischen Verbitterung und Aggression geschwankt, und ehe es in einem bösen und schwer wiedergutzumachenden Streit enden konnte, hatte Rita das Haus mit einem denkbar schlechten Gefühl verlassen. *Braucht sie nicht Hilfe?*

Später am Abend hatte Rita von zu Hause aus bei Maren angerufen und sich erkundigt, aber da hatte Maren nur noch müde gewirkt und sich tausendfach entschuldigt.

Zwei Uhr war vorbei und Rita lüftete den Hintern von der Steinstufe. *Ab jetzt läuft die Zeit ins Soll*, dachte sie und trippelte ein paar Schritte vor dem Schaufenster hin und her. In der Altstadt wuselte es von Leuten, überwiegend Tagestouristen, die vom schönen Wetter nach draußen gelockt worden waren. Die Straßencafés waren voll und das verlockende Geräusch von Lebensfreude wogte um den zentralen Brunnen wie der Duft von frisch gebackenem Kuchen. Irgendwie fühlte sich Rita fehl am Platz.

Lebensfreude? Was ist das?, fragte sie sich ohne Neid. *Es gibt eine Zeit zu leben, und eine Zeit zu sterben. Wo dazwischen befinde ich mich?*

Viertel nach zwei. Rita lugte angestrengt, ohne den Kopf zu bewegen, die Straße hinauf und hinunter. *Eine kleine Frau mit einem noch kleineren Kind kann doch nicht zu übersehen sein.*

Um halb drei Uhr rief sie Melanie an. „Es war doch für heute abgemacht, oder?"

Melanie bestätigte das.

„Gut. Dann warte ich noch eine halbe Stunde. Wenn sie bis dann nicht erschienen sind, komme ich nach Hause, okay?"

Rita blieb noch vierzig Minuten vor dem Geschäft, doch von Fatma und ihrer Tochter war nichts zu sehen.

Melanie war verunsichert. *Haben wir etwas falsch gemacht?* **Ungefähr** *um zwei Uhr, hatten wir gesagt. Fällt viertel nach drei noch unter ungefähr?*

„Ich geh´ da selber nochmal hin", sagte sie und eilte aus dem Haus, um circa eineinhalb Stunden später unverrichteter Dinge zurückzukehren.

„Was halten wir davon?", fragte sie. „Edgar? Rita? Gerti?"

„Hm, vielleicht hat sie es einfach vergessen", meinte Gerti und guckte Edgar an.

„Oder sie getraut sich nicht", sagte der.

„Oder das Kind oder die Mutter oder beide sind krank", resümierte Rita. „Oder verreist."

„Gut. Vergessen, nicht trauen, Krankheit, Reise. Was machen wir jetzt? Ich meine, wir können nicht einfach nach *Biberach* fahren und an der Haustür klingeln, oder? Ich finde, das schickt sich nicht. Vielleicht fühlte sich Fatma durch uns überrumpelt und **will** gar keine Kontakte mit uns Eingeborenen. Kann doch sein."

„Telefon hat sie nicht?", fragte Edgar.

„Das wissen wir nicht, leider, sonst könnten wir ja anrufen", erwiderte Melanie. „Also, was tun wir?"

Ratloses Schweigen senkte sich über die Runde.

„Hört, Leute. Wir beherbergen zwei Polizeikommissare unter unserem Dach. Ich bitte um Vorschläge", drängte Melanie.

Edgar spürte ihren Blick auf sich gerichtet. „Morgen ist Feiertag", sagte er und atmete tief durch. „Wir rufen am Donnerstag Frau Stauffer in der Schule an und erkundigen uns nach Saida. Ob sie im Unterricht ist. Wenn ja, dann können wir ..."

„Wenn wir uns nicht selber vergewissern, was los ist", fiel ihm Rita ins Wort, „dann können wir uns den ruhigen Feiertag morgen abschminken. Ob sich das nun schickt oder nicht, ich schlage vor, dass ich heute Abend nach *Biberach* fahre und zumindest überprüfe, ob in Fatmas Wohnung Licht brennt. Falls nicht, können wir meinetwegen morgen einen Familienausflug nach *Biberach* unternehmen und der Ursache auf den Grund gehen."

Melanie ließ Ritas Angebot einige Sekunden sacken, bevor sie sich an Edgar wandte: „Wie steht der Kriminalhauptkommissar a. D. dazu?"

„Gut", antwortete er. „Aber ich komme mit."

„Und ich auch", sagte Melanie und duldete keinen Widerspruch.

Sie warteten bis zwanzig Uhr und fuhren zu dritt mit Ritas dunkelblauem Kleinwagen nach *Biberach*. Wo der Querspangenweg in die Hammerstraße mündete, parkten sie am Straßenrand, den Wohnblock, in dem Fatma und Saida wohnten, direkt im Blickfeld.

Noch war es taghell. In keinem der umliegenden Häuser brannte Licht.

„Auf welche Etage müssen wir achten?", fragte Edgar und nestelte eine Packung Zigaretten samt Feuerzeug aus der Brusttasche.

„Erster Stock", antwortete Rita und bedachte Edgar mit einem entrüsteten Blick. „Ich will es nur gesagt haben: Wer in diesem Auto raucht, unterschreibt automatisch den Kaufvertrag."

Edgar brummelte etwas in seinen Bart und stieß die Beifahrertür auf. „Ich vertret' mir mal die Füße", sagte er und stieg aus.

„Hast du je geraucht, Rita?", fragte Melanie vom Rücksitz her.

Rita seufzte: „Zweimal. Das erste und gleichzeitig das letzte Mal."

Sie beobachteten, wie Edgar um die Ecke in die Hammerstraße schlenderte, während am Himmel sich Schleierwolken von Rosa in Ockergelb färbten.

Rita lehnte den Kopf gegen die Kopfstütze. „Irgendwann werde ich mal ausrechnen, wieviel Lebenszeit ich mit Warten zugebracht habe. Vor der roten Verkehrsampel; im Supermarkt an der Kasse; im Wartezimmer eines Arztes; im Dienst vor irgendjemandes Haus oder Wohnung."

Edgar kam gemächlich zum Auto zurück und öffnete die Tür, blieb jedoch davor stehen. „Noch tut sich nix", sagte er leise.

„Warten wir halt noch ein bisschen", antwortete Rita geduldig.

Circa eine halbe Stunde später flammten die ersten Wohnungslichter auf, und nach abermals einer halben Stunde brach die Dämmerung herein. Melanie stöhnte: „Ich spür' mein Sitzfleisch kaum noch. Bei Fatma scheint niemand zu Hause zu sein. Ringsum brennen die Lampen schon. Nur bei ihr nicht. Was machen wir? Noch länger warten?"

„Bis es ganz dunkel ist", sagte Edgar. „Oder, Rita?"

„Ja. Dauert nicht mehr lange."

Dann ging die Straßenbeleuchtung an.

Jetzt war es Viertel vor elf und Nacht. Sie standen vor dem Hauseingang zu Fatmas Wohnung. Edgars Daumen schwebte über dem Klingelknopf, der mit Messoudi angeschrieben war.

„Was ihr auch vorhabt", bekundete Melanie, „ich mach' da nicht mit."

„Nur schauen, was passiert", sagte er und drückte.

Aber nichts passierte.

„So, jetzt haben wir's gesehen", monierte Melanie. „Das heißt dann wohl, dass sie verreist sind. Geh'n wir." Sie wandte sich ab. Doch kaum dass sie den ersten Schritt getan hatte, summte der Türöffner.

„Was ist denn jetzt los? Warum summt es auf einmal?" Melanie verstand nicht.

„Ich habe einen anderen Knopf gedrückt", gestand Edgar schlitzohrig und stemmte bereits den Fuß in den Türspalt.

„Edgar! Das gefällt mir nicht. So war das nicht abgesprochen."

„Wir gucken nur rasch", mischte sich Rita ein. „Wir tun nichts Verbotenes."

Melanie schlug im Geiste drei Kreuze. „Aber ohne mich. Wenn ihr erwischt werdet – ich gehöre nicht zu euch. Nur damit ihr es wisst."

Während Rita und Edgar ins Treppenhaus schlüpften, stahl sich Melanie schuldbewusst zur Seite.

Es dauerte keine drei Minuten, als dort, wo Fatmas Wohnung sein musste, ein Fenster geöffnet wurde.

„Melanie", zischte Edgar herunter, „Melanie, komm' rauf. Das musst du dir ansehen. Ich drück den Türöffner für dich."

Sie stelzte zur Tür zurück, als müsste sie durch knöcheltiefen Morast laufen, und als der Türöffner summte, schob sie sich ins Haus. Das Licht erlosch.

„Edgar?", rief sie mit bebender Stimme.

„Komm´ rauf. Warte ich, ich schalte die Beleuchtung wieder ein."

Es ist nicht einfach, auf Zehenspitzen zu schleichen, wenn einem am linken Fuß die Zehen fehlten. Aber Melanie biss die Zähne zusammen und schaffte es mit angehaltenem Atem. Oben angekommen, zog Edgar sie flink in Fatmas Wohnung hinein und schloss die Tür hinter sich."

„Edgar, ich … das … geht nicht. Ich … wir …"

Er verschloss ihr den Mund mit dem Zeigefinger. „Melanie, die Wohnungstür stand offen. War nur angelehnt. Die Wohnung ist leer. Fatma und Saida sind nicht da. Hier ist etwas geschehen, und wir denken, dass es nichts Gutes war. Aber sieh selbst."

Er führte sie durch den Flur ins Wohnzimmer. Melanie entfuhr ein Schrei des Entsetzens. Ihre Hand flog an den Mund. „Edgar, Rita, das ist …"

„Es sieht so aus, als hätte hier ein Kampf stattgefunden", sagte Rita, die mit dem Handy die Verwüstung fotografierte. Umgestürzte Möbel, abgeräumte Regale, Chaos.

„Ist das Blut?" Melanie starrte auf dunkelrote Spritzer und Schleifspuren auf dem Fußboden.

„Ja, wahrscheinlich. Komm´, ich zeig´ dir das Kinderzimmer."

„Nein. Das kann ich nicht", flüsterte sie geschockt, ließ sich von Edgar aber der Ohnmacht nahe hinführen. Alle Gemälde und Zeichnungen waren von den Wänden gerissen und lagen verstreut über Bett und Boden.

„Mein Gott, was ist hier passiert?", ächzte sie und suchte Edgars Arm. „Edgar?"

„Ja", sagte er und hielt sie fest. „Das sieht verdammt nach einer Entführung aus."

Derweil hing Rita am Telefon und verständigte ihre Kollegen.

Dienstag, 30. April 2024

Farid.

Über dem Hof hing eine lähmende Ungewissheit. Bahir war bereits seit über einer Woche abwesend und hatte sich nicht ein einziges Mal bei Farid gemeldet. Im Übrigen auch nicht bei Karima, was bedeuten konnte, dass er ihr ergo ebenfalls nicht das uneingeschränkte Vertrauen schenkte.

Farid ertappte Karima dabei, wie sie, wenn sie sich unbeobachtet fühlte, nervös an den Fingernägeln kaute. Also war sie sich Bahirs keineswegs so sicher, wie sie gerne den Anschein gab, dass sie es sei.

Das änderte sich schlagartig, als Bahir am Abend in seinem grauen *SUV* in den Hof gefahren kam. Karima trieb gerade die Ziegen zum Melken in den Stall, und sobald sie das Auto erkannte, setzte sie geschwind ihre überhebliche Maske auf.

Doch Bahir war nicht auf großen Empfang gepolt. Schlechter Laune stieg er aus dem *SUV*, ließ die

Wagentür offenstehen und maulte Karima an: „*Kümmer' dich um das Gör! Gib' ihr was zu essen und zu trinken und dann steck' sie ins Bett. Ab morgen ist sie für die Ziegen zuständig. Ich bin hundemüde und geh' schlafen.*" Ohne Farid nur eines Blickes zu würdigen, stapfte er zur Haustür.

„*Wo ist Meryem?*", fragte Farid mit zuckendem Gesicht.

Bahir blieb stehen, als sei er gegen eine Wand gelaufen. Er musterte Farid von oben bis unten, als müsste er dessen Wert abschätzen. Dann fletschte er die Zähne und bellte: „*Kommt später. Ist unterwegs ausgestiegen. Hat was zu erledigen.*"

In der Zwischenzeit hatte Karima das Kind aus dem Auto geholt und zog es wie eine Handkarre hinter sich her.

„*Dahbia*", rief Farid halbherzig, doch das Mädchen drehte nur den Kopf und taumelte willenlos hinter Karima her.

Farid wartete von diesem Tag an auf Meryem, doch sie kam nicht. Und als das Wochenende erreicht war, keimte in ihm der Verdacht, dass sie nie mehr kommen würde.

Mittwoch, 01. Mai 2024
Gengenbach/Biberach/Offenburg

Es war nach Mitternacht, als Melanie, Rita und Edgar nach Hause kamen, doch keiner dachte ans Schlafengehen. Im Gegenteil gesellten sich Gerti und Janna zu ihnen, sodass sie zu fünft um den Esstisch saßen und teils unter Schock standen, wie Melanie, Gerti und auch Janna, teils rätselten und nachzuvollziehen versuchten, was in Fatmas Wohnung geschehen sein konnte, wie Rita und Edgar.

Nach Ritas Anruf waren zuerst zwei Streifenbeamte erschienen, wenige Minuten später Allgöwer mit seinen Mannen von der KTU *Offenburg*, zum Schluss Ritas junger zum Kriminalkommissar beförderter Kollege Mika Laukonen.
„Was machst du denn hier?", hatte er sie gefragt.
„Ich verbringe meinen Urlaub hier, was denkst du denn?", antwortete sie augenzwinkernd. Dann nahm sie ihn zur Seite und erklärte ihm den Sachverhalt.
„Wie sollen wir nach jemandem suchen, ohne zu wissen, wie er aussieht?"
„Von der Frau kann ich eine Phantomzeichnung abliefern", sagte Rita. „Vom Kind haben wir ein Selbstporträt zu Hause, so gut wie eine Fotografie. Ich schicke es dir aufs Handy."
„Ist eigentlich nicht nötig. Wenn es Flüchtlinge sind, dann sind die Daten bei der Einreise erfasst worden. Was ich brauche, sind die Namen."

„Auch wieder wahr. Es handelt sich um Fatma Messoudi und ihre Tochter Saida. Herkunftsland Marokko."

Mika notierte die Namen in seinen Block, besprach sich kurz mit Allgöwer und verabschiedete sich anschließend.

Die Befragung der Nachbarn im Haus hatte zu keinem Ergebnis geführt. Niemand hatte weder etwas gesehen noch gehört. Allgöwers Einschätzung nach waren die Blutspuren unter Berücksichtigung der Farbe und Gerinnung mindestens zwei bis drei Tage alt. Um wessen Blut es sich handelte, würde er erst nach Vergleichs-DNA wissen. An Fingerabdrücken herrschte kein Mangel, aber auch diese mussten zunächst ausgewertet werden.

Edgar hatte gehofft, die abgerissenen Zeichnungen und Bilder mitnehmen zu können, doch Allgöwer erteilte ihm eine Abfuhr. „Mensch, Edgar, das brauch´ ich dir altem Hasen nun wirklich nicht zu erklären, oder? Beweissicherung! Auf dem Papier könnten Fingerabdrücke des Täters sein, sofern wir es hier tatsächlich mit einem Tatort zu tun haben, was noch keineswegs feststeht."

„Aber danach", erhob Edgar Ansprüche.

„Nach mir die Sintflut", gab Allgöwer retour, offensichtlich nicht allerbester Stimmung. „Hiermit ist mein wunderschöner, bis ins Detail geplanter Feiertag den Bach runter. Was ist das für eine Zeitung in deiner Hand?"

„Lag im Wohnzimmerschrank. *Tanger le Jour* aus dem Jahre 2022. Die nehm´ ich mit. Wir haben schon drei Seiten davon."

Allgöwer stöhnte und resignierte. „Die will ich später aber sehen."

„Gut", hatte Edgar gesagt. „Dann erfährst du auch die Geschichte, die dahinter steckt."

„Wenn ist gar kein Entführung?", fragte Janna. In der Aufregung vergaß sie ihr besseres Deutsch und fiel in die alte Sprechweise zurück. „Ist Blut von geschnitten in Hand? Bei Kochen oder so?"

„Schön wär's", seufzte Melanie. „Aber dann richtet man keine derartige Verwüstung an."

Janna gab noch nicht auf: „Vielleicht komm' zurück, sag' alles pressier, kein Zeit für Aufräum' oder so, versteh'?"

„Du meinst es gut, Janna, aber so etwas wie wir gesehen haben, geschieht nicht, wenn man sich in den Finger schneidet. Alle Bilder Saidas lagen verstreut im Zimmer. Die Wohnungstür stand offen. Nein, nein, da war fremde Gewalt im Spiel." Melanie tätschelte Jannas Hand.

Edgars Wangenmuskeln arbeiteten. „Wenn stimmt, was Allgöwer gesagt hat, dass die Blutspuren zwei bis drei Tage alt sind, dann ist der Entführer mit seinen Opfern längst über alle Berge. Zwei Tage, verdammt, sind eine lange Zeit."

„Was meinst du damit?", Rita eröffnete ein unter Kriminalisten beliebtes Frage/Antwort-Spiel.

„Nun, in zwei Tagen schafft man es sogar mit dem Auto bis nach Marokko, wenn ich nicht zu sehr danebenliege. Erst recht in drei Tagen. Mit dem Flugzeug sowieso. Und wenn er, ich gehe einfach mal davon aus, dass es sich um einen Mann handelt, wenn er also bereits in Marokko ist, dann ..."

„Dann erwischen wir ihn nie mehr. Ist es das, was du damit sagen willst?"

„Genau."

„Und weshalb Marokko? Warum kein anderes Land?"

„Frau Stauffer von der Förderschule hatte in einem Satz erwähnt, dass Fatma vor ihrem Mann aus Marokko geflohen sei."

„Der Entführer wäre demnach Fatmas Ehemann. Einen anderen Hintergrund schließt du komplett aus?"

„Welchen?"

„Eine marokkanische Mafia? Menschenhandel und Zwangsprostitution? Ein Netzwerk von Exil-Marokkanern mit Verbindungen in die Heimat?"

„Du denkst, dass nicht der Ehemann persönlich die Entführung begangen hat, sondern ein von ihm Beauftragter?"

Rita hob die Hände wie der Pfarrer in der Kirche. „Weiß man´s?"

Edgar lehnte sich zurück und strich sich fahrig übers Haar. „Ja, weiß man´s?"

Mit seinen letzten Worten schien das Signal zur Beendigung des Familienrats gekommen zu sein. Da meldete sich Gerti zu Wort: „Kann man irgendetwas tun? Ich meine wir?"

Aller Augen richteten sich automatisch auf Rita, und es dauerte bis sie schnallte, dass das allgemeine Interesse ihr galt: „Äääh, was schaut ihr mich an? Hallo Leute? Ich hab´ Urlaub, schon vergessen?"

„Ein Polizist", sagte Edgar scheinheilig, „ist immer im Dienst."

Rita schnaubte durch die Nase.

„Nein, im Ernst, Rita. Könnten wir beide morgen", Edgar schaute auf seine *Breitling*-Armbanduhr, „viel mehr heute, nicht einen Feiertagsausflug zur Polizeidirektion unternehmen und dem jungen Kommissar Laukonen über die Schulter schauen? Nur um zu sehen, welche Hebel er in Bewegung gesetzt hat? Rein informativ, natürlich."

„Und gleichzeitig bei Allgöwer anklopfen, wie weit er mit den Blutspuren, den Fingerabdrücken und den Zeichnungen gekommen ist? Vergiss es, Edgar." Rita nahm die Abwehrhaltung ein.

Er grinste breit. „Wunderbar. Ich wusste es. Abfahrt um zehn Uhr. Dann nix wie ins Bett, Herrschaften."

*

Mika Laukonen schlief, als Rita und Edgar ins Büro platzten. Vornübergebeugt, den Kopf auf den Unterarmen, hing er wie tot am Schreibtisch.

„Was machst du an meinem Arbeitsplatz?", rief Rita laut und weckte den armen Kerl.

Laukonen hob den Kopf, brauchte einen Moment bis er sich zurechtfand und den Rufer in der Wüste erkannte. „Rita? Äääh, was ist los? Warum …"

„Du hockst auf dem Chefsessel, das ist los, Junge", stichelte Rita unter Vermeidung des Grinsens.

„Oh, äääh, entschuldige, …ich … ja, ich dachte, solange du nicht da bist …"

„Quatsch mit Soße, Mika. Alles okay. Hast wohl durchgearbeitet, hm?" Rita ließ sich am Schreibtisch gegenüber in den Sessel fallen. Edgar setzte sich auf einen Stuhl an der Tür.

„Ja, schon", gab er zu und hockte aufrecht hin, „aber das erklärt noch nicht, warum du und Edgar hier seid."

„Fatma Messoudi und ihre Tochter sind mit meiner Frau befreundet", erklärte Edgar. „Es hat sie schwer getroffen, was sie gestern Abend erfahren musste. Sie ist natürlich daran interessiert, was wegen der Suche nach den beiden in die Wege geleitet wurde. Rita und ich übrigens genauso."

Mika Laukonens Augen huschten über den Schreibtisch. Er griff nach einem Blatt Papier, auf das Fatmas und Saidas Fotos kopiert waren. „Wie ich gesagt habe, sind Mutter und Tochter bei der Einreise systematisch erfasst worden. Ich habe eine bundesweite Fahndung nach ihnen veranlasst, alle Grenzorgane wie Zoll und Bundespolizei, sowie Interpol informiert. Leider bis jetzt ohne Erfolg."

„Dacht' ich mir schon", sagte Rita. „Aber gut gemacht, Mika. Du bleibst am Ball, okay? Und wenn du irgendwas von den Vermissten hörst, dann gibst du mir einen Funk, verstanden?"

Mika hob distinguiert die Augenbrauen. „Wie heißt das berühmte Wörtchen mit den zwei t?"

„Du meinst **flott**."

So fix, wie er das Papier zusammenknüllte und es ihr an den Kopf warf, konnte Rita sich gar nicht ducken.

„Mika hat mich bereits telefonisch vorgewarnt, dass ihr unterwegs zu mir seid", sagte Allgöwer betont deutlich, mit dem Rücken zur Tür sitzend. „Ihr schämt euch wohl nicht, einen Mann, der seinen verdienten Feiertag opfert, auch noch persönlich heimzusuchen." Er drehte sich mit dem Schreibtischstuhl um. „Habt ihr mir wenigstens einen Kaffee mitgebracht?"

Rita und Edgar guckten sich betreten an.

„Typisch", ätzte Allgöwer.

„Wo steht euer Automat?" Edgars Hand zückte die Geldbörse.

„Lass' bleiben", winkte Allgöwer ab. „War 'n Scherz. Kein Scherz ist, dass ich, bis auf eine Serie Fingerabdrücke, die vermutlich von der Mutter und der Tochter stammen, nicht habe, was ihr wollt. Noch nicht."

„Es gibt deiner so schlichten wie präzisen Aussage nach weitere Fingerabdrücke, die du nicht zuordnen kannst", stellte Rita fest.

Allgöwer nickte und griff nach einer halben Zimtschnecke, die nach Vortagsproduktion aussah. „Ja. Sie sind in keinem System erfasst. Aber es scheint so, dass sich der- oder diejenige keine Mühe gemacht hat, Spuren zu vermeiden. Wir haben sie unter anderem an den Sitzmöbeln und den Zeichnungen gefunden."

Edgar räusperte sich: „Wo du's grade sagst: Die Zeichnungen …"

„Herrschaftszeiten, was drängelst du so wegen der Zeichnungen? Es sind über fünfzig Stück, wenn nicht sechzig. Ich bin noch nicht durch damit. Was denkst du eigentlich, was ich hier tue? Däumchendrehen, oder was?"

Rita trat neben ihn und boxte ihm kumpelhaft an die Schulter. „Jetzt komm' mal wieder runter, Allgöwer. War doch nur eine Frage. Keiner drängt dich zu irgendwas, okay?"

Allgöwer biss in die Zimtschnecke und mampfte: „Das kostet euch eine Runde von denen da." Er verwies auf die Zimtschnecke. „DNA-Auswertungen, um wessen Blut es sich handelt, erhalte ich übrigens frühestens morgen."

Rita und Edgar befanden sich auf dem Rückweg von *Offenburg* nach *Gengenbach*. Vor der Abzweigspur blinkte Rita nach links. „Fahr´ doch bitte weiter nach *Biberach*", sagte Edgar.

Rita nahm den Blinker zurück und beobachtete im Rückspiegel den nachfolgenden Verkehr. „Was willst du dort?"

„Ich möchte mir gerne die Wohnung nochmal ansehen. Hast du zufällig ein Polizeisiegel dabei?"

„Das hab´ ich nicht zufällig dabei, sondern immer." Sie griff hinter den Fahrersitz und brachte ihre Handtasche zum Vorschein. „Schau selber nach", sagte sie und reichte ihm die Tasche. „Was versprichst du dir davon?"

„Ich weiß nicht genau. Nichts Konkretes. Ich will der Stimmung in der Wohnung nachspüren. Vielleicht spricht sie mit mir."

Für jemand anderen würden Edgars Worte möglicherweise befremdlich geklungen haben. *Stimmung nachspüren. Vielleicht spricht die Wohnung mit mir.* Nicht für Rita.

Sie verglich es mit dem Fußball. *Warum steht der Weltklasse-Mittelstürmer im Strafraum immer am richtigen Ort? Er ist ja auch nur ein Mensch und kann normalerweise nicht wissen, wohin der entscheidende Ball kommt. Weil er die Ahnung hat. Den Instinkt.*

Ein anderer hätte in dieser Situation eventuell seinen Unwillen ausgedrückt. *Oh Mann, muss das denn sein? Heute ist Feiertag, ich hab´ Urlaub und keine Lust auf deine verrückten Ideen.*

Rita blieb gelassen. Zu ihren stärksten Eigenschaften zählte zu erkennen, wann sie Edgar Schaaf sich seinem Element überlassen musste. Obwohl sie ihn erst wenige Jahre kannte, und doch seit Beginn ihrer Polizeilaufbahn, war er stets der gewesen, dessen Auge auf ihr ruhte.

Natürlich hatte er, wenn er sich in einen Fall verbissen hatte, sie auch ausgenutzt. Aber nicht zur eigenen Vorteilnahme, sondern im Interesse der Ermittlungen, und im Grunde auch nur dann, wenn er zum Beispiel keinen Zugriff auf polizeiinterne Daten bekam. Seine technischen Mittel waren in dieser Beziehung relativ begrenzt. So profitierte jeder auf seine Weise vom anderen, und Rita war der Ansicht, dass sie, wenn sie zusammenspannten, ein gutes Team bildeten.

„Und wie willst du ohne Schlüssel in die Wohnung gelangen?"

„EC-Karten-Trick", sagte er. „Das Türschloss ist alt und von simpler Bauart. Nicht wirklich ein Hindernis für einen alten Fuchs."

In der Wohnung hatte sich, außer dass Saidas Bilder fehlten, nichts verändert. Rita stellte sich mit dem Rücken ans Wohnzimmerfenster und ließ Edgar gewähren. Sie fragte sich, ob die Wohnung auch mit ihr sprechen würde, wenn sie die richtige Einstellung dazu fände. So aber blieb sie regungslos und stumm stehen und beobachtete Edgar in seinem Tun.

Edgar bewegte sich unhörbar durch den Raum, die Augenlider halb geschlossen. Da er nur Saida persönlich begegnet war und von Fatma lediglich eine Fotografie gesehen hatte, gestaltete sich die Vorstellung eines lebhaften Bildes, das Mutter und Tochter vereint sah, schwierig. Fatmas Figur entglitt ihm ein ums andere Mal an den Rand der geistigen Projektion, während Saida mehr und mehr in den Mittelpunkt rückte.

Es ging Edgar nicht um den Ablauf der gewaltsamen Entführung, sondern um das ungestörte Familienleben davor. Dieses musste eine Geschichte haben, die er in der Raumatmosphäre zu finden hoffte.

Doch seine Sensoren reagierten nicht, der Raum schien geläutert oder steril zu sein, und alsbald schüttelte er leicht den Kopf. Das Wohnzimmer war nicht der Ort, an dem er fündig werden würde.

Edgar wechselte den Raum und begab sich ins kärglich möblierte Kinderzimmer, wo er in der Mitte stehen blieb. Rita folgte ihm langsam bis zur Tür.

Kaum war er eingetreten, spürte er unmittelbar die Energie, die in diesem Zimmer vorhanden sein musste. Augenblicklich war ihm bewusst, dass es Saidas Ausstrahlung war, deren schwache Überreste die Raumluft und die Wände noch in sich bargen. Und nicht nur eine, sondern es existierte eine zweite Kraft, die sich ihm aufdrängte. Empfand er die eine als friedlichen, lichtdurchfluteten Schleier, ähnelte die andere einer schwarzen, bedrohlichen Wolke. Er schloss die Augen und atmete tief ein, doch es gelang ihm nicht, die Bedeutung der Sphären entscheidend zu entschlüsseln. Was er meinte festzustellen, war, dass die Kräfte sich nicht miteinander vermischten, sondern einander eher abstießen. Er atmete durch den Mund, leitete die einströmende Luft über die Zunge, als könne er süße oder bittere Moleküle extrahieren und schmecken.

„Hell und dunkel", murmelte er in der Konzentration verhaftet, „warm und kalt, gut und böse…"

„Edgar?"

„… Yin und Yang."

„Edgar?"

Als junger Mann hatte er im *Reader's Digest* einmal eine Buchvorstellung gelesen. *Welten im Zusammenstoß* hatte der Titel geheißen. An das Buch selber war er nie gekommen, da es stets vergriffen gewesen war, doch es handelte von den Versuchen, unergründliche Naturphänomene auf zugegebenermaßen nicht gerade wissenschaftlicher Basis zu erklären. Möglicherweise hatte es auch die eine oder andere Verschwörungstheorie enthalten, doch so weit war die Präsentation im *Reader's Digest* nicht vorgedrungen. Aber es war der Titel, der Edgar angesichts der Mächte in Saidas Zimmer sinnbildend einfiel: *Welten im Zusammenstoß*.

Er öffnete die Augen und wandte sich an Rita. „Rita, hilf mir suchen. In diesem Zimmer muss etwas sein, das Allgöwer entgangen ist."

„Das Zimmer ist so gut wie leer, Edgar. Die Bilder sind alle weg", antwortete sie.

„Im, auf, unterm Schrank, Rita. Irgendwo. Versteckt."

Sie gingen systematisch vor, schoben den Schrank von der Wand, durchsuchten jedes Regal, alle Wäschestücke, stiegen auf den Stuhl, krochen förmlich unter den Schrank, kehrten den Stuhl um, das Tischbrett – nichts. Blieb das Bett.

Rita hob die Matratze an. Ein Heft lag auf dem Lattenrost. Ein DIN-A4-Schulheft.

„Edgar!"

Er nahm das Heft in die Hand, schlug es auf und hielt es so, dass beide es sahen.

„Mein Gott!", entfuhr es Rita.

„Ja. Verdammt!"

*

Melanie schluchzte in die Hände vor dem Gesicht. Vor ihr lagen die drei Zeichnungen, die Saida für sie gemalt hatte, sowie das Schulheft aus dem Kinderzimmer.

„Das ... ist ... furchtbar", stammelte sie. „Absolut ... das ... Schrecklichste, das ich jemals gesehen habe. Das arme arme Kind."

Der Kontrast zwischen den wunderschönen Zeichnungen einerseits und den Darstellungen im Schulheft andererseits konnte krasser nicht sein. Hier die traumhafte friedvolle Phantasiewelt, dort der brutale Ausdruck einer gequälten Kinderseele.

Elf Seiten im Schulheft waren bemalt. Die ersten fünf mit sich wiederholenden Szenen gefüllt. Bis zur fünften Seite quasi eine exakte Kopie der vorherigen. Die dicken schwarzen Striche schienen mit so großer Kraft ausgeführt, dass an einigen Stellen das Papier eingerissen war.

Jeweils in der rechten Bildhälfte stand ein riesiger Mann. Augen und Nase waren nur durch Punkte angedeutet, während der Mund stark ausgeprägt und nach unten gebogen war. Die eine Hand war zu einer monströsen Faust geballt, die andere Hand hielt einen derben

Stock, mit dem der Mann auf eine vor ihm am Boden liegende Frau einschlug. Neben dem Kopf der Frau war mit roter Farbe eine Blutlache zu erkennen.

In der linken unteren Ecke sah man eine winzige zusammengekauerte Figur: Ein Mädchen.

Mehr enthielten die groben Skizzen nicht. Die Aussagekraft indes war enorm.

Diese fünf annähernd gleichen Bilder spiegelten in der Betrachtung eine barbarische Wirklichkeit wieder, die keine andere Darstellungsform zuließ als die von Saida verwendete. Sie waren die in Bildern dokumentierten Schreie eines Kindes, und die Hilflosigkeit, das Erlebte zu verarbeiten, drückte sich in den Wiederholungen aus. Denn die Wirklichkeit musste sich ebenso wiederholt haben. Immer und immer wieder. Eine andere Erklärung gab es nicht.

Sechs weitere bemalte Seiten gaben ihnen jedoch Rätsel auf. Wiederum war es sechsmal das gleiche Sujet. Ein rot ausgemalter Kreis mit einer kleinen Delle im unteren Kreisbogen und einem schwarzen Punkt in der Mitte. Was könnte das sein? Tomaten? Kirschen von oben gesehen? Warum versteckte Saida rote Kirschen in einem geheimen Schulheft?

„Das konnten wir nicht wissen. Auch wenn Frau Stauffer gesagt hatte, dass Fatma mit ihrem Kind vor ihrem Mann geflohen war – das konnten wir nicht wissen", sagte Rita eindringlich und nahm Melanies Hände in die ihrigen.

„Aber wir haben es gesehen, Rita!", brach es erneut aus Melanie heraus und Tränen rannen über ihre Wangen. „Du wie ich. Die Spuren der Schläge in Fatmas

Gesicht und am Körper. Wir haben sie gesehen und haben nichts getan." In ihrer Miene stand die pure Verzweiflung. „Wenn ich mir nur vorstelle, was ihr jetzt, in dieser Minute, angetan wird – entschuldigt, aber mir wird schlecht." Ihre Stirn glänzte vor Schweiß, als sie sich mühsam erhob und zur unteren Toilette wankte.

Edgar folgte ihr nach einigen Sekunden und lauschte an der Tür. Tatsächlich hörte er sie nach Luft ringen.

„Melanie? Kann ich dir helfen?"

Sie öffnete die Tür von innen und ließ ihn eintreten. „Geht schon wieder", flüsterte sie und lehnte sich mit der Andeutung eines Lächelns an ihn. „Danke, mein Edgar, ′s geht schon."

Er schloss die Arme um sie. „Es tut mir leid, dass …"

„Nein, nein, es muss dir nicht leid tun. Es war richtig, dass du mir die Bilder gezeigt hast. Komm′, geh′n wir zu Rita an den Tisch und holen Gerti und Janna hinzu. Ich will etwas sagen."

„Melanie?" Er spürte, wie sie zitterte.

Sie gab sich einen Ruck. „Doch doch, Edgar. Ich will etwas sagen, und alle sollen es hören."

Edgar geleitete sie zurück an den Tisch und eilte nach oben in den ersten Stock, um Gerti und Janna nach unten zu bitten. Sobald die Runde komplett war, begann Melanie zu sprechen:

„Wir sind Zeugen eines brutalen Verbrechens geworden. Nicht nur des jetzigen, der Entführung Fatmas und Saidas praktisch unter unseren Augen, sondern auch des vermutlich jahrelangen Verbrechens von physischer Gewaltanwendung an Fatma, und der psychischen Gewaltanwendung an Saida. Seht euch diese Bilder an."

Melanie schob das Schulheft zu Gerti und Janna und sprach weiter:

„Ich will, dass wir die beiden finden! Hört ihr? Ich will, dass wir sie finden und in Sicherheit bringen. Und ich will, dass der Verantwortliche dieser Gewalttaten zur Rechenschaft gezogen und bestraft wird." Melanie legte eine Kunstpause ein.

„Du, Rita, und du, Edgar, ihr seid vom Fach und werdet euch hauptsächlich darum kümmern, und wir anderen werden euch nach besten Kräften unterstützen, im Rahmen dessen, was jeder an Möglichkeiten beitragen kann. Damit meine ich freilich nicht, dass Janna und Rita nicht mehr zur Arbeit gehen. Trotzdem möchte ich, dass jeder, sofern er nicht aktiv sein kann, dann doch passiv mit dem Kopf bei der Sache ist, selbst wenn es nur darum geht, Verständnis und Geduld zu zeigen." Sie atmete einmal tief durch. „Wie wir das schaffen sollen, weiß ich noch nicht. Aber dass wir es schaffen werden, das weiß ich. So! Und jetzt bitte ich um Wortmeldungen."

Während Edgar sie voller Stolz aber sprachlos anschaute, hob Gerti die Hand wie in der Schule. „Also bei mir musst du dir keine Sorgen machen, Melanie. Ich stehe voll und ganz hinter euren Aktivitäten. Ich übernehme gerne die Touren mit den Hunden und koche wie üblich." An Edgar gerichtet, sagte sie. „Ich behalte auch die Bauarbeiter im Auge, wenn dir das genehm ist."

„Das ist lieb, Gerti, vielen Dank", sagte er, um dann fortzufahren: „Wir haben Melanies Appell gehört. Sie hat vollkommen recht. Wir dürfen diese Verbrechen nicht ignorieren. In die Ermittlungen der Polizei habe ich, was diesen besonderen Fall betrifft, wenig

Vertrauen. Nicht, dass ich an den Fähigkeiten Mika Laukonens zweifle, nein, er wird alles für ihn Mögliche im Rahmen der Gesetze tun. Wie wir wissen, hat er Interpol eingeschaltet. Damit befindet er sich genau auf der Linie, die von ihm erwartet wird. Das ist keine Kritik an ihm, aber so funktioniert die Polizei nun einmal.

Interpol ist jedoch ein schwerfälliger Apparat. Ich spreche da aus Erfahrung und man weiß es ja: Je mehr Zahnräder in einer Maschine bewegt werden müssen, desto schwerfälliger läuft sie. Denken wir nur an die EU, um ein Beispiel zu nennen.

Wenn wir Erfolg haben wollen, müssen wir andere Wege gehen. Unkonventionelle Wege vielleicht. Dabei gebe ich zu bedenken, dass wir nicht gerade viel Material in den Händen haben, auf das wir bauen können. Als da sind: Zwei Namen, ein Herkunftsland, drei Seiten einer französischsprachigen Zeitung und ein paar Zeichnungen."

„Besser als nichts", warf Rita ein.

„Wo du recht hat, hast du recht", erwiderte er. „Aber ist es genug, um anzufangen?"

„Ich würde auch mit weniger beginnen", sagte sie. „Also lass´ uns anfangen, Edgar."

*

Edgar saß mit drei der Frauen, Janna hielt sich im Badezimmer auf, am Kaffeetisch, als es an der Haustür klingelte. „Erwarten wir jemanden?", fragte Rita, wartete eine Antwort jedoch nicht ab und öffnete.

„Allgöwer?", staunte sie. „Ist was passiert?"

„Feierabend ist passiert", antwortete er und quetschte sich an ihr vorbei. „Ich bin auf dem Weg zu meiner Freundin Wilma. *Berghaupten*, falls du die Buschtrommeln noch nicht vernommen hast."

„*Berghaupten* liegt meines Wissens auf der anderen Seite der Bundesstraße", erwiderte Rita trocken.

„Blitzmerkerin. Nein, ich hab' noch was für euch. Oh, ich rieche Kaffee. Darf man …?"

„Setz' dich, Allgöwer", sagte Melanie. „Ich hol' dir eine Tasse. Kuchen?"

„Wenn du mich so fragst, dann war mein Tag heute doch nicht ganz für die Katz." Er setzte sich und legte ein in Packpapier eingewickeltes Paket auf den Tisch. „Die Zeichnungen", sagte er. „Bin fertig damit."

Edgar griff danach.

„Stopp, erst muss ich euch etwas zeigen." Allgöwer schlug das Papier zurück, nahm das oberste Blatt Papier heraus und schob es in die Mitte des Tisches. „Kommt euch diese Person irgendwie bekannt vor?"

„Melanie!", tönten Edgar, Rita und Gerti wie aus einem Munde.

„Huch, das bin ja ich", rief Melanie bass erstaunt.

„Hab' ich mir auch gedacht", sagte Allgöwer und nahm Kaffeetasse und Kuchenteller in Empfang. „Deswegen bin ich hauptsächlich hier."

Die Zeichnung war mit der gleichen Kunstfertigkeit geschaffen wie das Selbstporträt Saidas. Melanie holte es geschwind und legte es zum Vergleich daneben.

Edgar betrachtete das Bild intensiv. „Saida muss es nach unserem Besuch in der Förderschule gemacht haben.", raunte er ergriffen. „Es ist perfekt."

„Ja, und es hing noch nicht an den Wänden ihres Zimmers, als wir am Donnerstag zu Besuch bei ihr waren. Trotz der Menge wär´ es mir aufgefallen."

„Stimmt", bestätigte Edgar. „Unter den Bildern, die ich vergrößert habe, war es nicht. Sagt, ist dieses Porträt nicht hundertprozentig Melanie? Als wäre Melanie stundenlang Modell gesessen. Dabei hat Saida uns nur für ein paar Minuten gesehen. Ich bin echt von den Socken."

Allgöwer war nach *Berghaupten* aufgebrochen. Indes stand man im Türmchenhaus weiterhin im Bann des Melanie-Porträts. Ohne es konkret auszusprechen, übernahm es die Funktion eines Katalysators, der dem Vorhaben, Fatma und Saida zu finden, einen tieferen Sinn, eine klarere Struktur und ein höheres Gewicht verlieh. Dieses Bild erhob Saida und ihre Mutter sozusagen in den erweiterten Familienkreis und wandelte das sogenannte Vorhaben in aller Bewusstsein in eine Verpflichtung um.

„Morgen", sagte Rita, „werde ich nach *Offenburg* in die Direktion fahren und Mika interviewen. Wir müssen wissen, über welche Route Fatma und Saida nach Europa gelangt sind, wo sie einen Asylantrag gestellt haben, und wann das war."

„Gut", nickte Edgar. „Und ich werde mich mit den Zeichnungen beschäftigen, die Allgöwer gebracht hat. Als Originale sind sie wertvoller denn als Computerdatei."

„Lacht mich nicht aus", sagte Gerti, „aber ich werde ab heute jeden Tag eine Kerze für Fatma und Saida anzünden, bis sie eines Tages über die Schwelle dieses Hauses treten."

Donnerstag, 02. Mai 2024
Gengenbach

Edgar dachte an Gertis Versprechen mit der Kerze: *Bis sie eines Tages über die Schwelle dieses Hauses treten.*
Gute Gerti, wenn es so einfach wäre.
Noch hatte er keine Vorstellung davon, wie die Familie das Kunststück bewerkstelligen sollte, die Vermissten zu finden, geschweige denn in dieses Haus zu bringen. Und er hatte die vage Ahnung, dass es, falls überhaupt, nicht von seinem Schreibtisch aus gelänge.
Bis Rita aus *Offenburg* zurück sein würde, wollte er die achtundfünfzig Originalzeichnungen sortiert haben. Da Saida nie ein Datum vermerkt hatte, musste er nach anderen Kriterien vorgehen.
Zuerst legte er alle Zeichnungen und Bilder, die er als Fantasieprodukte einschätzte, auf die Seite, und reduzierte dadurch den für ihn interessanteren Stapel um über die Hälfte. Übrig blieben Bilder, auf denen bunt gemischt Dorf- und Stadtansichten, Zelte, zwei Boote und das Meer, Schafe, Ziegen und Esel, einzelne Gehöfte sowie Berge und Täler zu sehen waren.
Welcher Sinn steckt hinter dem Durcheinander?, fragte er sich. Die Augen schweiften zwischen den Stapeln hin und her. *Da die Fantasie – hier die ... Realität?*

Er führte zusammen, was seiner Meinung nach zusammengehörte: Gehöfte, die Tiere, die Landschaften. *Hier ist der Ursprung*, dachte er. Dann entschied er sich für die Stadtansichten als nächste. Zelte am Meer und die Boote wählte er zum Schluss.

Lässt sich daraus eine Chronologie ableiten? Das Leben eines Kindes? Der Ablauf einer Flucht?

Edgar nahm das oberste Blatt. Ein stattliches Gehöft, mit Scheunen, inmitten eines Tales gelegen. Den Horizont bildeten hohe Berge. Ziegen und Schafe weideten auf steilen Hängen. Er drehte das Blatt um. Der Name links oben: Saida. Edgar lächelte. *Wer sonst?*

Doch dann stutzte er: An der Stelle, wo der Name stand, war zuvor einmal radiert worden. *Warum das denn?*

Rasch nahm er einen Bleistift aus der Schublade, und schraffierte mit flach gehaltener Spitze über die Ecke. Ein Negativ der Radierung entstand. Edgars Hand zitterte, als er die erschienen Buchstaben notierte:
Dahbia.

Mit fliegenden Händen kontrollierte er die Rückseiten aller anderen Bilder nach. Nichts. Es war reiner Zufall, dass er das einzige Exemplar mit einer Prägung erwischt hatte. Dahbia.

„Scheiße!", sagte er laut. Und nochmal: „Scheiße! Wir haben nichts."

„Was ist Scheiße?" Rita war ins Büro gekommen.

Edgar erklärte es ihr.

„Scheiße", reagierte auch sie. „Dann ist Fatmas Name bestimmt auch falsch."

„Sag´ ich doch", maulte er.

*

Melanie war untröstlich, als sie mittags nach Hause kam. „Schade. Ich hatte mich so an die Namen gewöhnt." Doch war gerade sie es, die der schlechten Nachricht einen positiven Anstrich zu verleihen vermochte.

„Stellt euch vor, wir hätten die ganze Zeit nach einer Fatma und Saida gesucht. Wir hätten sie unmöglich finden können. Jetzt wissen wir, dass wir nach einer Dahbia suchen müssen. Betrachten wir es als Erfolg."

„Im Prinzip hat sie recht", sagte Rita zu Edgar. „Oder?"

Edgar schniefte.

„Übrigens", redete Rita weiter, „habe ich über Mika herausgefunden, dass im Juni 2022 einundzwanzig Menschen vor Lanzarote aus dem Meer gerettet wurden und in einem Lager bei *Arrecife* einen Erstantrag auf Asyl gestellt hatten. Darunter befand sich eine Frau mit ihrer Tochter. Angeblich hatte sie im Sturm auf dem Meer ihre Papiere verloren. Fatma und Saida. In dem Lager mussten sie warten, bis sie im August 2023 nach Deutschland ausreisen durften."

„Über ein Jahr im Flüchtlingslager? Das ist unmenschlich", kommentierte Gerti. „Schande über uns, denen es so gut geht."

Allmählich sackte auch in Edgar die Erkenntnis, dass sein Zufallstreffer mit der Radierung gerade noch rechtzeitig gekommen war. Jedenfalls steckten er und Rita nachmittags die Köpfe zusammen und beugten sich über die Bilder, die Edgar nun der gedachten Reihenfolge nach auf dem Fußboden ausgelegt hatte.

„Diese Landschaftsbilder, diese Ansichten", überlegte Rita nach einer Weile laut, „sind doch keine Hirngespinste. Keine kindlichen Erfindungen."

„Hm, was willst du damit sagen?"

Rita richtete sich auf. „Wenn ich Melanies Porträt sehe. Wie genau und präzise und wirklichkeitsgetreu es gemalt wurde – obwohl Saida Melanie nur kurz gesehen hat – dann mag ich mir durchaus vorstellen, dass auch diese Bilder der Wirklichkeit entsprechen."

Jetzt wurde Edgar hellhörig. „Du meinst, Saida verfügt über ein fotografisches Gedächtnis?"

„Denk´ an das Porträt. Alles genau bis aufs letzte Haar", sagte Rita.

„Mann, das wär´ der absolute Hammer. Das würde dann ja bedeuten, dass wir ..."

„ ... dass wir nur nach den realen Vorbildern für die Zeichnungen suchen müssen", ergänzte Rita.

„Ja! Und finden", sagte Edgar.

Freitag, 03. Mai 2024
Gengenbach

Edgar stellte mit einiger Genugtuung fest, dass die Aufrichtung des Dachgebälks mit dem komplizierten Anschluss an das bestehende Dach insgesamt mehr Zeit in Anspruch nahm als das Hochziehen der Hauswände. Nicht dass er den Blockbohlenbau als billige

Fertigbauweise abgetan haben wollte, doch er verband den höheren Aufwand auch mit einer höheren Wertschöpfung, frei nach dem Motto *gut Ding will Weile haben*. In dieser Beziehung war er ganz altmodisch.

Gertis Angebot, die täglichen Ausläufe mit den Hunden zu übernehmen, nahm er nicht wahr. Er brauchte diese Stunde am Morgen, wenn der Tag sich gerade anschickte, ein Tag zu werden. In dieser einsamen Stunde kam er sich selbst am nächsten. Von über acht Milliarden Menschen auf der Erde gab es zu dieser Uhrzeit keinen einzigen, der sich zur selben Zeit am selben Ort befand wie er. Dieses Privileg teilte er nur mit Personen, die er liebte. Mit Melanie hauptsächlich, und gelegentlich mit Rita, wenn sie sich aufdrängte. Für gewöhnlich aber gehörte der frühe Morgen ihm allein.

Zeit und Ort bewerteten nicht, wer und was er war, und so empfand er es als Luxus, von jeglicher Einordnung befreit zu sein. Wenn er jedoch nach der Hundetour wieder nach Hause kam, änderte sich sein Status diskret und übergangslos in den eines Ehemannes, Freundes, Mentors, Kriminalhauptkommissars a. D., und auch in diesen Eigenschaften war und blieb er unverwechselbar der Mensch Edgar Schaaf.

Zwischen den zwei Türen jedoch, wie er die Spanne zwischen Verlassen und Betreten des Hauses insgeheim nannte, war er ein Solitär.

Die Frage, auf welche Weise Fatma und Saida, die wohl Dahbia hieß, mit Ritas und seinen zur Verfügung stehenden Mitteln aufzuspüren sein könnten, beschäftigte ihn auf der gesamten Wegstrecke. Dass *Müller* und *Lydia* seine geistige Versenkung weidlich ausnützten und weit voraussprangen, bekam er nur am Rande mit. Was ihn normalerweise bei anderen Hundehaltern ärgerte, wenn sie sich nicht auf ihre Tiere konzentrierten. Wozu hielten sie sich sonst einen Hund? Wie genauso, wenn Eltern in Gegenwart ihrer Kinder unablässig aufs Handy glotzten und die Kinder außer Acht ließen.

Allerdings konnte er sich auf *seine* Hunde verlassen, insbesondere auf *Müller*. Sie waren gut erzogen und hielten zu fremden Personen stets ausreichend Abstand.

Wie finden wir die beiden?

Über allem, und Edgar betrachtete es als persönlichen Auftrag, stand Melanies diesbezüglicher Wille. *Ich will, dass wir die beiden finden.* Noch nie hatte sie derart direkt Stellung zu einem Verbrechen bezogen, und es war das erste Mal, dass sie Edgar von sich aus mit der Aufklärung eines Falles betraute.

Wie finden wir sie?

Wenn sie Saidas Zeichnungen als Vorlage heranzogen, waren sie ohne Zweifel ein unerwartetes, aber willkommenes Hilfsmittel. Nur: Marokko war ein großes Land. Flächenmäßig nochmal neunzigtausend Quadratkilometer größer als Deutschland, bei weniger als der Hälfte der Einwohnerzahl.

Wie kamen sie von Marokko nach Lanzarote?, fragte er sich. *Stopp! Wie ist bekannt. Aber von wo aus? Von Tanger, Rabat, Casablanca, Agadir? Keine Ahnung. Ich muss die Landkarte sehen. Und dann: Kann man anhand der Zeichnungen einen Weg nachvollziehen? Wie Perlen an einer Kette?*

Er pfiff den Vierbeinern. Keine zu sehen.

Er pfiff ein zweites Mal. *Ja, dort kommen sie. Prächtige Tiere. Lydia, die schöne, voraus, und Müller, der grinsende Affe, hinterher. Was für ein toller Morgen.*

*

„Rita, wir müssen reden", sagte er beim Frühstück. „Wir brauchen deine Einschätzung."

Sie nahmen die Kaffeetassen mit und begaben sich ins neue Büro, wo noch immer die Zeichnungen der Reihe nach auf dem Boden lagen.

„Wo würdest du Saida beheimaten? Wo war sie zu Hause?", fragte er. „Nicht lange überlegen. Ein Schnellschuss aus der Hüfte reicht."

Ritas Augen hüpften der Bildfolge entlang. „Mein erster Gedanke sieht sie dort, wo die Tiere auf der Weide stehen. Der Bauernhof in den Bergen. Die ersten Zeichnungen."

„Sehe ich auch so. Pass´ mal auf." Edgar lenkte ihre Aufmerksamkeit auf den Universalatlas, der auf dem Schreibtisch lag. Die aufgeschlagene Doppelseite zeigte Nordafrika mit dem Mittelmeer und den Kanarischen Inseln. „Hier. Marokko. Die Gebirge. Lies!"

Rita guckte, wo sein Finger hinzeigte. „Atlas. Hoher Atlas, Mittlerer Atlas, Antiatlas, Tellatlas, Saharaatlas – ach du meine Güte."

„Jaha", machte Edgar. „Berge über Berge."

„Wird schwierig aus der Entfernung", seufzte Rita.

Er ließ ihren letzten Kommentar unbeantwortet, aber die mögliche Alternative nistete sich ungefragt und unbemerkt in seinem Kopf ein.

Edgar wechselte die Perspektive. „Wie sieht es mit den sozialen Netzwerken aus? Fatma, oder wie immer sie vorher hieß, ist eine junge Frau. Ich meine, du bist doch bestimmt bei *Facebook* angemeldet. Willst du dich da mal umschauen? Einen Versuch wär's wert."

„Du willst sagen, dass ich nach einer Frau suchen soll, deren richtiger Name uns unbekannt ist? Vergiss es!"

„Halt. Ob Fatma ihr falscher oder richtiger Name ist, wissen wir nicht. Wir denken bloß, dass er falsch ist."

„Okay, Meister, dann probier' ich mein Glück. Aber mach' dir keine allzu große Hoffnungen."

Kurz vor Mittag läutete der Briefträger und lieferte ein Paket für Edgar Schaaf ab. Der Mann von der Post war noch nicht wieder ganz die Treppe hinunter, da hatte Edgar das Paket schon aufgerissen. Drei Bücher über Marokko. Die Bestellung vom *ZVAB*.

Mit dem erworbenen Schatz verzog er sich umgehend ins Büro und begann ohne Umschweife im ersten Wälzer zu blättern. *Das Marokko-Buch.*

Er grunzte zufrieden, als er feststellte, dass das Buch mehr Foto- als Textseiten enthielt, und war bereits nach wenigen Minuten vollständig in die ansprechende Bebilderung eingetaucht. Ihm war klar, dass die Bilder ohne Ausnahme die Postkartenidyllen des Landes zeigten, und dennoch konnte er sich einer stillen, ja ehrfurchtsvollen Faszination nicht entziehen. So und nicht anders hatte er sich immer den Orient vorgestellt, und fand angesichts der Fotografien keinen Widerspruch durch die Tatsache, dass Marokko vom geografisch verorteten *Morgenland* eine Erdteilbreite, nämlich Afrikas, entfernt lag. Er konnte sich an der arabisch geprägten

Architektur und an den farbenprächtigen Märkten, den *Souks*, nicht sattsehen.

Edgars Bilderwanderung, er war mittlerweile bis zur alten Königsstadt *Fès* vorgedrungen, geriet unvermittelt ins Stocken. Aus dem Buch sprangen ihm merkwürdige, dicht an dicht stehende, bienenwabenähnliche Bottiche in die Augen. Überwiegend runde, manchmal auch viereckige, aus Lehmziegeln gemauerte Behälter, in denen sich farbige Flüssigkeiten befanden. Der Platz mit den Bottichen war von ein- bis dreistöckigen Häusern umgeben.

Die Fotoaufnahme war zwar aus einiger Höhe geschossen, dennoch erkannte Edgar darin ein Motiv aus Saidas Gemälden. Im Nu hatte er das entsprechende Bild vom Boden aufgelesen und verglich es mit der Fotografie im Buch. *Das ist es*, dachte er. *Das ist es. Wenn auch aus einem anderen Blickwinkel, aber Saidas Gemälde zeigt eindeutig einen Platz im Gerberviertel von Fès.*

Er hob den Blick und schaute zum Fenster hinaus, als könne er in der Ferne Marokko sehen. *Fatma und Saida sind also in Fès gewesen. War die Stadt eine Zwischenstation auf ihrem Weg zum Meer? Und von wo kamen sie nach Fès?*

Edgar kehrte zum Buch zurück und las, was über *Fès* darin geschrieben stand.

*

Am Nachmittag wurde es laut ums Türmchenhaus. Mehmet und Ahmet Güdüler fixierten unter Einsatz einer Druckluft-Nagelpistole die dicken Isolierelemente mit Dachlatten auf den Sparren.

„Jetzt kann es meinetwegen regnen", sagte Mehmet. „Jetzt ist alles wasserdicht. Morgen dann die Querlatten für die Ziegel. Nächste Woche Ziegel drauf."

Edgar nickte. *Echt gut, diese Männer. Echt gut.*

Im Laufe des Nachmittags und weiter gegen Abend verspürte Edgar eine steigende innere Unruhe, die sich zum einen durch geistige Abwesenheit, zum anderen durch die zum Pfeifen gespitzten Lippen ausdrückte, ohne je einen Ton zu produzieren.

Melanie beobachtete ihn mit wachsender Neugier und erprobter Geduld und wartete förmlich darauf, dass er zeitnah mit seiner Kopfgeburt hinter dem Ofen hervorkam.

„Mit *Facebook* und Konsorten", hatte Rita nachmittags verkündet, „kommen wir nicht ans Ziel."

Diese Nachricht hatte Edgar im Grunde erwartet und regungslos akzeptiert. *Sind halt auch keine Alleskönner*, hatte er gedacht. Doch abermals war einer von Ritas Aussprüchen im Sieb seines Informationsdurchflusses hängen geblieben, wo er es nun, wie es seiner Art entsprach, von allen Seiten betrachtete und auf seine Verwendungsfähigkeit prüfte.

Ritas erst heute Morgen gesagten Worte, an die er sich nun erinnerte, waren: *Wird schwierig aus der Entfernung.* Und später diese: *Mit ... kommen wir nicht ans Ziel.*

Obwohl er den Umkehrschluss der beiden Sätze auf der Stelle begriff, ließ er die Erkenntnis und die daraus zu ziehende Konsequenz wie eine Maische im Kopf gären. Die ausgelösten Impulse mussten sich erst zu einem vortragsfähigen Gedanken entwickeln. Je länger dieser Prozess dauerte, stellte er fest, desto unausweichlicher wurde die Entscheidung. Er wusste, wenn ihm und der Familie die Suche nach Fatma und Saida wirklich ernst war, ihm keine andere Wahl bleiben würde, als die Sache auf den Punkt zu bringen. Und hier lag der Hund begraben.

Das Problem war, wie er es Melanie möglichst schonend beibringen sollte. Die Frage schien ihm komplizierter zu sein als die Herausforderung, um die es letztlich ging, selbst. Melanie war die Initiatorin der Suche, und Edgar zollte sowohl ihr als auch dem Projekt höchsten Respekt. Aber sie würde die Instanz sein, von deren Wort alles abhing.

Edgar verließ das Haus und ging nach draußen zur Baustelle. Ahmet und Mehmet waren schon nicht mehr da. Die Hände in den Hosentaschen blieb er vor dem Neubau stehen. *Das ist alles wunderbar*, dachte er und bemerkte nicht, dass ihm jemand gefolgt war.

„Na, mein Edgar, alles korrekt auf dem Bau?"

„Melanie. Ich habe dich gar nicht kommen gehört", gestand er. „Sieht gut aus, was?"

„Ja, das tut es", antwortete sie und schlang von hinten die Arme um seinen Bauch. „Dein Werk."

Eine Minute gemeinsamen Schweigens verging.

„Melanie?"

„Mein Edgar?"

„Liebst du mich?"

„Bis zum Mond und zurück", antwortete sie.

Erneut ließen sie geraume Zeit verstreichen.

„Bis zum Mond muss es nicht gerade sein", begann er. „Aber vielleicht bis nach Marokko?"

„Edgar?" Melanie war aufs Äußerste gefasst.

„Würdest du mit mir nach Marokko reisen?"

Samstag, 04. Mai 2024
Gengenbach

Es hatte keiner Überredungskunst bedurft. Nur der Organisationsmotor musste angekurbelt werden, und in dieser Beziehung zogen alle Bewohner des Türmchenhauses an einem Strang.

Eine Bedingung hatte Melanie gestellt: „**Mich** musst du nicht überzeugen, mein Edgar. Ich sehe die Notwendigkeit ein. Aber ich möchte, dass Rita uns begleitet."

Und genau Rita war es, die jetzt, Samstagvormittag, am Laptop saß und Flüge nach Marokko suchte. Hin und zurück für drei Personen. Hinflug sobald als möglich, Rückflug spätestens am Sonntag in einer Woche, denn tags drauf musste sie wieder zum Polizeidienst in *Offenburg* erscheinen.

Noch vor dem Mittagessen kam sie leichtfüßig die Treppe heruntergeflogen und schwenkte ein Blatt Papier in der Luft.

„Erstens: Schaut in eure Reispässe. Sie müssen noch mindestens sechs Monate gültig sein, okay? Zweitens: Edgar, ich brauche deine Kreditkarte. Ich muss die Buchungen direkt bezahlen."

„Was? Heißt das, es hat geklappt?", fragte er.

„Morgen früh geht´s los. Ab dem Großflughafen *Lahr* nach *Rabat* und eine Woche später zurück. Schlappe siebenhundertfünfzig Euro für alle drei."

Er guckte, nach Einverständnis heischend, zu Melanie, und sie antwortete mit einem Augenaufschlag. Also war die Sache gebongt, und er zückte die Kreditkarte.

„Ich buche gleich noch einen Mietwagen dazu, oder? Ein *SUV* für eine Woche? Und zwei Zimmer in einem Hotel in *Fès*?" Rita wedelte mit seiner Kreditkarte durch die Luft. „Jetzt, wo ich Geld hab´?", grinste sie schlitzohrig.

Koffer wurden gepackt, für Saida eine separate Tasche mit Unterwäsche und Kleider aus ihrem Zimmer in *Biberach*, sowie Handgepäck für die allerwichtigsten Dinge, wie etwas Notverpflegung, Reiseapotheke, Fernglas, Reisepässe, Telefone, Ladekabel und PCs. Rita bestellte ein Taxi für fünf Uhr dreißig.

Melanie engagierte ab Montag für eine Woche ihre treue Vertretung Frau Holzer für das *Aquarelle und Poesie* und informierte sie über geschäftliche Details, während Edgar und Gerti grundsätzliche Sachen besprachen. „*Müller* und *Lydia* können wir auf die Schnelle halt nicht mitnehmen. Das bleibt dann an dir hängen, Gerti. Und um die Bauarbeiten brauchst du dich nicht zu kümmern. Die Gebrüder Güdüler sollen mich anrufen, falls etwas sein sollte. Wir schreiben dir unsere Nummern auf einen Zettel. Angst müsst ihr keine haben. Die Hunde passen schon darauf auf, dass keine ungebetenen Gäste ins Haus kommen."

„Unser Stützpunkt wird also in *Fès* sein?", fragte Melanie, nachdem alle Vorbereitungen abgeschlossen waren.
„Warum? Was versprichst du dir davon?"
„Von Saidas Zeichnungen her ist *Fès* der erste identifizierbare und relativ zentral gelegene Ort. Unter einer Million Einwohnern werden wir zwar niemanden finden, der sich nach zwei Jahren, so lange mag es ungefähr her sein, dass Fatma und Saida dort gewesen sein müssen, an eine Frau mit einem kleinen Kind erinnert. Das können wir uns schenken.

Warum sie *Fès* verlassen haben, wissen wir nicht. Aber wenn die beiden nach Europa gewollt haben, wäre *Tanger* der nächste Schritt gewesen. Denken wir an die Zeitungen *Tanger le Jour*.

Mich jedoch interessiert die Gegend, die Saida mit Ziegen und Schafen gemalt hat. Und mit den Bergen. Ich baue auf ihr fotografisches Gedächtnis. Ich hoffe, wenn wir uns an die Horizontlinie der Berge halten, auch Fatmas und Saidas Aufenthaltsort zu finden."

„Wir fahren also ins Blaue und vergleichen die Berglinien mit Saidas Zeichnungen?"

„Ja, aber nicht nur. Wir werden *Google Earth* nutzen. Leider ist die *Streetview*-Funktion in weiten Teilen Marokkos nicht möglich. Wenn man aber trotzdem auf Straßenniveau geht, ist die Topografie erkennbar, und man kann bekanntlichermaßen um dreihundertsechzig Grad navigieren. Davon verspreche ich mir einiges. Im Prinzip könnten wir damit heute schon anfangen."

„Und warum tun wir das dann nicht?", fragte Rita.

„Wer hindert dich daran?", sagte Edgar.

Teil II

Montag, 06. Mai 2024
Provinz Taza/ Fès, (Marokko)

Die Ziegenweide lag im Bergschatten. Erst im späteren Verlauf des Morgens würden die Sonnenstrahlen diese Seite des Tales bescheinen. Über die kahlen Bergkämme fegte ein kalter Wind. Vor den Mäulern der Ziegen bildeten sich kleine Dunstwolken aus der Atemluft, genau wie bei Saida selbst.

Saida spürte kaum noch die Zehen in den viel zu großen Gummistiefeln. Die Kälte kroch die Beine hoch, unter die Djellaba, die ihr ebenfalls zu weit und zu lang war. Aber etwas anderes hatte man ihr nicht gegeben.

Sie zählte die Tage eigentlich nicht, aber seit ihrer Ankunft war sie jeden Tag mit den Ziegen auf der Weide gewesen. Und sie erinnerte sich, dass sie vor ziemlich genau zwei Jahren ebenfalls hier oben gewesen war. Nachmittags, das wusste sie noch, denn vormittags hatte sie zur Schule gemusst.

Hier oben. Wenn sie die Kälte unbeschadet überstehen würde, dann würde sie lieber ständig hier oben sein als unten im Tal. Das Haus und die Stallungen *des Mannes*, der nicht ihr leiblicher Vater war, wirkten aus der Höhe so klein wie Streichholzschachteln, die man zusammengewürfelt hatte. Die Frau, die jetzt mit *dem Mann* unter einem Dach lebte, war nicht ihre Mutter. Vielleicht war sie deswegen so streng und unfreundlich zu ihr. Eigene Kinder, wie Saida vermutete, hatte die Frau nicht, sofern diese nicht schon in einem Alter waren, sodass sie das Elternhaus hatten verlassen können. Jedenfalls war ihrerseits nie die Rede von Kindern.

Von dieser Frau, sie hieß Karima, hatte Saida die Gummistiefel und die Djellaba bekommen. Die Jeanshose und das T-Shirt, die sie bei ihrer Ankunft getragen hatte, waren irgendwo weggeschlossen oder versteckt worden.

Vorerst, hatte es geheißen, bräuchte sie nicht zur Schule gehen. Vielleicht später, wenn keiner mehr Fragen stellen würde.

Seit Saida hier war, hatte sie noch kein einziges Wort gesprochen. Weder mit *dem Mann*, noch mit der Frau. Auch nicht, als man sie geschüttelt und angeschrien hatte, dass sie reden möge. Sie sagte einfach nichts und blieb stumm. *Der Mann* sprach ausschließlich seinen Berberdialekt, die Frau beherrschte dazu das marokkanische Arabisch. Französisch aber blieb tabu. Wenn es sich nicht vermeiden ließ, dann antwortete sie auf eine Frage entweder mit Kopfnicken oder mit Kopfschütteln. Ihre Lippen aber blieben verschlossen.

Sie nannten sie Dahbia. Doch so hieß sie nicht mehr. Ihre Mutter hatte ihr einen anderen Namen gegeben, und nur so wollte sie gerufen werden. Weil sie aber nicht redete, wussten *der Mann* und die Frau nichts von dem neuen Namen, und irgendwie fand Saida das gut. Es war, wie ein Geheimnis zu hüten, von dem jetzt, da Maman nicht hier war, außer ihr niemand Kenntnis besaß. Ob die Leute von der Schule in Deutschland oder die Frau aus dem kleinen Bilderladen in der Stadt sich an sie erinnerten, glaubte sie nicht.

Maman. Wie sehr sie ihr fehlte.

Saida versuchte verzweifelt zu verstehen, was geschehen sein mochte, nachdem *der Mann* sie aus der

Wohnung in Deutschland abgeholt hatte. Von wegen abgeholt. Herausgeprügelt.

Ziemlich bald nach der Abfahrt hatten *der Mann* und Maman heftig miteinander gestritten. So heftig, dass *der Mann* plötzlich an den Straßenrand gefahren war, ihre Maman aus dem Auto befohlen und sie mit sich in den Wald neben der Straße gezerrt hatte.

Nach einer ganzen Weile war *der Mann* alleine zurückgekommen, hatte sich wortlos hinter das Steuer des Autos gesetzt und war weitergefahren. Ohne Maman. Seither hatte Saida sie nicht mehr gesehen. Statt Maman lebte diese andere Frau bei ihm.

Maman hatte es Saida auf Lanzarote erklärt, dass er nicht ihr Vater sei. Dass er sie nicht als Tochter anerkennen und auch nicht als solche adoptieren wollte. *Bahir ist nicht dein Vater*, hatte sie gesagt, *und er kann nicht über dich bestimmen. Er ist kein guter Mann. Aber das hast du ja selber gesehen.*

Ja, das hatte sie gesehen und gezeichnet, aber das Heft mit den Zeichnungen war jetzt für immer verloren.

Warum war Maman nicht wieder mit ihm zum Auto zurückgekommen? Saida verstand das nicht. Obwohl sie seinen Namen wusste, nannte sie ihn immer nur *der Mann*.

Für Schafe wäre diese karge Weide nicht gut genug gewesen. Sie war zu unwegsam, und wenn überhaupt, dann wuchs Gras nur sehr spärlich. Für Ziegen jedoch war sie ideal. Sie knabberten die harten widerstandsfähigen Gräser und die hölzernen Triebe des Gebüschs, das sich wie Inseln im Meer auf dem ausgedehnten Hang verbreitete.

Die Ziegen verteilten sich allmählich über die große und abschüssige Weide. Ziegen waren gute Kletterer. Waren es sonst genügsame Tiere, so wagten sie sich für einen guten Bissen auch auf die steilsten Felsen. Solch eine Herde beisammenzuhalten war keine leichte Aufgabe für ein Kind.

Es waren zweiunddreißig Milch-Ziegen, die schon mindestens einmal gelammt hatten, und vierzehn Kitze, die jedoch bereits von der Milch entwöhnt waren.

Von der Ziegenhaltung allein könnte *der Mann* nicht leben. Der Verkauf des Fleisches und des Käses waren für ihn nicht mehr als ein Zubrot, das zudem arbeitsaufwendig war. Das Haupteinkommen erwirtschaftete er mit den Schafen, von denen er mehrere Herden besaß. Allerdings entwickelte sich das Geschäft mit Schafswolle rückläufig und machte *den Mann* übellaunig, gerade jetzt im Mai, da die Schafe geschoren worden waren und die Wolle zu Ballen gepresst wurde. Bald würde der LKW der Genossenschaft die Winterwolle abholen und der Fahrer würde wie immer versuchen, die Ware schlecht zu reden und den Preis zu drücken.

Saidas Mahlzeit für den ganzen Tag waren ein Fladenbrot und ein Stück Käse, die sie in einem Stoffbeutel mit einer langen Kordel um den Hals trug. Den Durst musste sie aus einem Bergbach stillen.

Etwa in mittlerer Höhe setzte sie sich mit dem Rücken in den Windschatten eines zentral gelegenen Felsens und schlug die Kapuze nach hinten. Das dunkelbraune lockige Haar fiel auf die schmalen Schultern. Sie brach etwas vom trockenen Brot ab und kaute es ausgiebig. Die Sehnsucht nach Mamans gutem Essen trieb ihr Tränen ins Gesicht, die ihr bald über die Wangen liefen.

Gestern Abend hatte sie mit Farid, dem Bruder *des Mannes*, die Ziegen gemolken. Ihn mochte sie vielleicht ein ganz kleines bisschen, auch wenn Maman einmal gesagt hatte, sie solle ihm besser aus dem Weg gehen. Aber das war schon über zwei Jahre her.

Sie war sich nicht richtig sicher, denn Karima und *der Mann* sagten über ihn, er sei etwas verrückt. Farid hatte während des Melkens gesungen, nicht laut, aber immerhin, und er war der Einzige auf dem Hof, der lachen konnte. Zumindest tat er das, was er für Lachen hielt. Lachte er nicht, dann brabbelte er die meiste Zeit etwas vor sich hin, auch wenn sich gar niemand in seiner Nähe aufhielt, in einem Dialekt, den Saida nicht verstand, und er schnitt Grimassen, die er für lustig hielt. Oder die Grimassen kamen von allein aus ihm heraus, ohne dass er es merkte. Saida konnte das nicht bewerten. Aber sie war gespannt auf heute Abend.

Saida fürchtete sich nicht vor den Ziegen, auch wenn sie bei den Böcken besser vorsichtig blieb. Die konnten ein kleines Mädchen mit einem einzigen Rammstoß zu Boden werfen, und bei steilem Gelände mit unzähligen Steinen und Löchern war das nicht ungefährlich. Die Muttertiere und die Kitze aber liebte sie schon allein deswegen, weil Maman ihr erzählt hatte, dass die Ziegen eigentlich ihr gehörten, denn sie waren die Hochzeitsgabe ihres Vaters gewesen. Und wenn sie Maman gehört hatten, dann gehörten sie jetzt Saida.

Als die Sonnenstrahlen kurz vor Mittag endlich die Weide erreichten, wurde es innerhalb kurzer Zeit sehr warm. Saida begann in den Gummistiefeln und unter der Djellaba zu schwitzen, und da weit und breit kein

Mensch zu sehen war, zog sie das übergroße Kleidungsstück einfach aus und schlüpfte aus den Stiefeln.

*

Erster Tag.
Daran, dass sie Fatma und Saida gleich am ersten Tag finden würden, hatte selbst Melanie nicht geglaubt. Obwohl sie es niemals ausgeschlossen hätte. Dass die Suche aber gleich von den ersten Stunden an so aussichtslos erschien, versetzte sie bereits kurz nach der Abfahrt von ihrem Hotel in *Fès* in Unruhe. Mit dem Geländewagen eines französischen Herstellers, den Rita lenkte, fuhren sie auf der A2 Richtung Osten.

„Auf gut Glück", wie Edgar es genannt hatte, denn bisher hatten sie keinerlei konkretere Anhaltspunkte für eine zielführende Suche gefunden. Weder Landkarten noch *Google Earth* gaben irgendwelche brauchbaren Hinweise her.

Melanie hätte nicht gedacht, dass das Land, über das sie fuhren, so fruchtbar sein würde. Ihr imaginäres Bild von Marokko war geprägt von kargen, steinigen und nackten Böden, hie und da von einzelnen grünen Oasen mit Palmenbestand durchbrochen, wie man es auf der Südseite der Atlasgebirge tatsächlich vorfand. Hier allerdings, zwischen den Höhenzügen des Rif-Gebirges und des Mittleren Atlas wurde zu ihrem Erstaunen weitflächig Landwirtschaft betrieben. Es wurde Getreide angebaut, aber auch Kartoffeln, Bohnen, Möhren und Melonen. Außerdem gedieh in der Region vortrefflicher Hanf, und nicht von ungefähr war Marokko weltgrößter Exporteur von Haschisch.

Vor der Ausfahrt nach *Taza* meinte Edgar, sie sollten sich vielleicht doch mehr zu den Bergen hinwenden, und Rita bog von der Schnellstraße ab.

Taza, eine Stadt mit beachtlichen hundertsechzigtausend Einwohnern, lag bald hinter ihnen. Sie befanden sich auf der N 29 Richtung Süden, und somit in die Berge des Mittleren Atlas. Die Straße erwies sich als extrem kurvenreich und verlangte Rita ihr gesamtes fahrerisches Können ab. Bei fast jeder sich bietenden Gelegenheit bogen sie von der asphaltierten Straße ab und stachen über unbefestigte Schotterpisten in die Täler hinein, die Augen stets auf der Suche nach Dörfern oder abseits gelegenen Bauernhöfen mit dem passenden bergigen Hintergrund. So bewundernswert die Landschaften auch waren, so ernüchtert ließen sie Edgar und Melanie zurück. Unzählige Täler, zahllose Berge, und überall konnten die Gesuchten sein, doch kein einziges Panorama deckte sich mit Saidas Bildern. Hinter jeder nächsten Kurve bot sich ein neuer Ausblick, wuchs eine neue Hoffnung, nur um sich als Enttäuschung zu wiederholen. Im Übrigen stellte sich diese Art des Vorgehens als zu zeitraubend heraus. Ein Blick auf die Landkarte verdeutlichte schmerzhaft, dass sie erst einen Bruchteil aller Möglichkeiten abgefahren hatten.

Dennoch hielt Edgar dieses Gebiet des Mittleren Atlas für vielversprechend. Er faltete die Straßenkarte zusammen und steckte sie ein. „Wir werden uns vorerst auf diese Region konzentrieren", sagte er. „Die Berge und Täler zwischen der N 29 und der N 4, die westlich von hier verläuft. Wir werden *Google Earth* bemühen, bis die Festplatten glühen. Rita, ich denke, wir fahren für heute zurück."

Das Hotel *Les Merinides Fès* lag an der *Borj Nord* außerhalb des historischen Stadtkerns. Trotz ihrer Müdigkeit brachen Melanie und Rita nach dem Abendessen zum *Souk* auf. Edgar hatte darauf bestanden, dass sie ein Taxi nahmen, selber jedoch keine Lust auf einen Einkaufsbummel gehabt. Er zog sich mit einer Flasche marokkanischen Rotweins aufs Zimmer zurück, vielmehr auf den dazugehörigen Balkon, weil er den Wein mit einer Zigarette genießen wollte.

Er klappte den Laptop auf und erkundigte sich zunächst nach dem Wetter für den morgigen Tag. Die Aussichten standen schlecht, denn es wurde für die nördlichen Landesteile Marokkos bis zu den Atlasgebirgen Regen angekündigt. *Das fehlt uns gerade noch, dass es die ganze Woche lang seicht*, dachte er mürrisch.

Wie er aber wusste, kannte *Google Earth* kein Mistwetter. Also zoomte er die Sicht auf die nördlichen Vorberge des Mittleren Atlas aus der Vogelperspektive so nah heran, dass das System automatisch von der Vertikalen in die Horizontale wechselte. Gebäude, Bäume und Autos versanken zwar konturenlos im Erdboden, doch die Beschaffenheit der Landschaft blieb erhalten. Auf diese Weise schwebte er praktisch, indem er die Richtungspfeile betätigte, in der Augenhöhe eines Fußgängers in jede beliebige Richtung. Die auf diese Weise überflogenen Gebiete trug er mit Bleistift in die Landkarte ein. Mittlerweile liebte er dieses Spiel geradezu. Der Wermutstropfen bei der Sache war, dass weder er noch Rita bisher fündig geworden waren.

Längst benötigte er Saidas Abbildungen der Berge nicht mehr als Vorlage. Er hatte sie quasi in die

Netzhaut seiner Augen geätzt. Heute startete er die Suche östlich und entlang der N 4 zwischen *Fès* und *Boulemane*, wobei er wie ein Rasenmäher Streifen für Streifen *abgraste*. Beim anschließenden Übertrag auf die Landkarte ergab sich dadurch ein schraffiertes Muster.

Edgar war immer wieder erstaunt, wie enorm die Unterschiede zwischen den mutmaßlich zurückgelegten Strecken auf dem Laptopbildschirm und den letztlich eingetragenen und tatsächlichen Flächen auf der Landkarte waren. *Kann es sein, dass dieser Erdball in Wirklichkeit doch größer ist als ich gemeinhin immer dachte, dass er sei?*

Er arbeitete am Computer, auch heute erfolglos, bis Melanie und Rita, beide in unzweifelhaft orientalische Düfte gehüllt, aus dem *Souk* zurückkehrten. Aber zumindest waren sie einkaufsmäßig erfolgreich gewesen.

Dienstag, 07. Mai 2024
Provinz Taza/Fès, (Marokko)

Die Wolken hingen tief über dem Tal und es war nasskalt. Saida fröstelte, als sie um halb sieben Uhr aufstand, und aus der Nase lief der Rotz. Ihr graute davor, bei diesem Wetter auf die Weide zu müssen, die auf einer Höhe zwischen tausendfünfhundert und tausendsiebenhundert Meter über dem Meer lag. Sie würde mitten in der Wolke stecken und keine zehn Meter weit sehen können. Das hieß, dass sie die Ziegen aus den Augen verlieren würde.

Als sie die Küche betrat, war niemand da. Von draußen drang lautes Gekeife herein. Durchs Fenster sah sie, wie Karima mit Farid stritt. Über was gestritten wurde, bekam Saida nicht mit.

Auf dem Tisch stand ihr Frühstück. Eine Tasse kalte Milch und Fladenbrot zum Tunken. Daneben lag ein Paar Wollsocken, und über der Lehne ihres Stuhls hing ein gelber Regenschutz mit Kapuze, natürlich in Erwachsenengröße.

Saida starrte auf die Milch, die sie normalerweise gerne trank. Heute jedoch war sie ihr zuwider, und so setzte sie sich auch nicht an den Tisch.

Karima polterte herein und knallte die Tür hinter sich zu. „Hab´ ich es hier nur noch mit Idioten zu tun?", maulte sie in der Berbersprache und schnauzte dann Saida an. „Iss und trink´, damit du fortkommst! Die Socken, der Regenmantel – du wirst sie brauchen. Mach´ schon!"

Saida presste die Lippen zusammen und blieb reglos stehen. Karima hantierte mit Milchgefäßen aus Aluminium, verschiedenen Siebeinsätzen und Filterpapier.

„Wenn du nicht essen willst, ist es deine Sache", sagte Karima, nahm Tasse und Brot vom Tisch, drückte Saida die Socken in die Hand, warf ihr den Regenschutz über die Schultern und reichte ihr das Stoffsäckchen mit Brot und Käse zum Mitnehmen. „Los jetzt! Auf die Weide mit dir! Und komm´ bloß nicht heim und sag´, dass du Hunger hast!"

Dank der Wollsocken schlackerten die Stiefel nicht mehr so arg um die Füße. Zu groß waren sie indes noch immer. Der Regenschutz reichte Saida bis über die

Knie, während die Hände in den Ärmeln verschwanden. Per se nicht das Schlechteste, denn so blieben die Hände länger warm.

Dagegen rutschte ihr die Kapuze ständig über die Augen und schränkte das Blickfeld ein. Sobald sie mit der Ziegenherde die Weide erreicht hatte, strömten die Tiere auseinander und in den Nebel hinein. Saida hörte nur noch am Gebimmel der Glöckchen, wo sie sich aufhielten. Sollte sich der Nebel am Nachmittag nicht lichten, wären die Glocken ihre einzige Chance, die Ziegen am Hang zu finden und nach unten zu treiben.

Vielleicht, dachte sie, *war es blöd von mir, das Frühstück nicht zu essen. Eigentlich wollte ich eher* **sie** *bestrafen anstatt mich.*

Sie kletterte in die ungefähre Richtung, in der sie den Felsbrocken wähnte, an dem sie gestern gesessen war und entdeckte ihn mehr zufällig als wirklich zielsicher angestrebt. Sie schob einen der herumliegenden Steine dazu und hockte sich drauf, den Regenschutz wie ein Dach bis zum Boden nutzend. Er funktionierte ein bisschen wie eine Käseglocke, unter der sich die eigene Körperwärme staute.

Bald wanderten Saidas Gedanken zu der Szene zurück, als Maman von *dem Mann* in den Wald gezerrt wurde. *Kann es sein, dass sie nicht mehr wiederkommt? Dass er sie dort im Wald geschlagen hat? So, wie er sie schon oft geschlagen hatte, nur diesmal stärker und heftiger? Kann es sein, dass Maman noch immer dort liegt? Vielleicht ist sie verletzt und kann nicht mehr aufstehen, oder ...*

Saidas Gedanken weigerten sich, das Undenkbare anzunehmen und klammerte sich an die Hoffnung: *Vielleicht ist alles nicht so schlimm.*

Karima hatte ihr gesagt, dass ihr Opa vor Kummer darüber, dass seine Tochter ihren Mann verlassen hatte, gestorben sei.

„Jetzt hast du keine Verwandten mehr. Auch deine Großtante lebt nicht mehr. Bahir ist der einzige, der für dich sorgt. Also sei nett und freundlich zu ihm."

Mit *Bahir* meinte Karima den Mann, den Saida als *der Mann, der nicht mein Vater ist* bezeichnete. In dessen Haus sie mit ihrer Maman gewohnt hatte und jetzt wieder wohnte, allerdings ohne Maman.

An die Großtante konnte sie sich überhaupt nicht erinnern, und an den Großvater nur noch ein bisschen. Maman und Saida waren nicht öfter als zwei oder dreimal bei ihm in seiner armseligen Hütte zu Besuch gewesen. Er hatte aufgehört zu arbeiten und von dem Geld gelebt, dass Mamans Mann ihm hatte zukommen lassen. *Hauptsächlich wegen der Ziegen und nebensächlich wegen der Heirat mit Maman.*

Davon, dass ihr Opa hungers gestorben war, weil Bahir Fouhami nach Mamans Flucht die Zahlungen an ihn eingestellt hatte, wusste Saida freilich nichts.

Während sie so saß, den Gedanken nachhing und versuchte zu verstehen, verging unmerklich die Zeit, und mit der Zeit schlichen Kälte und Nässe auch unter den Regenschutz. Saida dachte nicht daran, sich durch Bewegung warm zu halten, sondern kauerte sich mehr und mehr zusammen, bis sie nur noch eine kleine gelbe, vor Kälte bibbernde Kugel darstellte. Dann senkte sich die graue dunkle Wolke ganz auf sie herab, hüllte sie gnädig ein und trug sie auf dem Kamm einer brodelnden Welle über den Ozean der Stille fort.

Gegen Abend, zur Melkzeit, trudelten kleine Gruppen und einzelne Ziegen auf dem Hof ein und warteten blökend vor dem Melkstall. Bahir Fouhami, der beim Abendessen saß, schickte Karima hinaus um nachzusehen, was da los sei.

„Etwa die Hälfte der Ziegen ist da. Von Dahbia aber keine Spur", kam sie zurück und blieb vor dem Tisch stehen.

„Das Luder ist zu dumm, um auf ein paar Ziegen aufzupassen", brach es wütend aus ihm heraus. Zornesrot stürmte er aus der Küche und brüllte draußen nach Farid. Der erschien, verwundert über das Geschrei, mit einer Mistgabel in der Tür eines der Ställe.

„Geh´ hoch zur Ziegenweide und schau nach, wo das Gör steckt! Und bring den Rest der Herde mit! Wehe ihr, wenn ein Tier fehlt. Los, mach´ schon!"

Farid, den viele für nicht ganz bei Sinnen hielten, war nicht dumm. Als jüngerer Bruder hatte er zwar den Hof nicht geerbt, sich in Bezug auf Schafe jedoch einen über die Provinzgrenzen hinausreichenden Ruf erworben. Es gab kaum einen Zweiten, der so viel über Schafe und alles, was mit ihnen im Zusammenhang stand, wusste wie er. Sein anderes gepflegte Fachgebiet waren die Sprache und die Dialekte der Berber. Aus diesem Grund vertrat er die Provinz *Taza* bei den regelmäßig stattfindenden Konferenzen der Berberstämme und genoss dort ein hohes Ansehen.

Außer diesen beiden Betätigungsfeldern hatte er aber keine eigenen Ambitionen. Er war ein anspruchsloser Mensch und fühlte sich in der Blase, deren Grenzen er kaum je überschritt, sehr wohl. Die Arbeiten auf dem Hof, als sozusagen besserer Knecht, verrichtete er mit aller Sorgfalt. Den heftigen Wutausbrüchen seines cholerischen Bruders begegnete er mit zwei jahrelang erprobten Strategien: Entweder zog er sich wie eine Schnecke in ihr Haus zurück und ließ die Schimpftiraden des Älteren an sich abprallen. Zudem konnte er sich ausgezeichnet selbst unterhalten, indem er Lieder sang oder seine Handlungen laut und wortreich beschrieb. Oder, wenn die Luft im Haus gar zu dick wurde, begab er sich hinaus zu den Schafherden und den angestellten Hirten, und blieb manchmal tagelang fort.

Er hatte sich nie in das Leben seines Bruders eingemischt, auch wenn ihm zum Beispiel dessen Umgang mit Meryem nicht gefiel. Das war des Bruders Privatsache. Aber er, Farid, war es schließlich gewesen, der über seine mannigfaltigen Kontakte zu den verschiedenen Berberstämmen die Suche nach Meryem und deren Tochter angestoßen hatte. Nicht ganz uneigennützig, wie er zugeben musste, denn er hatte Meryem immer gemocht. Doch leider war die letzte und entscheidende Information versehentlich bei seinem Bruder gelandet.

Und nun war sie wieder hier. Die Tochter. Was sein Bruder mit Meryem angestellt hatte – Farid konnte es nur ahnen, stellte aber keine Fragen. Er würde sowieso nur die Antwort erhalten, dass ihn das nichts anginge, und irgendwie, dachte er, war das ja auch so. Aber weil er es dennoch nicht für richtig erachtete, entzündete er in seiner Herzkammer ein kleines Feuer. Für Meryem.

Er entdeckte das kleine gelbe Bündel hinter einem Stein, zusammengerollt wie ein Eichhörnchen im Winterschlaf. Sie reagierte nicht auf Ansprache. Also hob er sie hoch und war überrascht, wie leicht sie war.

Sie wiegt ja kaum mehr als ein Lämmchen, dachte er und spürte zugleich die Hitzewelle, die von ihrem kleinen Körper ausstrahlte.

Er trug sie, mit beiden Armen an die Brust gepresst, wie ein wertvolles zerbrechliches Gut nach Hause, wo Karima sie ihm abnahm und umgehend ins Bett legte.

*

Zweiter Tag.
Ein Blick aus dem Hotelfenster besagte Edgar, dass die gestrige Wettervorhersage eins zu eins der heutigen Wirklichkeit entsprach.

Bei den Verhältnissen, dachte er, *macht es keinen Sinn übers Land zu fahren, wenn man die Berge nicht sieht.*

Rita kam aus ihrem Einzelzimmer herüber, klopfte leise und öffnete die Tür. „'n Morgen. Sieht schlecht aus heute, was?"

Edgar nickte und schaute zu Melanie, die, ein Kissen im Rücken, auf dem Bett saß und in einem Buch las. „Gehen wir frühstücken?", fragte er. „Dann überlegen wir, was wir heute machen."

Sie verabredeten, dass Melanie und Rita den heutigen Tag für einen Stadtbummel nutzen würden, hauptsächlich durch die Altstadt, während Edgar sich im Hotel mit *Google-Earth* beschäftigen wollte.

Minute um Minute, Viertelstunde um Viertelstunde vergingen, doch Edgars schraffierte Flächen auf der Landkarte schienen sich kaum zu vergrößern. Er bewegte sich Streifen für Streifen auf die Stadt *Boulemane* südlich von *Fès* zu, und begann an seiner Taktik zu zweifeln. *Boulemane* lag in einer Höhe von siebzehnhundert Metern. Das bedeutete, dass umliegende Täler noch höher liegend einzuschätzen waren. *Zu hoch für Tierhaltung?*, fragte er sich. *Wie steht's da um Vegetation?*

Um diese Bedenken herum manövrierte er sich in Abwesenheit der Frauen schließlich in das Fahrwasser, das Sinn und Unsinn des gesamten Unternehmens auf den Prüfstand stellte. Was würden sie tun, wenn sie Fatma und Saida tatsächlich aufspüren sollten? Sie einfach einladen? Mitnehmen? Flüge für sie buchen? Besaßen sie überhaupt Reisepässe? Und wie würden sie mit dem Entführer verfahren? Die Polizei verständigen? Anzeigen? Würde er die Entführten einfach so gehen lassen? Was, wenn es zu gewalttätigen Auseinandersetzungen käme?

Edgar unterbrach die Sitzung vor dem Laptop und begab sich auf den Balkon hinaus, um zu rauchen. Über die Dächer der Stadt trieben dichte Wolken und es wehte ein unangenehmer Wind. Er qualmte hektisch und drückte die Kippe am Geländer aus. Der Wind blies die Glutasche davon.

Daheim in Deutschland eine Entscheidung zu treffen ist die eine Sache, dachte er. *Sie in einem fremden Land umzusetzen eine andere. Wir können uns hier höchstens auf die Magna Charta als Legitimation für unser Tun berufen*, meinte er sarkastisch.

Zurück am Laptop, verlegte er die Suche in die Region, in der sie gestern umgekehrt waren: Die Täler und Berge westlich der N 29. Er ging erneut im Rasenmähermodus vor und scannte Streifen für Streifen ab.

Gegen Mittag lechzte er nach einem Kaffee, nahm die Finger von den Pfeiltasten des Computers und wählte am Haustelefon die Nummer des Zimmerservice. In circa fünf Minuten würde der Kaffee gebracht werden, erhielt er Bescheid, worauf er die Zeit zum Pinkeln nutzte.

Tatsächlich klopfte es früher an der Tür als angekündigt, und mit dem dampfenden Getränk in der Hand steuerte er zum Computer zurück. Er legte den Finger auf die Taste – und zog ihn, als hätte er eine heiße Herdplatte berührt, mit einem ungewollten Aufschrei zurück.

Edgars Augen saugten sich am Bildschirm fest. Denn da war es. Leuchtete ihm entgegen. Saidas Bergwelt. Die Bergspitzen und der dazwischenliegende Pass.

Mit flatternden Händen holte er die Zeichnungen herbei und verglich die Horizontlinien miteinander.

Da gibt es keine zwei Meinungen, murmelte er, und augenblicklich waren sämtliche Bedenken von wegen Unsinn vergessen. *Wären wir gestern nur nicht so früh umgekehrt.*

Nun, da er die Ansicht entdeckt hatte, wollte er auch den Punkt auf der Karte finden, und verließ zu diesem Zweck die *Streetview*-Funktion. Ein simpler Tastendruck genügte, und die Kamera wechselte aus der horizontalen in die vertikale Ansicht, als würde sie sich in einem aufsteigenden Helikopter befinden. Es dauerte eine Sekunde, bis der Fokus die richtige Schärfe einstellte. Dann pixelte es sich heraus: Ein Gehöft, bestehend aus einem Hauptgebäude und einer Ansammlung von Nebengebäuden, mit einer Reihe rechteckiger Flächen im näheren Umkreis.

Edgar arbeitete mit dem Zoom. Mal höher, mal tiefer, mal Gesamtansicht. Seine Achselhöhlen sonderten Schweiß ab, die Hände waren feucht, der Kaffee wurde kalt.

Ich hab´ dich, ich hab´ dich, ich hab´ dich, flüsterte er. Mit zitternden Fingern notierte er die geografischen Positionsdaten. Dann rief er Melanie an.

Mittwoch, 08. Mai 2024
Provinz Taza (Marokko)

Das Zimmer, in dem sie lag, war nicht größer als eine Kammer und zudem unbeheizt. Außer dem Bett befanden sich noch ein ramponierter Stuhl, eine dunkle Kommode und ein Nachttopf darin. Dafür gab es zwei Türen. Die eine Tür ging in die Küche hinaus, die andere direkt in einen der Ställe.

Als sie noch in Deutschland gewesen war, hatte Saida auf dem Heimweg von der Schule einmal ein paar Sekunden in die rotierende Trommel eines kleinen Betonmischers geschaut, bis ihr schwindelig geworden war. Die Erinnerung daran zischte die ganze Nacht und den folgenden Morgen unentwegt wie brühheißer Wasserdampf in ihren Kopf, ohne dass sie dabei einen Unterschied zwischen Nacht und Tag registriert hätte.

Sie lag brettsteif und starr im Bett und hatte doch das Empfinden, in genau so einer Trommel zu stecken und sich ständig, Beine voraus, zu drehen. Ihr war, als würde sie dabei abwechselnd durch kochendes und eiskaltes Wasser gezogen. Einmal meinte sie, vor Hitze platzen zu müssen, um kurz darauf jämmerlich zu frieren. Die Haare klebten schweißnass am Kopf, und ihre Zähne klapperten vor Kälte.

Wobei sie sich ihres Zustandes keineswegs bewusst war. Ihr betäubter Geist taumelte unkontrolliert wie die ausgebrannte Antriebsstufe einer Rakete durch einen schwarzen unbegrenzten Raum. Das kleine Herz pumpte unablässig glühende Fieberströme durch den Körper. Es war ein ständiges Ringen um die Oberhand zwischen Feuer und Eis.

Dann halluzinierte sie. Sie wähnte eine Gestalt über sich beugen und streckte die Arme nach ihr aus. *Maman, Maman*, glaubte sie sich rufen zu hören. *Maman, Maman*. Sie löste sich körperlos vom Bett, schwebte ätherisch leicht an die Decke und schaute engelsgleich und mitleidig auf das Mädchen hinunter, das von Fieber geschüttelt im Bett lag. Die Frau, die über dem Kind stand, sah jedoch nicht aus wie *Maman*. Sie hatte große Ähnlichkeit mit einer anderen schönen Frau, und zwar mit ... mit ... mit ...

Es fiel ihr nicht ein, denn wieder drehte sich alles um sie herum, doch ihr Anblick und dass sie überhaupt hier war hatte etwas Beruhigendes an sich. Oder war es bloß eine Erinnerung? Ein Wunschdenken?

Schließlich realisierte sie die Welt um sich herum nicht mehr. Immer öfter versank sie in eine Art Tiefschlaf, dessen Phasen mit fortlaufender Zeit zunehmend länger wurden. Wache oder helle Momente hingegen verliefen nur noch in flachen, kurzen und verschleierten Kurven. Der Atem verlor an Energie wie eine Batterie, deren Speicher sich leerte. Der Lavafluss durch die Adern wurde zäh, verdickte sich zu einer gallertartigen Masse und nahm allmählich die Farbe von Gestein an. Und niemand betrat den Raum, weder durch die eine noch durch die andere Tür.

*

Dritter Tag.
Rita fuhr im Stile eines Rallyefahrers. Wo es möglich war, schnitt sie rasant die Kurven, und davon gab es jede Menge auf der N 29. Die Nacht hatte einen erneuten Wetterwechsel gebracht und die Sicht war ausgezeichnet.

„Ich will keine Kommentare hören", hatte sie vorbauend wissen lassen.

Edgar jedoch konnte seine Zunge nicht zügeln. „Es hilft uns nicht, wenn man uns, bevor wir unser Ziel erreicht haben, von einem Felsen kratzen kann, verdammt."

Melanie stöhnte vor Anspannung. Jeder Muskel ihres Körpers wehrte sich unwillkürlich gegen die Fliehkräfte, die auf sie einwirkten. *Wenn ich das überleben sollte*, dachte sie maliziös, *kündige ich ihr die Freundschaft.* Die wunderschöne Landschaft, die es eigentlich verdient hätte wahrgenommen zu werden, bekam sie nur als vorbeisausendes Zerrbild mit.

„Du solltest mir besser die nächste Kurve ansagen anstatt zu fluchen", erwiderte Rita und schaltete einen

Gang zurück. „Jeder gute Rallyebeifahrer, der etwas auf sich hält, hat ein sogenanntes *Gebetbuch* von der Strecke. Zum Beispiel: Nächste Kurve links, neunzig Grad, dritter Gang Vollgas."

Mir wird schlecht, dachte Melanie, als sie das hörte.

Sie hatten sich von der Hotelküche Lunchpakete geben lassen und waren noch vor dem Frühstück losgefahren. Rita hatte die geographischen Positionszahlen in den Bordcomputer eingetippt und als Zeichen, dass sie nicht unnötig Zeit verlieren wollte, einen Kavalierstart hingelegt.

Auf der A 2 von *Fès* nach *Taza* war das mit ihrer Raserei ja noch erträglich. Aber sobald es hinauf in die Berge ging ...

Doch Melanie reklamierte nicht. Vielleicht empfand Rita in ähnlicher Weise wie sie selbst und ließ sich von einer inneren Ahnung leiten. *Manchmal tun Menschen Dinge, die sie hinterher nicht erklären können*, dachte sie. *Nicht nur ein Mann muss tun, was ein Mann tun muss, sondern auch eine Frau muss bisweilen tun, was sie tun muss. Und wenn Rita es für nötig erachtet, wie eine Sau zu rasen, dann wird sie ihre Gründe dafür haben.*

Nachdem Edgar sie gestern angerufen hatte und bis sie und Rita aus der Medina, der Altstadt, wieder im Hotel zurück waren, war es für eine Fahrt in die Berge des Mittleren Atlas zu spät gewesen. Es hätte keinen Sinn gemacht, in den Abend hinein eine Aktion zu starten, deren Ausgang und Ende niemand hätte voraussagen können. Irgendwie ärgerlich, aber so war es nun mal gekommen.

In der Folge hatte sich bei allen dreien eine betrübte Stimmung eingestellt, vielleicht die einmalige Chance und Zeit versäumt zu haben. Am Ende schoben sie, als Mittel gegen den Lagerkoller, die Schuld auf das Wetter.

In der Nacht war Melanie vom gleichen Schicksal heimgesucht worden wie Edgar einige Stunden zuvor. Wie aus heiterem Himmel hatte sie sich mit der Frage konfrontiert gesehen, wie die Geschichte fortgesetzt werden sollte, wenn sie Fatma und Saida tatsächlich antreffen würden? *Haben wir uns da nicht, holterdiepolter, in ein Abenteuer gestürzt, das wir nicht zu Ende gedacht haben?*, grübelte sie.

In der Tat waren ihrer aller Überlegungen von Beginn an nur von einem Thema bestimmt gewesen: Dass Fatma und Saida gefunden werden mussten. Was danach geschehen sollte, war noch mit keinem Wort erwähnt worden. *Gestern Abend zum Beispiel hätten wir doch Zeit gehabt, darüber zu beratschlagen. Oder hat Edgar eventuell einen Plan? Wenn ja, warum lässt er uns im Unklaren, wo wir doch alle im selben Boot sitzen?*

Es zählte normalerweise nicht zu Melanies Eigenschaften, offene Fragen nicht anzusprechen. Doch nach dem Aufstehen hatte sie ihre Bedenken über das Loch in ihrer Planung verschwiegen, um der Aufbruchsstimmung keine Stolpersteine in den Weg zu legen. *Außerdem*, gestand sie sich selber ein, *will ich nicht zugeben, Schiss vor der eigenen Courage zu haben.*

Man muss Rita zugutehalten, dass sie die Geschwindigkeit immer dann drosselte, wenn sie von der asphaltierten N 29 auf die Schotterpisten einschwenkte. Auf solch einer Nebenstraße befanden sie sich aktuell.

Die Zahlen der tatsächlichen geografischen Position näherten sich langsam aber beständig der einprogrammierten Zielposition an. Edgar verfolgte die digitalen Zahlen mit Argusaugen. Auch Rita orientierte sich mit raschen Seitenblicken aufs Display und verringerte das Tempo. Melanie atmete dankbar auf.

Die Computerstimme verkündete : **Vous avez atteint votre destination**. (Sie haben Ihr Ziel erreicht.)

Rita trat so abrupt auf die Bremse, dass sie den Motor abwürgte und Melanie und Edgar in die Sicherheitsgurte katapultierte. „Verdammt, kannst du nicht besser aufpassen?", ranzte Edgar sie an.

Aber Rita überhörte den Anpfiff geflissentlich, schaute kerzengerade zur Windschutzscheibe hinaus und sagte trocken. „Wir sind da, meine Herrschaften."

Es bestand kein Zweifel. Vor ihnen lag das Original zu Saidas Zeichnung. Die Berge, der Pass dazwischen, die Hänge, das Tal, und am Talesgrund das Gehöft mit den Scheunen und Pferchen.

Sie befanden sich auf dem Durchgangsweg, der weiter ins Tal hineinführte. Melanie, deren Blickfeld vom Rücksitz aus begrenzt war, stieg aus und stellte sich neben das Auto. Ihr Herz schlug schnell und hart gegen die Rippen, und in den Ohren dröhnte das rhythmische Rauschen des Blutes wie der Gleichschritt einer Armee von Soldaten. Die Gebäude, die über einen Zufahrtsweg erreichbar waren, lagen ungefähr fünfzig Meter schräg unterhalb der Straße. Außer einigen Schafen in einem der Pferche waren keine anderen Lebewesen am oder im Haus zu sehen. Weit entfernt auf einem der Hänge weideten Tiere. Ob Schafe oder Ziegen war für einen Ungeübten nicht zu erkennen.

Das einstöckige Haupthaus war entweder aus Lehmziegeln erbaut, oder mit Lehm verputzt. Von der erhöhten Straße aus bot es einen quadratischen Grundriss. Links und rechts der Haustür gab es je zwei kleine Fenster. Das flache Giebeldach war mit einem System aus Tonhalbröhren gedeckt. Der Zufahrtsweg endete auf einem Platz vor dem Haus, von dem wiederum einige Fahrspuren zu Scheunen und Nebengebäuden führten. Die Außenwände der Nebengebäude, Edgar zählte deren fünf, bestanden teils aus Hohlblocksteinen, teils aus Wellblech. Die Dächer hatte man mit gewellten Eternitplatten gedeckt.

Edgar stieg ebenfalls aus.

„Das ist es, Edgar", hauchte Melanie mit fliegendem Atem.

„Ja, es ist unglaublich. Genau wie auf dem Bild", antwortete er.

Melanie schluckte einen Kloß im Hals hinunter. „Edgar", sagte sie verzagt, „ich glaub' ich hab' ein bisschen Angst."

Er legte seinen linken Arm um ihre Schultern. „Ehrlich gesagt, ist mir auch ein wenig mulmig", raunte er ihr zu, „aber ich denke, wir stehen das jetzt durch."

Sie gingen langsam Hand in Hand auf das Haus zu. Rita folgte ihnen mit dem Geländewagen im Schritttempo. Je näher sie kamen, desto vernachlässigter wirkte das Haus. An Tür und Fensterläden, einheitlich grün, blätterte die Farbe ab. In den Wänden hatten sich Risse gebildet.

Melanie flüsterte: „Es ist jemand im Haus. Ich hab´ hinter einem der Fenster eine Bewegung gesehen."

Edgar drückte ihre Hand.

Dann waren sie an der Tür angekommen. Eine Türglocke existierte nicht. Edgar klopfte mit den Fingerknöcheln.

Nach einigen nervösen Atemzügen wurde die Tür geöffnet. Eine hagere, in eine dunkelgraue überknielange Djellaba gekleidete Frau mit schwarzem Kopftuch trat über die Schwelle. Misstrauisch und wortlos musterte sie die Besucher.

„Guten Tag", sagte Melanie auf Französisch, „mein Name ist Melanie, und das ist mein Mann Edgar. Sprechen Sie Französisch?"

Die Frau schien zu überlegen, ob sie die Frage mit ja oder nein beantworten sollte. Schließlich entschied sie sich für eine Gegenfrage: „Was wollen Sie?" Die Tonlage war nicht gerade freundlich.

„Wir sind aus Deutschland", antwortete Melanie. „Wir suchen Fatma Messoudi und deren Tochter Saida. Sind sie hier im Haus?"

Über das Gesicht der Frau glitt ein dunkler Schatten und unbewusst trat sie einen Schritt zurück. „Ich kenne keine Fatma Messoudi und keine Saida", behauptete sie in holprigem Französisch, während ihr Blick zur Seite wich und sie sich anschickte, ins Haus zurückzugehen.

„Warten Sie", reagierte Melanie schnell, zog das Selbstporträt Saidas aus ihrer Tasche und hielt es der Frau vors Gesicht. „Dieses Mädchen, Saida, und ihre Mutter – wo sind sie?"

Edgar beugte sich leicht nach vorne und nannte den anderen Namen: „Dahbia! Wo?"

Jetzt stieß die Frau einen schrillen Schrei aus und wirbelte herum. Ihr Versuch, die Tür zuzuwerfen, misslang, weil Edgar den Fuß über die Schwelle setzte. Die Tür federte zurück in den Raum hinein, worauf die Frau laut kreischend ins Innere des Hauses flüchtete.

Edgar hatte keine Zeit zu überlegen, welcher Vergehen er sich schuldig machte, wenn er der Frau hinterherlaufen würde – und folgte ihr. Nur am Rande stellte er fest, dass es sich um die Küche des Hauses handeln musste.

Die Frau verschwand im nächsten Raum, und wieder schaffte sie es nicht, die Tür zu schließen. Edgar kam mit seiner Kraft heran und drückte die Tür einfach auf. Die Frau wich mit panischer Miene rückwärts bis in die Zimmerecke zurück, die Arme und Hände abwehrend nach vorne gestreckt, als hätte Edgar den *Bösen Blick*.

Aber da hatte er das Kind im Bett bereits entdeckt. „Saida", sagte er, und rief laut Melanie herbei.

Die erkannte auf den ersten Blick, dass das Kind sterbenskrank war. Sie fühlte mit der Hand Saidas Temperatur, tastete ihren Puls. „Oh Gott", stöhnte sie, „Edgar, sie muss sofort in ein Krankenhaus."

Behutsam hob sie das Mädchen aus dem Bett und presste es an sich. Die Frau in der Ecke begann wieder zu schreien und zu zetern.

„Wo ist Fatma?", brüllte Edgar sie auf Deutsch an.

Melanie wiederholte die Frage auf Französisch, was allerdings das Geschrei der Frau zur Hysterie steigerte.

Melanie wandte sich an Edgar. „Edgar, das hat keinen Wert hier. Sofort ins Krankenhaus mit der Kleinen. Schnell."

Urplötzlich krachte mit gewaltigem Rumms die gegenüberliegende Tür an die Wand. Ein Mann platzte herein, Figur vom Typ Schwergewichtsboxer. Er benötigte nicht lange, um die Situation zu erfassen: Zwei völlig fremde Personen in seinem Haus, die eine das Kind in den Armen. Sein wettergegerbtes Gesicht verzog sich zu einer wütenden Fratze. Dann brüllte er etwas in einer unverständlichen Sprache und walzte auf Edgar zu.

Der, selber kein Hänfling, stieß ihn geistesgegenwärtig mit beiden Fäusten vor die Brust, sodass der Mann, auf diese Wucht nicht gefasst, nach hinten stürzte und im offenen Türrahmen zu Boden fiel.

„Raus hier", rief Edgar und drängte Melanie zur Küchentür.

Sie stürmten aus dem Haus. Rita hatte inzwischen das Auto gewendet und die Türen geöffnet. Melanie kletterte mit dem Kind in den Armen hurtig aber vorsichtig auf den Rücksitz.

Als Edgar sich auf den Beifahrersitz geworfen hatte, schnauzte er Rita an: „Auf was wartest du? Fahr´ los, Rita, aber schnell! Zeig´ was du kannst!"

Sie startete mit durchdrehenden Reifen und preschte mit Vollgas vom Hof auf den Zufahrtsweg. Ein Blick in den Rückspiegel: „Mist verdammter!", schrie sie. „Achtung! Köpfe runter! Da schießt einer auf uns!"

Und schon hörten sie durch das Prasseln des Kieses in den Radkästen den Knall eines Schusses. Die Scheibe des Heckfensters explodierte in Millionen Splitter, die wie Eishagel den Innenraum des Autos übersäten. „Verdammt!", schrie Rita.

Es knallte erneut, doch der Schuss ging am Auto vorbei.

Dann erreichten sie den Durchgangsweg, und Rita beschleunigte enorm. „Alles okay mit euch?", fragte sie atemlos.

„Melanie?" Edgar drehte sich im Sitz um. „Alles okay?"

„Alles okay", antwortete Melanie. Und mit Blick auf das Kind: „Rita, bitte. Jetzt musst du fliegen."

Während Rita am Steuer saß und schnell aber konzentriert fuhr, suchte Edgar im Internet nach dem nächsten Hospital.

„Dacht´ ich´s mir", sagte er nach einer Weile und programmierte die Koordinaten in den Bordcomputer. „In *Taza*. Aber es liegt günstig. Du kannst auf der N 29 bleiben. Es ist das *Hopital Ibno Baja*."

Melanie wiegte das apathische Kind auf ihrem Schoss und strich ihm sanft über die verklebten Haare. Abwechselnd murmelte sie beruhigende Worte und summte eine melancholische Melodie. Ab und zu flößte sie Saida etwas Wasser aus der Trinkflasche ein und kühlte ihre Stirn mit einem feuchten Tuch.

Bereits beim ersten Kontakt im Zimmer der hageren Frau hatte Melanie einen seltsamen Atemdunst bemerkt, der von dem Mädchen ausging. Melanie konnte es sich zwar nicht erklären, aber Saida roch nach Alkoholfahne. Aus Erzählungen wusste sie, dass manche Leute ihre Erkältung oder Grippe mit Alkohol bekämpften, bevorzugt mit reichlich heißem starkem Rum, in kurzer Zeit schnell getrunken, um so in einem brutal erzwungenen Schweißbad das Fieber auszukurieren. *Aber ein Kind und Alkohol?*, zweifelte sie. *Das wäre dann doch den Teufel mit dem Beelzebub ausgetrieben.*

„Lebt sie noch?", fragte Edgar mit besorgter Stimme.

„Ja", antwortete Melanie leise, „wenn man flackernde Augen als Lebensbeweis bezeichnen möchte. Du, ich glaube, Saida ist auch betrunken. Als hätte sie ein Fass Kräuterlikör intus."

„Das ist jetzt aber nicht dein Ernst, oder?" Edgar guckte ungläubig über die Schulter.

„Ich sag´ nur, was ich rieche. Sind wir bald da?"

Sie erreichten das Krankenhaus noch vor der Mittagszeit. Rita lenkte das Auto direkt vor den Haupteingang und ließ Melanie und Edgar aussteigen. „Viel Glück", wünschte sie. „Ich such´ einen Parkplatz und komme dann ebenfalls."

Edgar gab ihr ein Handzeichen, dass er verstanden hatte, und folgte Melanie, die bereits durch die Hauptpforte geeilt war. *Salle d'urgence* las sie auf einem Schild.

„Edgar, hier entlang", rief sie und marschierte resolut voraus. Da sie im Augenblick niemanden vom Klinikpersonal antraf, rief sie laut um Hilfe. Nur Sekunden später war sie von gleich drei Frauen in Schwesterntracht umringt. „Das Kind", sagte sie auf Französisch, „hat hohes Fieber …"

Schon wurde ihr Saida abgenommen und in einen Raum der Notfallambulanz getragen. Melanie wartete einen Moment, bis Edgar bei ihr war. „Ich geh´ da jetzt mit rein, mein Edgar", sagte sie, „und ich weiche keinen

Schritt von Saidas Seite. Du und Rita, ihr müsst was wegen Fatma unternehmen. Vielleicht ist sie ja doch noch auf dem Bauernhof."

„Ja, natürlich", antwortete er. „Ich hab´ auch schon daran gedacht. Hast du dein Handy dabei? Gut. Dann wissen wir, wo wir dich finden und bleiben in Verbindung." Er nahm sie in die Arme und küsste sie. „Ich mach mich zu Rita auf. Viel Glück, mein Engel. Alles wird gut."

Sie schaute ihm bewegt in die Augen. „Danke, mein Edgar."

Edgar entdeckte den Streifenwagen der Polizei gleich, nachdem er die Klinik verlassen und sich nach Ritas Auto umgeschaut hatte. Über den Grünstreifen hinweg, der die Klinik vom Parkplatz trennte, sah er Rita mit zwei uniformierten Männern sprechen.

Okay, dachte er, *dann wird die Sache ab jetzt offiziell. Vielleicht ist es gar nicht von Übel, wenn uns die Polizei zum Bauernhof begleitet. Denn definitiv ist Saida entführt und auf uns geschossen worden. Und eventuell hilft uns die Staatsmacht bei der Suche nach Fatma.*

Er ging schnurstracks auf den Streifenwagen zu. Einer der Polizisten beäugte ihn misstrauisch. Rita, die Edgars Kommen bemerkte, schien erleichtert aufzuatmen. Sie sprach zwei Sätze, worauf sich der zweite Polizist umwandte und Edgar erwartete.

„Hallo Rita, sind die Herren auch freundlich zu dir?", fragte Edgar und begrüßte die Männer auf Deutsch mit „hallo, guten Tag, mein Name ist Edgar Schaaf, guten Tag. Kann ich Ihnen helfen?"

„Gut, dass du da bist, Edgar", antwortete Rita als Erste mit angestrengter Stimme. „Die Beamten wollen uns anzeigen, weil …"

„Bonjour, Monsieur … comment? Schaff?", sprach ihn der Wortführer der Polizisten an, und er redete auf Französisch weiter, doch Edgar verstand davon nur das Wort *Passeport*.

Edgar kramte den Pass aus seiner Tasche und übergab ihn dem Beamten.

„Wir sind zu schnell gefahren, Edgar", schaltete sich Rita dazwischen. „Das gibt einen saftigen Strafzettel."

„Ach so, und ich dachte, sie sind wegen Saida hier", erwiderte er leise. „Haben sie davon nichts gesagt?"

Rita schüttelte den Kopf. „Er hat nur gefragt, was mit der Heckscheibe passiert sei. Steinschlag, hab´ ich geantwortet. Was machen wir jetzt?"

Der zweite Beamte ergriff ein ungefähr buchgroßes Gerät, das er an einem Riemen über der Schulter trug, fotografierte Ritas als auch Edgars Pass, tippte einige Zahlen ein und riss dann einen Papierstreifen ab, den das Gerät ausdruckte, und präsentierte ihn Edgar. „Voilà", sagte er. „Deux cents quarante Euro, s´il vous plaît."

Edgar hob eine Hand. „Moment", sagte er. „Rita, würdest du bitte übersetzen, dass ich einen Kriminalkommissar sprechen möchte?"

Rita übersetzte.

Die Körperhaltung der Beamten versteifte sich blitzartig. „Pourquoi, Monsieur?"

„Sag´ ihm, es geht um die Entführung einer Frau und ihres Kindes. Sag´ ihm, dass Interpol in dem Fall ermittelt."

*

Woran sich Melanie klammerte, war die Auskunft einer der Krankenschwestern: „Elle va bien."

Es geht ihr gut, wiederholte Melanie in Gedanken. *Das ist das Wichtigste.*

Die anderen Diagnosen verloren dagegen an Brisanz. Hohes Fieber (vierzig Komma vier Grad), Hoher Puls, Dehydration und eins Komma sechs Promille Blutalkohol.

In der Zeit, während Saida medizinisch versorgt wurde, saß Melanie wartend im Flur vor dem Behandlungszimmer. *Es scheint mein Schicksal zu sein*, dachte sie, *dass ich immer wieder im Flur einer Klinik um das Leben eines geliebten Menschen bange. Zweimal um Edgar, und jetzt um Saida. Aber* elle va bien. *Es geht ihr gut. Da gibt es nichts, das mehr zählt.*

Irgendwie, fand sie, *sehen Krankenhausflure immer gleich aus. Egal in welcher Stadt, in welchem Land man ist. Die glatten Fußböden, die Wände, das künstliche Licht – immer gleich. Und immer sind die Krankenschwestern in Eile, fliegen mit flinken Schritten bienenfleißig von Zimmer zu Zimmer.*

Als sie zum ersten Mal, nach dem Mordanschlag auf Edgar nahe der Insel Kritaholm, in einem solchen Flur gewartet hatte, hatte sie das Gelübde abgelegt, auf dem Jakobsweg in Spanien nach *Santiago de Compostela* zu pilgern. Ja, und Edgar hatte den Anschlag überlebt und war wieder gesund geworden, und sie hatte ihr Gelübde vor ziemlich genau einem Jahr in Begleitung ihrer besten Freundin Gerti vollzogen.

Elle va bien.
Saida.
Diese hagere Frau im Bauernhof – wer ist sie? Und wo ist Fatma?

Melanie war nach dem Namen des Kindes gefragt worden. „Saida Messoudi", hatte sie geantwortet, bei Angaben zu Adresse und Wohnort aber passen müssen. „Ich bezahle in bar", war ihre Ausflucht gewesen und hatte gleichzeitig gehofft, damit der ärztlichen Dokumentierungspflicht Genüge geleistet zu haben.

Ganz egal, wie die Sache hier ausgeht, gelobte sie, *ich werde für Saida und Fatma da sein. Und wenn dieses Versprechen einem Gelübde gleichkommt, dann stehe ich dazu.*

Nach ungefähr einer halben Stunde durfte Melanie den Behandlungsraum betreten. Saida lag wie eine friedlich schlafende Puppe in einem viel zu großen Bett. Aus ihrem linken Arm ragte eine Kanüle, die an einem Flüssigkeitsbehälter über dem Bett hing.

„Wir haben ihr ein fiebersenkendes Medikament gegeben", sagte die Krankenschwester. Melanie umrundete das Bett und nahm Saidas kleine Hand. „Wie Sie sehen, führen wir ihr Flüssigkeit zu. Sonst geht es ihr gut. Sie ist stabil. Aber sie muss zwei Tage hier bleiben. Nachher verlegen wir sie in ein anderes Zimmer. Wenn Sie wollen, können Sie bei ihr bleiben."

Melanie brauchte für Selbstverständlichkeiten keine Bedenkzeit. Mit festem Blick schaute sie die Krankenschwester an. „Danke", antwortete sie. „Ja, ich will."

*

Edgar saß auf dem Rücksitz des Streifenwagens, als sein Handy klingelte. Das Display zeigte Melanies Nummer und die Uhrzeit an. Zwölf Uhr fünfzig.

„Melanie? Alles okay mit Saida?"

„Hallo mein Edgar. Ja, Saida geht es soweit gut. Sie hat hohes Fieber und hängt am Tropf. Aber sie muss zwei Tage zur Beobachtung hier bleiben, bis das Fieber abgeklungen ist."

„Gottseidank" seufzte er und stellte dann fest: „Das heißt, du bleibst so lange bei ihr."

„Ja, natürlich", antwortete Melanie. „Dazu brauch´ ich dann eure Hilfe, indem ihr mir Unterwäsche, Zahnbürste und einen Kamm besorgt. Und was machst du?"

„Ich sitze im Streifenwagen der Polizei. Die Beamten bringen mich zum nächsten Kommissariat der Stadt. Rita fährt mit unserem Mietwagen hinterher. Stell´ dir vor: Die Polizei war schon da, als ich aus der Klinik kam. Strafzettel wegen zu schnellen Fahrens. Aber jetzt kann ich wegen der Entführung mit einem Kriminalbeamten sprechen. Bin gespannt, ob der lange Arm von Interpol auch bis Marokko reicht."

„Sehr gut, Edgar. Vielleicht könnt ihr mit dem Mann nochmal zu dem Bauernhof fahren und euch nach Fatma umschauen. Wenn das Kind dort war, kann doch auch die Mutter nicht weit entfernt sein."

„Schau´n wir mal, mein Engel. Auf jeden Fall bringen wir dir die Zahnbürste und die anderen Sachen. Eventuell nehmen wir hier in *Taza* ein Hotel. Aber das erfährst du dann. Tschüss, mein Engel."

Das Kommissariat lag in der großen S-Schleife des *Boulevard Mohammed VI* in *Taza*. Ismail Darbaki,

Kriminalinspektor, von unterwegs durch den Streifenwagenpolizisten vorinformiert, empfing Rita und Edgar im Foyer des Gebäudes. Er war ein asketisch wirkender Mann um die fünfzig Jahre und einen halben Kopf kleiner als Edgar. Das Haupthaar und den Bart trug er kurz geschoren. Den Anzug hatte er farblich Haar und Bart angepasst: grau. Selbst die Augen leuchteten eher grau denn hellblau und standen im Kontrast zum sonnengebräunten dunklen Teint. Vom linken äußeren Augenwinkel bis unter den Bartansatz hob sich eine hellere Narbe älteren Datums ab.

„Kaffee? Tee?", fragte er, nachdem er die Tür seines Büros geschlossen und Rita und Edgar einen Sitzplatz angeboten hatte. „Ich denke, wir führen unsere Unterhaltung in Englisch, damit alle verstehen, was gesagt wird, n´est-ce pas?" Dann gab er telefonisch Ritas und Edgars Kaffeebestellung weiter.

„Sie sind also deutsche Polizisten", stellte er mehr fest, als dass es eine Frage war. Er richtete die Augen auf Edgar. „Sind Sie nicht ein bisschen zu alt für die Polizei?"

Edgar erklärte, dass er Kriminalhauptkommissar im Ruhestand sei.

„Und? Geht es Ihnen gut im Ruhestand?", fragte er freundlich mit verschmitzt lächelnden Augen.

Edgar nickte mit dem ganzen Oberkörper.

Ismail Darbaki dachte wohl einen Moment an die mögliche eigene Pensionierung, bevor er seine Aufmerksamkeit auf Rita lenkte. „Aber Sie sind nicht aus offiziellen dienstlichen Gründen in unserem Land, nehme ich an?"

„Nein", bestätigte Rita. „Wir sind als Urlauber ohne Befugnisse hier. Dennoch. Wir waren es, die die Entführung Fatmas und Saidas in Deutschland entdeckt und angezeigt haben. Einer meiner Kollege hat dann im Rahmen der Ermittlungen Interpol eingeschaltet."

„Verstehe", antwortete Darbaki. „Sie haben sich auf eigene Faust auf die Suche nach den Entführten begeben."

„Gewissermaßen. Und wir haben das Mädchen gefunden. Lebensgefährlich erkrankt. Es befindet sich jetzt in einer Klinik dieser Stadt", sagte Rita.

„Aha. Wo und wie haben sie das Mädchen ausfindig gemacht?"

Rita wechselte mit Edgar einen Blick. „Auf einem Bauernhof in den Bergen südlich von hier", erwiderte Rita. „Edgar, zeig´ dem Inspektor doch bitte Saidas Bilder. Auch die Zeichnungen aus dem Heft."

Edgar tat, wie ihm geheißen, holte die Bilder aus seiner Tasche und legte die relevanten Zeichnungen auf den Schreibtisch. Daneben auch Kopien der Fotos, die Mika Laukonen Interpol zur Verfügung gestellt hatte.

Ismail Darbaki nahm ein Bild nach dem anderen in die Hand und studierte sie wortlos. Währenddessen fiel Edgar an Darbakis linker Handoberseite, in der Spanne zwischen Daumen und Zeigefinger, ein dunkelgrauer Punkt auf. Nicht größer als ein Stecknadelkopf. Doch er maß diesem Detail keine Bedeutung zu.

Darbaki lehnte sich zurück und fragte: „Was ist das für eine Geschichte? Erzählen Sie sie mir. Alles."

*

Melanie haderte: *Genau die Situation ist jetzt eingetroffen, die wir nicht zu Ende gedacht haben. Ich sitze hier, mit einem fremden Kind in einem fremden Land. Und in vier Tagen startet unser Flieger zurück nach Deutschland.*

Was für sie normalerweise ein absolutes *No-Go* darstellte: Sie knabberte an ihren Fingernägeln. Zuletzt hatte sie diese Unsitte als Teenager gepflegt.

Saida war in ein Zimmer im ersten Stock verlegt worden, das vermutlich als Abstellplatz für überzählige Klinikbetten herhalten musste. Neben Saidas Bett standen dicht bei dicht vier weitere, leere Betten. Zugang zu ihr war nur auf einer Seite möglich, und dort hockte Melanie auf einem harten Stuhl.

Wenn ich hierbleiben darf, werde ich wahrscheinlich auf einem dieser Betten übernachten, dachte sie. Sie hatte das Toilettenabteil geprüft und es für recht passabel gefunden, wenn auch ohne Dusche.

Saida schlief noch, doch ihre Hände und Beine zuckten ab und zu, wie bei den schlafenden Hunden *Lydia* und *Müller*.

Schwermut überfiel Melanie, als sie an die Hunde zu Hause dachte. Gestern Abend hatte sie noch mit Gerti telefoniert. „Alles in Ordnung, macht euch keine Sorgen", hatte Gerti gesagt. „Bis in vier Tagen."

Sie nahm ihr Handy und tippte eine SMS an Gerti: *Wir haben Saida krank gefunden, ihre Mutter jedoch noch nicht. Haben Saida ins Krankenhaus gebracht. Ich bin bei ihr. Grüße von allen.*

Melanie fiel ein, dass sie Saida praktisch ohne Kleider aus ihrem Bett geholt und hierher gebracht hatte. *Sie wird etwas zum Anziehen brauchen, wenn wir dieses*

Krankenhaus verlassen, dachte sie und nahm sich vor, Rita oder Edgar damit zu beauftragen, die gepackte Reisetasche aus dem Hotel in *Fès* zu holen oder mitzubringen. *Unterwäsche, Hosen, T-Shirts, Jacke und Schuhe.*
Und wo gehen wir hin in zwei Tagen, mein Kind?

Die Sonne in ihrem Lauf warf ihre Strahlen in zunehmendem Maße durch das breite Fenster ins Zimmer und heizte es auf. Melanie wurde es zu warm, weswegen sie aufstand, um den blickdichten Vorhang vors Fenster zu ziehen. Dabei fiel ihr Blick nach draußen auf die Straße und den gegenüberliegenden Parkplatz.

Soeben stieg eine Frau aus einem grauen *SUV*. Sie strebte über den Grünstreifen, der Straße, Krankenhausvorplatz und Parkplatz trennte, dem Krankenhauseingang zu. Eine hagere Frau in dunkelgrauer Djellaba und mit schwarzem Kopftuch. Der Fahrer des *SUV* war ebenfalls ausgestiegen und rief ihr etwas hinterher. Beide Personen kamen Melanie erschreckenderweise bekannt vor.

Der Schreck war von kurzer Dauer, und Melanie brauchte nur einen Herzschlag, um zu kapieren.

Dann handelte sie.

Rasch trat sie vom Fenster zurück, hob Saida trotz der gebotenen Eile samt Zudecke sachte aus dem Bett und nahm den Flüssigkeitsbehälter vom Haken. Mit dem Kind auf dem Arm verließ sie das Zimmer, hin zur Schwesterstation auf dem Flur, wo sich glücklicherweise zwei Frauen in Schwesterntracht aufhielten.

Melanie klopfte energisch an die Glastür. „Hallo, pardon, gleich wird eine Frau erscheinen und nach Saida fragen. Diese Frau darf das Mädchen nicht in ihre

Gewalt kriegen. Sie ist nicht die Mutter. Ich benötige Ihren Schutz. Bitte helfen Sie mir. Rufen Sie die Polizei."

Die beiden Frauen guckten sich verständnislos an. „Frau? Was für eine Frau? Und wieso Polizei?"

Verdammter Mist, wie bring ich es ihnen bei?, dachte Melanie. „Die Frau wird behaupten, ich hätte ihr Kind entführt. Aber das stimmt nicht. Bitte helfen ... oh Gott, da kommt sie schon." Melanie drückte sich in eine Ecke der Station.

Da tauchte die hagere Frau bereits in der Tür zum Stationszimmer auf. Ein Blick genügte ihr, und die Schimpftirade begann. Wild gestikulierend und keifend stürmte sie auf Melanie los und versuchte, ihr das Kind zu entreißen. Melanie drehte sich weg und deckte das Mädchen mit ihrem Körper. Eine der Schwestern, von dem plötzlichen Angriff überrumpelt, bekam die Frau von hinten um den Leib zu fassen, zog sie von Melanie weg und drängte und schubste sie auf den Flur hinaus. Da klingelte das Telefon.

Die andere Schwester nahm den Hörer ab. „Ja?"

Sie lauschte in den Hörer, wurde bleich und ließ den Hörer fallen. „Ein Mann ... mit Pistole ... hierher ..."

Melanie, obwohl von kalter Angst ergriffen, fasste sich am schnellsten. „Wo können wir uns verstecken?"

„Im Zimmer mit den Betten?", schlug die eine Schwester vor.

„Gut! Also mir nach", rief Melanie

Die hagere Frau hatte noch nicht genug. Tobend startete sie einen erneuten Versuch, in die Station einzudringen und gebärdete sich wie eine Furie. Diesmal jedoch traf sie eine zu allem entschlossene Melanie an:

„Verschwinden Sie, Sie Giftschlange!", fauchte sie die rasende Frau an. Vielleicht lag es an den Zischlauten, vielleicht auch an Melanies Augen – jedenfalls verstummte die Frau eingeschüchtert und blieb wie zu Stein erstarrt stehen. Melanie und die Schwestern liefen an ihr vorbei und eilten zu dem Zimmer, in dem Saida noch vor wenigen Minuten gelegen war.

„Abschließen!", befahl Melanie. „Schieben wir ein Bett davor."

Während die Schwestern die Anweisungen befolgten, legte sie Saida in ihr Bett zurück. Bei all dem Getöse war das Kind nicht aufgewacht.

Endlich fand Melanie ein paar Sekunden Zeit, sich den Krankenschwestern zu widmen. In der Hektik hatte sie die Namensschilder an ihren Kittelschürzen zwar bemerkt, aber die Namen nicht gelesen. Beide waren sie junge Frauen mit dunklem Teint und dunkelbraunen Haaren. Und allein von Größe und Aussehen her könnten sie Schwestern sein. Aber das waren sie dann doch nicht.

„Danke", sagte sie zu derjenigen mit dem Namen Daifallah, und „Danke" der mit dem Namen Lakhrif. „Ich heiße Melanie", stellte sie sich vor und reichte ihnen die Hand.

„Hasna", antwortete Daifallah.

„Latifa", sagte Lakhrif.

Als die Türklinke nach unten gedrückt wurde, schrien beide entsetzt auf. Melanie wählte Edgars Handynummer. Er nahm das Gespräch sofort an. „Edgar", sagte sie, bevor er sich meldete, „keine Fragen stellen. Ein Mann mit Pistole ist im Krankenhaus erster Stock. Wir brauchen Hilfe. Ich lass' die Verbindung stehen, so kannst du mithören."

Dann polterte es an der Tür. Jemand hieb mit der Faust dagegen. Erneut wurde die Klinke gedrückt. Dann drang die wütende Stimme eines Mannes herein. Melanie verstand die Sprache nicht, doch Hasna übersetzte: „Gebt mir das Kind, dann passiert euch nichts!"

„Welche Sprache ist das?", fragte Melanie flüsternd.

„Berberisch", antwortete Hasna.

„Sag' ihm, dass er das Kind niemals bekommt."

„Niemals!", schrie Hasna zurück.

Baff! Baff! Baff! Drei Schüsse knallten und die Geschosse fetzten durch die Tür. Holzsplitter flogen durch den Raum. Hasna und Latifa kreischten vor Angst, doch niemand war getroffen.

Melanie lauschte auf die Polizeisirenen, die zunehmend lauter wurden, und sah, dass Saidas Augen geöffnet waren.

*

„Und die Mutter des Kindes haben Sie dort nicht angetroffen?", fragte Kriminalinspektor Darbaki. Er hatte sich von Edgar die Koordinaten diktieren lassen und wartete nun, bis das Ortungsprogramm der marokkanischen Polizei das entsprechende Ziel auf dem Computerdisplay darstellen würde.

„Nein", bestätigte Edgar. „Aber es ging auch alles so schnell. Das kranke Kind, die hysterische Frau, und dann plötzlich der Mann. Fatma haben wir nicht gesehen. Doch das will nichts heißen. Der Bauernhof ist groß, mit zahlreichen Nebengebäuden."

Darbaki brummte. „Ja, jetzt seh´ ich´s. Da gibt es natürlich einige Versteckmöglichkeiten." Er wählte mit dem Cursor eine neue Funktion. Ein Trägheitsmoment verging, dann wurde in einem aufblendenden Fenster ein Name mit Adresse des Zielortes angezeigt. „Das Gehöft gehört einem Herrn Bahir Fouhami", sagte er. „Farid Fouhami ist an der gleichen Adresse gemeldet. Ich nehme an, das ist sein Bruder oder Cousin. Hier steht, Bahir Fouhami ist verheiratet mit einer Meryem Abdehabi ..."

„Wie sagen Sie? Mit wem ist er verheiratet?" Edgar hielt die Luft an.

Darbaki stutzte. „Mit Meryem ...?

„Nicht mit Fatma Messoudi?"

„Moment!" Darbaki suchte nach einer weiterführenden Ansicht. „Hier. Fatma Messoudi war Meryems Mutter. Die ist aber schon über zwanzig Jahre tot. Abdehabi hieß ihr Vater. Auch gestorben vor circa einem Jahr."

Edgar kombinierte: „Und Meryem hat eine Tochter namens Saida oder Dahbia?"

„Dahbia, exakt", nickte Darbaki.

„Also das System mit den marokkanischen Nach- und Familiennamen müssen Sie mir erklären. Nimmt die Frau nicht den Namen ihres Mannes an?"

Ismail Darbaki lächelte. „Nein, normalerweise behält die Frau den Namen ihres Vaters. In unserem Fall also Abdehabi. Kinder führen den Namen ihres Vaters, sofern die Vaterschaft anerkannt wurde."

„Verstehe", sagte Edgar. „Eine Frage noch. Nach unseren Informationen ist Fatma ... ich meine, Meryem, vor ihrem Mann geflohen. Hat Bahir Fouhami Anzeige gegen sie erstattet oder sie als vermisst gemeldet? Können Sie das in Ihrem Computer feststellen?"

„Hat er nicht", antwortete der Inspektor schneller als Edgar erwartet hatte. „Weder das eine noch das andere."

„?" Edgars Miene war Frage genug.

Ismail Darbaki holte für die Antwort tief Luft. „Bahir Fouhami ist ein Berber, wie übrigens die große Mehrzahl der Marokkaner, einschließlich meiner Wenigkeit." Er lächelte, als müsste er sich dafür entschuldigen. „Wenn eine Frau ihren Mann verlässt, dann kommt das einer Ehrverletzung gleich. Gekränkter Stolz, verstehen Sie? Durch eine Anzeige würde er sich mehr oder weniger öffentlich zu der Schande bekennen. Das macht kein Berber gerne. Außerdem hat der Berber ein ziemlich ambivalentes Verhältnis zu den Staatsmächten. Ob Regierung oder Polizei – die staatliche Obrigkeit ist ihm grundsätzlich suspekt. Ich rede jetzt nicht von den jungen modernen Leuten, sondern von den alteingesessenen Traditionalisten.

Andererseits sind die Berber untereinander sehr gut vernetzt. Ehe er sich also, nehmen wir Bahir Fouhami, an uns wendet, sucht er Unterstützung bei seiner Familie. Und zur Familie zählt praktisch der ganze Stamm, dem er angehört. Die Stämme untereinander sind wiederum eng verbunden, und oft funktionieren die Netzwerke besser als die der Polizei oder des Geheimdienstes, auf jeden Fall diskreter, anonymer, zuverlässiger und schneller. Es ist faktisch noch nie gelungen, ein solches Geflecht aufzudecken. Wobei ich nicht unerwähnt lassen darf, dass es durchaus auch konkurrierende Organisationen gibt.

So ist es, wie es ist: Bahir Fouhami ist bei der Polizei bisher nicht aktenkundig geworden."

„Bisher", wiederholte Edgar. „Aber das Kind war in seinem Haus, ergo muss auch seine Mutter dort sein. Freiwillig sind sie nicht dorthin gegangen. Wir sprechen immer noch von Entführung aus Deutschland." Er wand sich wie ein Wurm. „Ich weiß, dass ich keine Forderungen an Sie stellen kann. Aber ich möchte in Ihrer Begleitung das Anwesen dort in den Bergen nach Meryem durchsuchen."

Ismail Darbaki schaute auf die Armbanduhr. „Okay, es ist jetzt dreizehn Uhr fünfundzwanzig. Wenn wir heute noch etwas erreichen wollen, dann schlage ich vor, dass wir jetzt …"

Edgars Handy klingelte. Ein Blick aufs Display: Melanie. Er drückte auf die grüne Taste.

„Edgar, keine Fragen stellen. Ein Mann mit Pistole ist im Krankenhaus erster Stock …"

Die Fahrt in Darbakis Dienstwagen dauerte bloß wenige Minuten. Es war nicht weit vom Kommissariat zum Hospital. Über Funk plärrten verzerrte aufgeregte Stimmen ins Wageninnere. Edgar sah schon von Weitem die blauen Signallichter der Streifenwagen vor dem Krankenhaus. „Wer hat sie gerufen?", fragte er den Inspektor und bekam die Antwort prompt: „Die mutige Frau an der Pforte. Sie hat zuerst ihre Kolleginnen im ersten Stock gewarnt, und dann den Notruf gewählt."

Kaum dass Darbaki den Wagen vor dem Eingang zum Stehen brachte, sprang Edgar hinaus. „Warten Sie", rief ihm der Inspektor hinterher, doch Edgar achtete nicht darauf. Schon hatte er das Foyer erreicht. Es gab vom

Haupteingang aus nur einen Zugang zum ersten Stock. Die Treppe hinauf überwand er in sechs Sätzen. Oben empfing ihn ein Uniformierter mit gezogener Waffe in der linken Hand. Edgar verstand von den Worten, die der Polizist ihm zurief nur zwei: „Stopp" und „interdit".

Er blieb auf der letzten Stufe stehen und reckte den Hals, um die Lage im Flur dahinter zu überblicken. Außer einem zweiten Polizisten in Uniform sah er jedoch keine weiteren Personen. Aber dann war Ismail Darbaki zur Stelle. „Sie können doch nicht einfach so drauflosstürmen", schnauzte er Edgar auf Englisch an. Und zum Polizisten auf Französisch: „Ist gut, Mustafi, der Mann ist ein Kollege. Ist der Angreifer noch hier oben?"

Der Uniformierte schüttelte den Kopf, sicherte die Pistole und steckte sie in das Halfter. Es war Zufall, dass Edgars Augen einen tätowierten kleinen Stern auf der Hautspanne zwischen Daumen und Zeigefinger Mustafis registrierten.

„Wenn, dann hat er sich in einem der Zimmer verbarrikadiert", antwortete der Polizist. „Aber es existiert eine zweite Treppe zum Hinterausgang. Ich vermute, dass er getürmt ist. Die Frauen jedenfalls sind in Sicherheit."

Darbaki stieß Edgar an. „Gehen Sie zu Ihrer Frau", sagte er. „Ich nehme an, sie befindet sich in dem Raum, vor dem der Polizist steht. Wir anderen durchsuchen jetzt Zimmer für Zimmer. Wir erwischen den Kerl, falls er noch hier ist."

Edgar sprang los und schloss Augenblicke später seine Melanie in die Arme. „Melanie", raunte er erleichtert. „Gottseidank dass du lebst."

„Mein Edgar", schniefte sie ergriffen, „gottseidank dass du da bist." Sie presste ihren Kopf an seine Brust. „Wo hast du Rita gelassen?"

„Sie sucht mit den marokkanischen Kollegen den Parkplatz ab. Es geht ihr gut. Was ist mit Saida?"

Melanie löste sich aus der Umarmung und drehte sich zum Bett um. „Sieh´ selbst. Sie ist aufgewacht."

Edgar guckte über Melanies Schulter. *Ja, ihre Augen sind geöffnet. Aber ob sie auch wach ist?*, dachte er.

Ein Lichtreflex war´s, der Saidas Augenbewegung verriet. Die Blickachse war auf Melanie gerichtet. Dann stahl sich mit einiger Verzögerung ein minimales Lächeln in Saidas Mundwinkel.

Die Lagebesprechung fand in dem beengten Zimmer statt. Inzwischen war Rita dazugestoßen. „Ein Passant hat wohl gesehen, wie ein grauer *SUV* mit zwei Insassen vom Parkplatz gerast ist. Die Nummer hat er sich nicht merken können", berichtete sie.

„Das würde passen", sagte Ismail Darbaki. „Auf Bahir Fouhami ist ein graues japanisches Modell zugelassen. Wir fahren jetzt zu seinem Gehöft und nehmen ihn uns zur Brust."

Edgar, der sich angesprochen fühlte, sagte: „Okay, bin dabei."

Darbaki wehrte ab. „Ohne Sie, Herr Schaaf. Und ohne Ihre junge Kommissarin. Ich kann das nicht verantworten, falls Ihnen etwas passieren sollte. Fouhami ist immerhin bewaffnet. Bleiben Sie bei Ihrer Frau und dem Kind."

„Aber …", Edgar sah sich berufen, zu protestieren.

„Edgar!", funkte Melanie dazwischen. „Es reicht für heute. Der Inspektor hat recht. Es ist zu gefährlich. Was mich jedoch interessieren würde: Wie konnte dieser Mann wissen, wo wir sind?"

„Nun, das herauszufinden war für ihn sicher kein Problem", erklärte Darbaki. „Er wusste, dass das Kind krank ist. Dass Sie es direkt in ein Krankenhaus bringen würden, war nicht schwer zu erraten. Er brauchte also nur die zwei Kliniken in *Taza* anzurufen und nach einer europäischen Frau zu fragen, die heute ein Kind eingeliefert hat. Das Mädchen ist übrigens nicht seine Tochter. Weder leiblich noch adoptiert."

„Warum ist er dann so vehement hinter Saida her?", wollte Rita wissen.

„Saidas richtiger Name ist Dahbia", korrigierte der Inspektor. „Und warum er es auf sie abgesehen hat? Da bin ich ehrlich gesagt auch überfragt."

„Für mich heißt sie Saida", legte sich Melanie fest. „Ich glaube, dass das auch der Name ist, den sie selber akzeptiert hat."

Darbaki straffte sich. „Wie Sie meinen. Für die Zeit, die Sie noch in der Klinik verbleiben, stelle ich Ihnen einen Polizisten zum Schutz ab. Sein Name ist Mustafi. Er wird vor dieser Tür sitzen und auf Sie aufpassen." An Edgar und Rita gerichtet: „Geben Sie mir Ihre Telefonnummern. Ich verständige Sie, falls wir Frau Abdehabi finden sollten. Und seien Sie vorsichtig."

*

Saidas Welt war eine Kugel. Nur dass sie sich nicht außerhalb, sondern innerhalb der Kugel befand.

Das Gute daran war, dass niemand sie in ihrer Kugel sehen, und niemand in sie eindringen konnte. Das weniger Gute war, um nicht zu sagen das Schlechte – sie konnte zwar hinaussehen, aber nicht hinaus gelangen.

Fürs Erste, und das war ihr wichtig, war sie in Sicherheit. Sie hatte es warm, und in der Kugel war es sogar recht gemütlich. Geräusche, welcher Art auch immer, bekam sie nur in gedämpfter und verzerrter Form zu hören. Im Schwimmbad, wenn sie untertauchte, war es ziemlich ähnlich gewesen. Leider war sie öfter untergetaucht, als ihr lieb gewesen wäre, denn sie hatte anfangs nicht schwimmen können. Aber das hatte sie in Deutschland schnell gelernt.

Niemand außer ihr wusste von der Kugel. Das glaubte sie wenigstens. Es war ihr Rückzugsort. Nicht nur für sich selbst, sondern auch für ihre Träume, Geheimnisse und Ängste. Zum Beispiel träumte sie davon, einmal eine Malerin zu sein. Nicht dass es ihr darum ging, berühmt zu werden, nein, aber einen kleinen Laden müsste sie haben, in dem man ihre Bilder anschauen und kaufen konnte. Mit der Malerei konnte man sich und anderen alle Wünsche erfüllen. Man brauchte sie nur zu malen, und je schöner man sie malte, desto mehr würde man sich darüber freuen.

Und Geheimnisse würden Geheimnisse bleiben. Mit schönen Geheimnissen durfte man spielen so oft man wollte, weil schöne Geheimnisse aus einem einfachen Mädchen eine Prinzessin werden ließen. Oder eben eine Malerin.

Was einem nicht gefiel, wie zum Beispiel die finsteren Geheimnisse und die Ängste, das sperrte man einfach weg. In einen dunklen schwarzen Tresor aus Eisen ohne

Schlüssel. Um ihn zu öffnen, müsste ein Mensch erst schwören, dass er noch nie gelogen hat. Denn nur ehrlichen Menschen darf man vertrauen, wenn sie versprechen, nichts von den Geheimnissen zu verraten.

Es gab aber auch manche Ängste, an die durfte man nicht mal denken, selbst dann nicht, wenn man nach ihnen gefragt wurde. Denn wenn man sie wieder ans Tageslicht holte, dann musste man ihnen in die Augen sehen und sich ihnen stellen, und das war für Saida unvorstellbar. Das war im Prinzip der Hauptgrund, weshalb Saida Fragen nicht mochte. Denn wer eine Frage beantwortete, dem wurde bald auch eine zweite gestellt, und das ging dann immer weiter so. Und darum war für Saida die Kugel der beste Ort, um schweigen zu können.

Es war heute, das hatte Saida in ihrer Kugel gespürt, recht turbulent zugegangen. Reichlich Bewegung, viele Geräusche. Es hatte ihr nicht viel ausgemacht, denn sie war ja sicher, dort wo sie war. Aus der Vielzahl von Tönen und Stimmen aber war ihr ein ganz bestimmtes Merkmal aufgefallen. Ein Tonfall, ein Timbre, eine unverwechselbare Melodie. Hauchzart nur. So zart, als würde man ein Pfefferminzblatt in einen Ozean tauchen, und es doch aus dem salzigen Wasser herausriechen können.

Und dann war sie doch erschrocken. Ein fürchterlicher Lärm. Dreimal **batz batz batz**. Unerhört laut.

Saida hatte die Augen geöffnet, hinausgeschaut, und sofort gewusst: Das Geheimnis mit dem kleinen Laden – sie würde es mit jemand ganz Bestimmtem teilen.

*

Melanie, Rita und Edgar waren, nachdem Ismail Darbaki mit seinen Leuten abgezogen war, wieder unter sich. Ein Blick vor die Tür bewies ihnen, dass dort tatsächlich ein uniformierter Polizist saß. Mustafi.

Inspektor Darbaki war Edgar gleich von Anfang an sympathisch gewesen. Unaufgeregt und unkompliziert hatte er Rita und ihm zugehört. Hatte sich nicht sofort hinter Floskeln von Amtsmissbrauch, Zuständigkeiten, Gesetzesüberschreitungen und Zitaten von Paragrafen verschanzt, wie vielleicht ein anderer es getan hätte. Er war im Gegenteil auf Ritas und Edgars fahrenden Zug aufgesprungen und hatte die akute Gefahr, aber auch das Anliegen seiner Gäste erkannt.

Edgar war sich sehr wohl bewusst gewesen, welch starken Tobak er dem Inspektor zugemutet hatte, als er ihm von der dreisten Quasi-Entführung eines marokkanischen Kindes aus einem marokkanischen Haus berichtete. Nicht nur in Marokko galten sowohl der Hausfrieden als auch die körperliche Unversehrtheit als besonders schützenswerte Güter, und beide hatte Edgar in seinem Eifer mit Bravour gebrochen. Ismail Darbaki hatte es nicht so ausgelegt, sondern sich auf höhere Werte berufen: Kindeswohl und Mutterschutz. Und außerdem hatte ihm Interpol doch eine gewisse Rechtfertigung für seine Auslegung geliefert. Dennoch konnte Edgar von Glück reden, dass er an solch einen Mann geraten war, der die Welt und ihre Dinge mit der gleichen Brille betrachtete.

Was nicht bedeutete, dass Edgar mit der Sache durch war. Einen Persilschein hatte ihm auch Darbaki nicht ausgestellt, und falls Bahir Fouhami eine Anzeige wegen eben der erwähnten Delikte Hausfriedensbruch,

Körperverletzung und Kindesentführung stellen sollte, würden Melanie, Rita und er unweigerlich die Mühlen der marokkanischen Justiz kennenlernen. Nicht gerade das, was er für erstrebenswert hielt.

Noch war kein halber Tag vergangen, seit sie Saida befreit hatten. Die Möglichkeit, angezeigt zu werden, war weiterhin realistisch. Das Verhalten Fouhamis sprach allerdings dagegen, und Edgar fragte sich je länger je mehr, warum das so war. Was konnte Fouhami an dem Kind, das nicht mal sein Kind war, so wichtig sein, dass er mit einer Pistole ein Krankenhaus stürmte und durch eine Tür schoss? Und wo hielt er Fatma, respektive Meryem, versteckt?

„Du bleibst also noch hier, mein Engel?", fragte Edgar und legte seinen Arm um Melanies Schultern.

„Ja, muss. Saida ist einfach noch nicht über den Berg. Das Fieber ist zwar etwas gesunken, dennoch braucht sie mehr Flüssigkeit. Dafür wird sie bald ihren Rausch ausgeschlafen haben. Stellt euch vor: Eins Komma sechs Promille. Ein Kind!"

Edgar guckte Rita an. „Und wir? Fahren wir nach *Fès* zurück, oder suchen wir uns hier ein Hotel?"

„Meine Sachen sind alle in *Fès*. Wäsche, Necessaire und so. Ich möchte zurück, Edgar."

Melanie sagte: „Hört mal, ihr zwei. Kümmert euch bitte mal darum, was wir tun, falls wir Fatma nicht finden. Ich meine mit Saida. Und bringt die Tasche mit Saidas Kleidern mit."

Edgar seufzte, nickte und gab ihr einen Kuss. „Bis morgen, mein Engel. Schlaf' gut", wünschte er ihr und folgte Rita hinaus auf den Flur, vorbei an dem Polizisten, der auf einem Stuhl neben der Tür Zeitung las.

Saida lag in ihrem Bett und verfolgte mit offenen Augen die Gespräche der drei Leute. Dann trennten sie sich. Der alte Mann und die junge Frau verließen das Zimmer. Und die Frau mit Saidas Lieblingsstimme drehte sich zu ihr um und fragte: „Ma chérie, qu´est-ce qu´on fait toutes les deux ce soir? Regarder la télé? Ou tu veux que te raconte un conte de fées? Ferme les yeux une fois : Télévision. Ferme les yeux deux fois: Conte de fées." (Meine Süße, was machen wir zwei heute Abend? Fernsehen? Oder soll ich dir ein Märchen erzählen? Schließe die Augen einmal: Fernsehen. Schließe die Augen zweimal: Märchen)

    Saida fand, dass es allein schon märchenhaft war, dass die Frau, der der kleine Laden gehörte, heute bei ihr war. Und sie fand, dass die Fragen, die sie gestellt hatte, eigentlich ganz ungefährlich klangen. Darum schloss sie die Augen zweimal, weil sie Märchen liebte.

    „Bonne choix, ma petite. J´aime aussi les contes de fées." (Gute Wahl, meine Kleine. Ich liebe Märchen auch.)

Donnerstag, 09. Mai 2024
Fès/Taza (Marokko)

Vierter Tag.
Die Qualität von Edgars Schlaf in der Nacht von Mittwoch auf Donnerstag war unbefriedigend. Zugegeben, der auf Mittwoch fallende Anteil war relativ kurz gewesen. Aber auch der längere Anteil nach Mitternacht brachte ihm nicht die Erholung, die er gebraucht hätte. Ob es daran lag, dass Melanie nicht an seiner Seite war? Oder eher daran, dass er bis knapp nach zehn Uhr in der Hotelbar einen dritten Whiskey geschlürft hatte? Oder war es ein Knoten im Kopf, den er zum Teufel nicht auseinandergefieselt brachte?

Rita und er hatten das Abendessen in einem nahegelegenen Restaurant zu sich genommen. Praktisch um die Ecke des Hotels. Obwohl Rita müde gewesen war, hatte sie einem Barbesuch zugestimmt und Edgar für die Dauer einer Whiskey-Cola Gesellschaft geleistet. Über dem Thema vertieft, was mit Saida geschehen sollte, falls ihre Mutter unauffindbar blieb, hatte Edgar zwei Whiskey getrunken.

„Mika Laukonen", hatte Rita vorgeschlagen. „Er soll sich beim BAMF schlau machen, ob für Saida der Asylantrag auch ohne Mutter aufrechterhalten wird, und ob für sie eine neue Einreisebewilligung ausgestellt werden muss. Ich meine, offiziell eingereist ist sie ja schon im letzten Jahr, und die Ausreise war höchst unfreiwillig."

Edgar brummte. „Ohne irgendein Dokument wird es wohl nicht gehen. Du kennst doch die deutsche Bürokratie."

Rita nickte. „Ich frag´ mich nur, wie Saida ohne Dokument von Spanien nach Marokko gelangen konnte." Sie trank ihr Glas aus und erhob sich. „Gut, dann nehme ich morgen Kontakt mit Mika auf. Gute Nacht, Edgar."

Er murmelte ebenfalls etwas, das wie „Gute Nacht, Rita" klang und schielte zum Barkeeper. *Einen nehm´ ich noch*, dachte er. *Aber zuerst geh´ ich vor die Tür und rauch´ eine Zigarette.*

Wegen drei Daumenbreiten Whiskey war er nicht gleich betrunken. Er hatte gehofft, in einen schnellen Schlaf zu fallen, aber die gewünschte Turbowirkung stellte sich nicht ein. So wälzte er sich ungeduldig hin und her, ausgebremst von den Ereignissen des Tages, die sich links und rechts seiner geplanten Route durch die Nacht aufgereiht hatten wie ein Spalier.

Dusel hatten sie gehabt, Herrgott. Der Schuss durchs Heckfenster hätte einen von ihnen treffen können. Durch glückliche Fügung hatten sie es in die Klinik geschafft. Und wieder Glück gehabt.

Wenn wir es bloß nicht überstrapaziert haben, dachte er, und dachte an Melanie, die jetzt zu dieser Stunde allein in einem Krankenhauszimmer war. Allein mit einem Kind.

Plötzlich hockte Edgar aufrecht im Bett. Der Knoten im Kopf. Soeben hatte er ihn zerschlagen. Zu spät. Viel zu spät.

„Melanie", hauchte er, „mein Gott, Melanie."

Er knipste das Licht an, nahm das Handy und wählte ungeachtet der Uhrzeit ihre Kurzwahlnummer. Das Freizeichen ertönte, aber Melanie meldete sich nicht.

Er versuchte es erneut, mit dem gleichen Ergebnis.
„Verdammt, verdammt."

Ritas Nummer. *Tut mir leid, Rita, aber das ist mir jetzt egal, nimm einfach das Telefon ab. **Jetzt!***

„Edgar?" Müde Stimme.

„Rita! Keine Fragen. Zieh´ dich an. Wir müssen nach *Taza*. Melanie ist in Gefahr."

„Edgar, ich …"

„**Mach´ schon!**" Er beendete die Verbindung.

*

Melanie hatte natürlich kein Märchenbuch dabei. Daran, dass sie gegebenenfalls in die Rolle einer Märchentante schlüpfen würde, hatte sie im Vorfeld der Reise wirklich nicht gedacht. Deswegen war sie aber keineswegs aufgeschmissen, denn Märchen kannte sie einige, wenn auch nicht wortwörtlich. Die schwierigste Herausforderung würde sein, die Geschichten in die französische Sprache zu kleiden, und zwar so, dass Saida ihr folgen konnte. Und damit das Mädchen einen eigenen Bezug zur Erzählung herstellen konnte, entschied sich Melanie für das Märchen *Der Wolf und die sieben Geißlein*.

„Il était une fois …" (Es war einmal …), begann sie, setzte sich neben Saida ans Bett und nahm ihre kleine, heiße Hand. Es musste nicht das perfekte Schulfranzösisch sein – dessen war Melanie zu ungeübt – aber sie probierte flüssig zu erzählen, was ihr ganz wunderbar gelang. Bald entwickelte sich aus Melanies Erzählstrang ein Kokon, den sie mit ihren Worten um das Bett spann, mit einer ganz eigenen Atmosphäre aus Sanftheit

und Zärtlichkeit, exklusiv für Saida und sich selbst. Saidas Augen klebten an Melanies Lippen und ihrem Gesicht, und als das erste Märchen zu Ende erzählt war, begann Melanie ein zweites, frei erfundenes Märchen.
„Il était une fois …"

Es wurde Abend, es wurde Nacht. Irgendwann waren Saidas Augen zugefallen, aber noch immer hielt Melanie die Hand des Kindes. In den Stunden dieser friedvollen Zweisamkeit hatte sich zwischen ihnen ein starkes emotionales Band gebildet, und Melanie wünschte sich, es wäre an einem anderen Ort und unter anderen Umständen geschehen. Denn hier und jetzt fürchtete sie, dass dieses Vertrauen und ja, diese innige Zuneigung, nur vorübergehend sein könnten.

Nicht die Uhr sagte ihr, dass es Zeit zum Schlafen war, sondern die Müdigkeit. Vorsichtig löste sie Saidas Hand aus der ihrigen und richtete auf dem Nachbarbett ihr Lager ein. Ein paar Gedanken noch an Edgar, Rita und an zu Hause in *Gengenbach*, und der erste Traum geleitete sie in den Schlaf. Ein Traum, in dem Saida mit *Lydia* und *Müller* im Garten herumtobte.

Mitten in der Nacht, unmöglich zu sagen zu welcher Zeit, wachte sie aus einem unbestimmten Grund auf. Etwas war falsch in diesem Zimmer. Es war jemand hier, der nicht hierher gehörte.

Ein schwarzer Schatten wuchs vor Melanie in die Höhe, und sie erschrak zu Tode. Dann wurde es wieder Nacht.

*

Rita fuhr Vollgas. A 2 Richtung Osten. Der Horizont empfing bereits den neuen Tag.

Die fehlende Heckscheibe machte sich nachteilig bemerkbar. Die Fahrgeräusche drangen ungehindert in den Innenraum, genauso wie die Auspuffgase, die durch irgendwelche Luftverwirbelungen ins Auto geleitet wurden.

Inspektor Darbaki, den Edgar zu erreichen versucht hatte, meldete sich nicht. Nun jagte er mit bebenden Fingern im Internet nach der Telefonnummer der Klinik.

„Was ist mit Melanie", brüllte Rita gegen den Radau an. „Woher weißt du´s?"

Edgar fluchte. „Haben die denn als Hospital keine eigenen Website? Entschuldige, Rita. Woher ich es weiß? Der Polizist vor Melanies Zimmertür. Der mit der Zeitung. Er hat sie verkehrt herum gehalten. Eine französische Zeitung. Auf dem Kopf. Er hat nicht gelesen. Die Zeitung war Tarnung. Und Melanie ist alleine und nimmt das Telefon nicht ab. Ah, jetzt hab´ ich´s."

Er wählte die Nummer und telefonierte mit der Pförtnerin auf Englisch, brach den Versuch aber plötzlich ab. „Scheiße, die Frau spricht kein Englisch. Rita, kannst du das bitte übernehmen?" Er hielt ihr das Handy ans Ohr.

Rita sandte ein Stoßgebet zum Himmel, dass ihr Crashkurs das Geld wert gewesen war. Sie erklärte die Situation, in der sich Melanie vermutlich befand. „Oui. Envoyez quelqu´un à Madame Melanie. Oui, c´est urgent. Oui, j´attends. Dépêchez-vous, s´il vous-plaît." (Ja, schicken Sie jemand zu Madame Melanie! Ja, dringend! Ja, ich warte. Beeilen Sie sich!) Ritas Oberlippe glänzte, obwohl die einströmende Nachtluft erfrischend kühl war.

„Sie schauen nach", sagte sie zu Edgar.

Er zählte die Kilometer, die einer nach dem anderen vorbeiflogen, während Rita in die Verbindung lauschte und weiter aufs Gaspedal trat. „Verdammt, wieso dauert das so lange?", fluchte er.

„Sei still, Edgar!", befahl sie, denn die Klinik meldete sich zurück.

Die Nachricht war niederschmetternd. Melanie lag bewusstlos aber lebend auf ihrem Bett. Das Bett des Kindes war leer. Der Polizist vor der Tür verschwunden.

Er fand Melanie in der Schwesternstation im ersten Stock. Sie saß mit einem Kopfverband an einem Tisch, eine Tasse Kaffee vor sich.

„Melanie!" Er sank vor ihr auf die Knie, schlang vorsichtig die Arme um ihre Hüfte.

„Edgar", flüsterte sie. „Mein Edgar. Es tut mir so leid. Das arme Kind."

„Pschscht, mein Engel. Mir tut es leid. Ich hätte es wissen müssen."

„Nein, nicht du, mein Edgar. Ich habe geschlafen und nicht gehört …"

„Und ich habe Whiskey getrunken anstatt nachzudenken. Du kannst nichts dafür."

„Sie stand unter meinem Schutz, Edgar, verstehst du? Unter meiner Fürsorge. Ich habe nicht aufgepasst."

„Niemand konnte wissen, mein Engel, dass der Polizist zur Gegenseite gehört. Aber ich hatte es gesehen und ich hätte dich nicht allein lassen dürfen. Wie geht´s dir denn überhaupt? Was macht dein Kopf?"

„Es geht. Mein Kopf brummt zwar wie eine Bassgeige. Aber es geht. Da, wo er mich getroffen hat, pulsiert die Platzwunde. Aber das wird schon wieder."
„Ausgerechnet dich hat es getroffen, mein Engel. Es tut mir in der Seele weh."
„Wir müssen Saida suchen, mein Edgar. Sie ist wichtiger als ich."

Vor der Schwesternstation waren mittlerweile einige uniformierte Polizisten eingetrudelt. Doch keiner fühlte sich zuständig, den Tathergang aufzunehmen oder eine Fahndung nach Saida und dem Entführer einzuleiten.

Rita, die Inspektor Darbakis Nummer minütlich wählte, erreichte ihn schließlich per Umweg über das Kommissariat, das wiederum eine Verbindung auf Darbakis Festnetzanschluss schaltete. Er hatte sein Handy ausgeschaltet, wie er später zähneknirschend zugab.

Als er nach circa zwanzig Minuten in der Klinik eintraf, zeigte er sich ehrlich erschüttert. Zum einen über die Tat an sich, zum anderen darüber, dass der Mann seines Vertrauens, den er als Beschützer installiert hatte, korrupt war. Nicht nur korrupt, sondern Ausführender und Tatbeteiligter an einem Verbrechen. Ausgerechnet Mustafi. Der Inspektor schien für einige Augenblicke paralysiert zu sein, denn er starrte reglos auf den Boden vor seinen Füßen und murmelte unablässig den Namen: Mustafi.

Als wieder Leben in ihn kam und noch bevor er sich an Melanie bezüglich des Tathergangs wandte, rief er den Polizisten Mustafi sowie den Schäfer Bahir Fouhami zur Fahndung aus. Als zweites startete er eine landesweite Suche nach Saida und deren Mutter unter Verwendung der Interpol-Fotos und unter Einsatz aller zur Verfügung stehenden Mittel, inklusive Helikopter. Das ganz große Rad.

Dann richtete er sich an Melanie, Rita und Edgar. „Bahir Fouhami war gestern Nachmittag und Abend, wie Sie sich denken können, nicht auf seinem Anwesen. Genauso wenig wie seine derzeitige Lebensgefährtin Karima. Dafür haben wir seinen Bruder Farid angetroffen. Ein merkwürdiger Kauz. Entweder er ist nicht ganz richtig im Kopf, oder er hat es faustdick hinter den Ohren. Er hat uns bereitwillig durch alle Gebäude und Ställe geführt und uns alle möglichen Schlupfwinkel des Gehöfts gezeigt und Auskunft über Meryem Abdehabi gegeben. Er gab an, die Frau seines Bruders vor zwei Jahren zum letzten Mal in *Fès* auf einer Straße gesehen zu haben. Zwei Wochen circa, nachdem sie von zu Hause fortgelaufen war.

Was das Mädchen angeht, sagte er, sei es eines Nachmittags vor etwas mehr als einer Woche, an den genauen Tag konnte er sich nicht erinnern, Dienstag, Mittwoch oder Donnerstag, plötzlich allein und stumm vor dem Haus gestanden. Also ohne Begleitung ihrer Mutter."

„Was meinen Sie mit *Nicht ganz richtig im Kopf* oder *Er hat es faustdick hinter den Ohren*? Steckt er nicht mit seinem Bruder unter einer Decke? Und was soll der Quatsch *Saida steht alleine vor dem Haus*? Fatma, oder Meryem, wie Sie sagen, würde ihre Tochter niemals alleine lassen. Dieser Farid erzählt doch Bockmist. Fahren wir hin und legen ihm die Daumenschrauben an." Edgar redete sich in Eifer.

Darbaki schielte sehnsüchtig nach der Kaffeemaschine. „Ich glaube nicht, dass das eine gute Idee wäre", antwortete er. „Wie ich schon sagte, ist er nicht so leicht zu durchschauen. Was wir über ihn wissen, ist, dass er über allerbeste Verbindungen zu den Berberstämmen verfügt und unterhält. Er wird auch regelmäßig als Abgesandter zu den Berberkonferenzen geschickt. Das würde man bestimmt nicht tun, wenn man ihn für einen Trottel hielte. Wie sein Bruder Bahir ist er Schäfer und **der** Fachmann für Schafe schlechthin.

Sein Verhalten und sein Auftreten allerdings lassen zweifeln, ob er alle Tassen im Schrank hat. Ständig grinst und summt und murmelt er vor sich hin oder schneidet Grimassen. Aber das ist ja nicht verboten, nicht wahr, sondern nur seltsam."

Edgar ließ den Kopf hängen. „Klingt, als sei er krank. Autist oder so. Also können wir nichts anderes tun als warten?"

Darbaki legte ihm eine Hand auf die Schulter. „Fahren Sie nach Hause, beziehungsweise ins Hotel." Sein Blick wanderte zu Melanie. „Ruhen Sie sich aus. Erholen Sie sich von dem Schreck. Ich informiere Sie regelmäßig über den Stand der Fahndungen."

Melanie verhielt sich überaus tapfer. Mit schier übermenschlicher Konzentration überstand sie die Fahrt von der Klinik in *Taza* nach *Fès* im lärmgebeutelten Auto, und nahm, obgleich komplett appetitlos, mit Rita und Edgar ein freudloses Frühstück ein.

Sie hielt durch, bis sie mit dem Aufzug in ihre Etage gefahren, den langen Flur entlanggegangen waren und Edgar die Tür des Hotelzimmers hinter ihnen schloss.

Dann erst brach sie entkräftet und voller Verzweiflung zusammen, sank aufs Bett und weinte hemmungslos.

Edgar, der sah, dass es seine geliebte Melanie vor Schmerz fast zerriss, legte sich neben sie und nahm sie in seine Arme. Er spürte, wie es ihren Körper schüttelte und wie ihr Kopf vor Hitze erglühte.

„Sai … i … da, mei … ne … klei … ne … Sa … i … da", schluchzte sie, „es … tut … so … weh, Ed … gar. So … weh …"

Edgar selbst fühlte sich zutiefst getroffen, weil ihm der unverzeihliche Lapsus mit der kopfstehenden Zeitung unterlaufen war. So etwas wäre ihm früher nicht passiert, und deswegen fiel es ihm schwer, Worte des Trostes zu finden. Er konnte nicht die abgedroschene Floskel *Alles wird gut* flüstern, weil er es nicht garantieren konnte, sowie er auch zum Nichtstun verdammt war. Die Fremdartigkeit des Landes verwies ihn nun auf die hinteren Plätze, und alles, was er unter normalen Umständen in eigener Verantwortung organisieren würde, hatten jetzt andere Leute in ihren Händen. Leute, denen er nach den Vorfällen der zurückliegenden Nacht nicht mehr in dem Maße vertraute, wie er es tags zuvor noch empfunden hatte. *Wie kann ein Inspektor der Kriminalpolizei nachts sein Handy ausschalten?*, war einer seiner ersten bohrenden Gedanken gewesen, ohne ihn ausgesprochen zu haben.

Am schlimmsten jedoch quälte ihn, dass seiner Melanie körperliche und seelische Gewalt angetan worden war. Ein Schlag mit einem harten Gegenstand auf den Kopf, der zur Bewusstlosigkeit geführt hatte, und die erneute Entführung Saidas. Mit untrüglicher Sicherheit wusste er, dass zwischen Melanie und dem Kind eine starke Verbundenheit entstanden war. Nicht erst seit gestern, sondern bereits mit den ersten Gemälden, die an Melanies Ladentür gehangen hatten, und dann besonders ab dem im wahrsten Sinne des Wortes ersten persönlichen Augenblick in der *Gengenbacher* Schule.

„Es tut mir so leid", flüsterte er. „Es tut mir so unendlich leid."

Dann konnte auch er die Tränen nicht mehr zurückhalten.

*

Rita, allein auf ihrem Hotelzimmer, fühlte sich in doppelter Hinsicht angeschlagen. Denn nicht nur der Schock über Saidas Entführung nagte an ihr. Unvermittelt kochte auch das Trauma über den Tod ihres Freundes Ulf Thommen vor einem dreiviertel Jahr in ihr hoch. Dabei war sie gerade wieder, mithilfe professioneller psychiatrischer Unterstützung, einigermaßen auf die Beine gekommen. Und nun das. Saida. Zweimal entführt.

Die erste halbe Stunde nach dem Frühstück hatte sie auf dem Bett gelegen und mit Atem- und Konzentrationsübungen nach der Kraft und dem Willen gesucht, weitermachen zu können. Die dunkle Wolke, die über ihr drohte, vertreiben zu können.

Als ihr aber klar geworden war, dass sie die heutige Nacht nicht mühelos würde abschütteln können wie ein flinker Hase einen lahmen Hund, langte sie nach dem Handy und wählte Mika Laukonens Nummer.

„Wie sieht's aus mit der erneuten Einreise eines elternlosen Kindes, dem im Rahmen eines EU-

Beschlusses und eines Verteilerschlüssels ein Aufenthaltsrecht in Deutschland gewährt wurde?"

Sie hörte Mikas Stöhnen durchs Telefon. „Ich warte noch auf eine Antwort, beziehungsweise auf eine Entscheidung", sagte er.

„Es geht uns hauptsächlich um Reisedokumente für das Kind, mit denen wir ein Flugzeug besteigen können, verstehst du?" *Dabei haben wir gar kein Kind mehr*, dachte sie.

„Ja, ich verstehe dich", antwortete Mika. „Ich ... ich ... kümmere mich darum, Rita. Ehrlich."

„Ja, mach´ das. Wir sehen uns Montag." *Wer weiß, wo ich am Montag sein werde.*

Um nicht untätig herumzuhängen, klappte sie ihren Laptop auf und schaltete ihn ein. Es war nur eine Idee, die ihr in den Sinn kam, deren stichelndes Generve befriedigt sein wollte.

Suchmaschine: *Name Fouhami. Herkunft und regionale Häufigkeit.* Ein Fehlschlag.

Neue Eingabe: *Fouhami Marokko, Verbreitung.* Es gab eine Menge Hinweise auf einen Fußballspieler dieses Namens, sonst aber nichts, mit dem sie etwas hätte anfangen können.

Letzter Versuch: *Fouhami Farid, Schäferei Marokko.* Wieder nichts. Enttäuscht klappte sie den Deckel zu. *Das wär´ auch zu einfach gewesen*, dachte sie, stand auf und ging, grübelnd auf der Innenseite des Wangenmuskels kauend, zum Fenster. Zwar schaute sie hinaus, realisierte aber nichts. Schließlich setzte sie sich an den Schreibtisch, nahm den ausliegenden Notizblock und schrieb eine kurze Notiz: *Edgar, Melanie, ich muss hier mal raus, bin unterwegs nach Taza. Bis später. Ich liebe euch. Rita.*

Dann nahm sie Jacke, Tasche und Autoschlüssel, verließ ihr Zimmer, schob das Notizblatt unter Edgars Zimmertür durch und holte den Mietwagen aus der Hotelgarage.

Gut, sie hatte *bin unterwegs nach Taza* geschrieben, war aber, während sie sich auf der A 2 befand, keineswegs überzeugt, dass das ihr wirkliches Ziel war. Hätte sie geschrieben *bin unterwegs zum Mond*, wäre es genauso unverbindlich präzise gewesen. Die Wahrheit war, dass sie es zum jetzigen Zeitpunkt, da die Uhr auf elf Uhr zuging, nicht wusste.

Sie nahm die Abzweigung nach *Taza*, immerhin, fädelte dort impulsiv auf die N 29 ein und fuhr Richtung Süden.

Das Wetter war wunderbar. Sonnig, blauer Himmel, milde Luft. *Treiben lassen*, dachte sie in melancholischer Stimmung. Bald würde sich der Tag jähren, an dem Ulf und sie sich zum ersten Mal begegnet waren.

Das Gefühl, für diese Welt und für dieses Leben verloren zu sein, betrat wie ein alter Bekannter ihre Herzkammer. Manchmal, zu besonderen Stunden, war ihr dieser Bekannte durchaus willkommen, denn er hielt die Trauer um ihn und die schmerzhaften Erinnerungen an ihn aufrecht. Heute aber kam er ungefragt, denn die N 29 mit den vielen Kurven verlangte einen klaren Kopf. Und beinahe erschrocken stellte sie fest, dass sie etliche Kilometer praktisch im Blindflug zurückgelegt hatte. Vor ihr tauchte nämlich unvermittelt die Abzweigung zum Gehöft der Fouhamis auf.

Rita bog ohne zu blinken ab und reduzierte das Tempo. Fast im Schritttempo näherte sie sich dem Anwesen. Schon lag die Zufahrt zum Haupthaus vor ihr.

Sie bremste, hielt an, und fuhr ein Stück zurück. Dann rangierte sie das Auto an den Wegrand und stieg aus. Auch wenn Rita im Grunde ohne Ziel und im Prinzip ohne Plan losgefahren war, kam es ihr dennoch ein bisschen spanisch vor, hier an Ort und Stelle nicht zumindest einen Streifenwagen oder einen zivilen Wagen der Polizei anzutreffen. Zur Überwachung. Oder wenigstens, um Präsenz zu zeigen. Aber so weit ihr Auge reichte sah sie niemanden, der das Gehöft beobachtete.

Gehört das zu Inspektor Darbakis Taktik? Wiege die Verdächtigen in Sicherheit und folge ihnen, wenn sie den Ort verlassen? Sind seine Leute irgendwo anders postiert?, fragte sie sich. *Und was, wenn ich jetzt einfach hinuntergehe und an die Haustür klopfe? Und wenn jemand zu Hause ist – was sage ich dann? Guten Tag, ich bin klein Rita aus Deutschland? Ich bin auf der Suche nach einem kleinen Mädchen?*

Sie erkannte es nicht genau, aber ihr schien, als hätte sich im Haus etwas bewegt. *Klein Rita wartet noch ein paar Minuten*, beruhigte sie sich.

Ihre Geduld wurde auf keine lange Probe gestellt, denn alsbald öffnete sich die Haustür. Ein Rita unbekannter Mann trat heraus, eine pralle Tasche in einer Hand, umrundete die Hausecke und schob das Rolltor eines Schuppens auf. Nur Sekunden später drang Motorengeräusch an Ritas Ohren. Ein dunkelgrüner *Dacia Duster* fuhr aus dem Schuppen und die Zufahrt hinauf. Rita duckte sich hinter ihren Wagen. Auf dem

Durchfahrtsweg angekommen, steuerte der *Dacia* auf die N 29 zu.

Rita sprang flugs in ihren Wagen, wendete geschwind und fuhr dem *Dacia* hinterher. Rasch hatte sie das Handy in den Fingern und drückte die Kurzwahltaste für Edgar.

„Rita, wo, um alles in der Welt …"

„Edgar! Ich stehe beim Bauernhof der Fouhamis. Soeben hat ein Mann in einem dunkelgrünen *Dacia Duster* das Grundstück verlassen. Ich folge ihm im Abstand. Der Mann war nicht Bahir Fouhami. Vielleicht sein Bruder? Moment, Edgar, jetzt biegt er auf die N 29 Richtung Süden ein. Tiefer in die Berge hinein. Vielleicht ist er auf dem Weg zu Saida. Ich lass´ mein Handy eingeschaltet, okay?"

„Okay, Rita, ich höre mit. Aber wir sitzen hier in *Fès* ohne Auto fest!", beschwerte er sich.

„Sorry, Edgar, ich musste einfach mal raus. Ruf´ Inspektor Darbaki an. Er kann meine Nummer orten und feststellen, wo ich mich befinde. Ich hab´ euch lieb."

*

Wir haben dich auch lieb, Rita, antwortete er in Gedanken.

„Wer war das?", fragte Melanie aus dem Badezimmer.

„Es war Rita", antwortete er. „Das Mädel verfolgt ein Auto von Fouhamis Bauernhof aus. Sie vermutet, dass Farid Fouhami drin sitzt und eventuell zu Saidas Versteck fährt."

„Grundgütiger. Das macht sie doch wohl nicht alleine, oder?"

Edgar schnaubte. „Wahrscheinlich doch. Ich ruf' jetzt über das Festnetz Darbaki an und sag' ihm Bescheid. Und er soll uns einen Streifenwagen hierher schicken."

„Gut. In fünf Minuten bin ich fertig", sagte Melanie.

„Äääh, meinst du nicht, dass du besser hierbleiben solltest? Dein Kopf ..."

„Edgar Schaaf, mein Kopf muss sich nach mir richten. Rita ist so gut wie meine eigene Tochter. Da bleib' ich doch nicht hier und starre Löcher in die Luft. Fünf Minuten."

Inspektor Darbaki nahm das Gespräch nach dem vierten Signalton an. „Ja!"

„Edgar Schaaf hier. Herr Darbaki ..."

„Herr Schaaf, jetzt ist es gerade ganz schlecht. Ich befinde mich an einem Tatort. Der Kollege Mustafi wurde tot in seinem Auto aufgefunden."

Mustafi tot? Da scheint jetzt einer durchzudrehen, und Rita ist allein unterwegs, dachte Edgar. „Hören Sie, Herr Inspektor. Meine junge Kollegin Rita verfolgt auf eigene Faust ein verdächtiges Fahrzeug in die Berge. Sie sagte, der Fahrer könnte einer der Fouhami-Brüder auf dem Weg zum Aufenthaltsort Saidas sein. Sie müssen ihr Handy orten lassen. Vermutlich schwebt sie in Gefahr. Und organisieren Sie bitte ein Taxi für uns zu unserem Hotel in *Fès*. Wir müssen Rita beistehen."

Edgar hörte den Inspektor in einer Sprache fluchen, die er zum Glück nicht verstand. Doch die Intonation war international. Dann wechselte Darbaki wieder ins Englisch. „Okay, Herr Schaaf. Ich lasse Sie von einem

Streifenwagen abholen und zu mir bringen. Bis Sie bei mir eingetroffen sein werden, werde ich den Selbstmord hier aufgenommen haben. Dann können wir uns gemeinsam auf die Suche nach Ihrer Kollegin machen. Geben Sie mir ihre Handynummer."

Ungefähr zehn Minuten später traten Melanie und Edgar vor den Hoteleingang, Edgar unentwegt das Handy am Ohr. Weitere fünf Minuten darauf bestiegen sie einen Streifenwagen der marokkanischen Polizei, gesteuert von einem jungen Beamten.

„Du kannst das Handy auf laut stellen, Edgar, dann brauchst du's nicht ständig ans Ohr zu halten", schlug Melanie vor. Von selbst wäre er nie auf die Idee gekommen.

Kaum dass sie gestartet waren, meldete sich Rita. „Ich bin noch immer an ihm dran. Er ist soeben in ein Tal abgebogen. Unbefestigte Staubpiste. Das Straßen- oder Hinweisschild konnte ich nicht lesen. Arabische Schriftzeichen."

Edgar hatte einen Blitzeinfall. „Rita, versuch' doch mal an deinem Navigationsgerät die GPS-Daten abzurufen. Wenn du sie hast, gibst du sie mir durch."

*

Farid.

„Blut ist dicker als Wasser", skandierte Farid am Steuer seines *Dacia*. *„Blut ist dicker als Wasser."*

Zwar hatte er insgeheim irgendwann in den nächsten Tagen mit Bahirs Anruf gerechnet, aber nicht so bald nach dem Besuch der Polizei und der Durchsuchung von Haus und Nebengebäuden. Und bis zur Stunde hatte Farid nichts von Bahirs nächtlichen Aktivitäten gewusst.

Er verstand selbst nicht, wie es sein konnte, dass Bahir bloß mit den Fingern zu schnipsen brauchte – und er, Farid, gehorchte ihm aufs Wort. So viele Jahre der Demütigungen hatten seine innere Auflehnung nicht zu wecken vermocht. Und obwohl er seinen Bruder wegen Meryem zur Rede stellen und ihr Schicksal erfahren wollte, genügte ein Telefonanruf, und Farid sprang wie ein junger Hund.

Ob es am Tonfall lag, der Lautstärke, der Befehlsgewohnheit – Farid fiel stets in alte Muster zurück, gleichwohl sich Widerspruch in ihm regte, er aber einknickte wie ein zartes Bäumchen unter einem Sturm.

Dabei war er absolut kein Schwächling. Er hatte die Kraft eines Ochsen, einen starken Rücken so breit wie eine Tischplatte, und die Gefahr, der er nicht trotzte, gab es nicht. Nur was seinen Bruder anbetraf, entwickelte er sich mit absoluter Regelmäßigkeit zu einer Memme.

Immerhin hielt er sich zugute, dass er Bahir auf Meryem und sein schlechtes Verhalten ihr gegenüber angesprochen hatte. Nicht, dass diese erste Kritik am Gewaltherrscher irgendetwas gefruchtet hätte, doch für Farid war es ein neues unbekanntes Gefühl gewesen, das ihn gestreift hatte wie ein heißer Saharawind.

„Blut ist dicker als Wasser."

Ein Vasallenschwur, dem er sich trotz erlangter Zweifel an der Unfehlbarkeit Bahirs verpflichtet fühlte.

„Stell' keine Fragen. Pack' eine Tasche mit etwas Proviant und ein paar von Meryems alten Kleidern, die Dahbia anziehen kann. Vergiss' die Geldkassette nicht. Das bringst du alles zu unserem Haus in Bouaba al-samaa. Mach' schnell, aber pass' auf, dass dich keiner sieht. Verstanden?"

Das war vor ungefähr einer Stunde gewesen, und nun war er unterwegs dorthin. Zu ihrem ehemaligen Elternhaus, das eigentlich nur von Bahir genutzt wurde, in *Bouaba al-samaa*, was übersetzt *Himmelstor* bedeutete.

Das Auto im Rückspiegel folgte ihm schon seit einiger Zeit. Zum ersten Mal aufgefallen war es ihm, nachdem er von der N 29 abgebogen war.

Eine Frau am Steuer? Bleicher Teint? Europäischer Haarschnitt? Wer konnte das sein? Touristen verirren sich selten hierher, schon gar nicht allein, dachte er. *Was hatte Bahir gesagt? Pass' auf, dass dich keiner sieht.*

Er kannte die Strecke gut, war sie schon oft gefahren. Die Straße schlängelte sich an den Berghängen entlang. Rechts hoher scharfkantiger Fels, links der Abgrund in die Schlucht. Es war eindeutig: Die Frau in dem *SUV* schaute zu ihm rüber, wenn nach einer Linkskurve Blickkontakt gegeben war.

Das Tal wurde enger, die Kurven spitzer.

Farid trat aufs Gaspedal und verschaffte sich einige Meter und Sekunden Vorsprung, die er zu nutzen gedachte. Er entschied sich für die nächste Haarnadelkurve um einen Felsnase herum. Direkt dahinter außer Sicht geraten hielt er an, fischte die Pistole aus dem Handschuhfach, stieg mit einer Geschmeidigkeit aus, die man seinem breiten Körper nicht zutrauen würde, und rannte einige Meter zurück.

Da kam sie auch schon gefahren.

Farid hob die Pistole und zielte auf die Windschutzscheibe.

*

Rita steuerte den Mietwagen gerade durch eine Abfolge von Haarnadelkurven. Dabei verlor sie den Verfolgten jeweils dann für einige Sekunden aus den Augen, wenn die Straße eine Rechtskurve um einen Felsvorsprung beschrieb. Ging es dagegen um eine Linksbiegung, konnte sie dem vorausfahrenden Fahrer praktisch ins Gesicht schauen. *Ich fress´ ´nen Besen, wenn er mich nicht längst bemerkt hat*, dachte sie, noch immer mit Edgar verbunden.

„Okay, ich probier´ das mit den Geo-Zahlen", sagte sie und visierte die nächste Spitzkehre nach rechts an. „Aber dann muss ich langsam fahren oder gar anhalten. Die Straße ist verdammt eng und ... Oh, Scheiße, Edgar,

Scheiße, Scheiße, er hat mir aufgelauert. Kommt auf mich zu mit einer Pistole in der Hand. Verdammt, was mach´ ich jetzt? Edgar …"

Ein Knall wie von einer Peitsche., und dann zerbarst die Windschutzscheibe.

„Rita?", tönte es aus ihrem Handy.

„Er … er … hat … geschossen … Windschutzscheibe kaputt. Kommt näher … Edgar …!"

„Rita? **Rita**! Verdammt, verdammt."

Der Mann kam, die Pistole unmissverständlich auf Rita gerichtet, bedrohlich auf sie zu. Bei der Fahrertür blieb er stehen und riss sie auf. Rita blickte in das schwarze Mündungsloch der Pistole. Aus einem letzten Reflex klaren Verstandes schob sie das Handy in den Hosenbund.

Der Mann schrie sie nicht an, aber was er sagte, klang eindeutig nach einem Befehl. Rita stieg aus.

„Telefon!", verlangte er und zielte auf ihren Bauch.

Sie stellte sich dumm: „Hä?"

Da griff er selber zu, grabschte flink das Handy aus ihrem Hosenbund und warf es achtlos in den Wagen. Dann packte er Rita hart am Arm, zerrte sie an sich vorbei und stieß ihr sofort den Pistolenlauf in den Rücken. Wieder ein unmissverständlicher Befehl in einer fremden Sprache, und Rita stapfte los. Vorwärts, um die sichtversperrende Felsnase herum.

Derweil war ihr Handy neben die Handbremse gerutscht und weiterhin aktiv. „Rita?", quäkte Edgars Stimme. „Rita?"

*

Der junge Beamte fuhr schnell, doch er benötigte bis *Taza* trotzdem annähernd eine dreiviertel Stunde, und bis zum Rastplatz an der N 29, wo Darbaki auf sie wartete, noch einmal einige Minuten.

Edgar hielt es für eine nebensächliche Beobachtung, doch wenn der junge Polizist die linke Hand am Lenkrad hielt, präsentierte er dort zwischen Daumen und Zeigefinger einen kleinen schwarzen Punkt.

Für den öffentlichen Verkehr war der Rastplatz abgesperrt worden. Edgar zählte drei Streifenwagen, einen Kombi und zwei neutrale Fahrzeuge am Ort. Inspektor Darbaki entdeckte er in der offenstehenden Tür eines der zivilen Autos.

Sobald er Melanie und Edgar gewahr wurde, stand Darbaki auf und kam direkt zur Sache. „Das Telefon Ihrer Kollegin – es bewegt sich nicht mehr. Seit über einer halben Stunde nicht."

„Sie meldet sich auch nicht mehr", berichtete Edgar aufgeregt. „Es ist auf sie geschossen worden. Der Schuss war am Telefon zu hören. Wo ist das, wo Sie sie zuletzt geortet haben? Haben Sie nicht auch was von Fahndung mit einem Helikopter gesagt? Den könnten wir jetzt dringendst gebrauchen."

*

Der Mann zwang Rita, das Steuer seines *Dacia Duster* zu übernehmen. Er selbst setzte sich auf den Beifahrersitz und gab ihr mit einem Wink der Pistole zu verstehen, dass sie nun fahren sollte.

Als sie den ersten Gang einlegte und Gas gab, fing der Kerl neben ihr an zu summen.

Die Fahrt ging immer weiter in das Tal hinein, das alsbald den Charakter einer Schlucht annahm. Ab und zu sprach der Mann sie an und kicherte, aber Rita verstand weder seine Sprache noch den Grund seiner Fröhlichkeit.

Irgendwann wird dieses Tal doch auch ein Ende haben, dachte sie, und wenige Kurven später wurde die Straße steiler und wand sich in Serpentinen auf einen Ort zu, der zwischen Erde und Himmel zu schweben schien. Wäre ihre Lage nicht so aussichtslos – sie hätte das Panorama für überwältigend gehalten.

Einige Minuten später fuhren sie in den Ort hinein. *Bouaba al-samaa*, wie das Ortsschild besagte. Durch enge Gassen, dicht an dicht stehende Häuser, deren schmale Fenster Schießscharten ähnelten. Etwa in der Mitte des Ortes, auf einem kleinen Platz, bogen sie nach rechts ab und blieben auf der Gasse, bis sie annähernd den Ortsrand erreichten. Der Typ, von dem Rita immer mehr überzeugt war, dass es sich um Farid Fouhami handelte, dirigierte sie zu einem straßenseitig offenen Verschlag und hieß sie hineinzufahren. Neben einem grauen *SUV* hielt sie an und stellte den Motor ab.

Er stieß sie vor sich her zu einer Tür, in der bereits ein anderer Mann wartete. Bahir Fouhami.

Was sich beide Männer gegenseitig an den Kopf warfen, blieb für Rita schleierhaft, doch der Lautstärke nach durften es nicht bloß Freundlichkeiten gewesen sein.

Rita wurde in das Haus gezwungen, in ein düsteres Zimmer, in dem eine hagere Frau sie mit giftigen Augen empfing. Aber in diesem Raum sollte sie nicht bleiben. Die Hagere drängte Rita quer durch auf die andere Seite zu einer abwärtsführenden Treppe, an deren unteren

Ende sich eine massive Holztür befand. Als Rita unten angekommen war, griff die Frau an ihr vorbei, drehte einen vorsintflutlichen Schlüssel, drückte die Klinke, öffnete die Tür und versetzte Rita einen gemeinen Stoß.

Hinter der Tür befanden sich drei weitere Stufen, die Rita nicht sah und deretwegen sie blind in die Luft trat und nach unten stürzte. Sie hörte noch, wie die Tür wieder geschlossen und der Schlüssel gedreht wurde.

Der Keller, in dem sich Rita aufrappelte, war dunkel. Nur durch ein rechteckiges Mauerloch in Überkopfhöhe, nicht viel größer als ein Schuhkarton, drang schwacher Lichtschein herein. Es dauerte eine geraume Zeit, bis Ritas Augen sich an die Dunkelheit angepasst hatten. Der Raum war nicht größer als ein Verlies und so gut wie leer. Nur in einer Ecke stand so etwas wie eine Pritsche an der Wand. Rita rutschte auf Knien näher heran. Als sie nah genug gekommen war, stellte sie fest, dass auf der Pritsche Leben existierte. *Scheiße, es sind Ratten*, dachte sie entsetzt und zog sich ein Stück zurück. Aber dann wurde sie von dem Lebewesen ängstlich leise angesprochen: „Melanie?"

*

Der Helikopter landete mit infernalischem Getöse. Inspektor Darbaki erteilte gegen den Lärm brüllend einige Anweisungen an seine Leute und kletterte dann als Letzter in die Kabine. Er hatte noch nicht Platz genommen, als der Helikopter bereits wieder abhob.

Melanie klammerte sich an Edgar. In der Kabine ging es eng zu, und sie kämpfte für einige Augenblicke gegen eine aufwallende Platzangst.

„Wir fliegen jetzt zur Stelle, an dem wir das Handy Ihrer Kollegin zuletzt geortet haben", rief er laut. „Es ist noch immer unverändert am gleichen Ort. Ganz in der Nähe, am Ende des Tales, haben wir heute Morgen herausgefunden, besitzen die Fouhamis ein Haus in einem Dorf. Vielleicht befindet sich Dahbia dort."

Edgar nickte und drückte Melanies Arm. „Sie sprachen vom Selbstmord Mustafis. Wie kommen Sie darauf, dass er sich selbst …"

„Kopfschuss", brüllte Darbaki zurück. „Er hatte die Pistole noch in der Hand."

„In welcher Hand?", fragte Edgar aus Routine.

„Er hat sich mit der rechten Hand in die Schläfe geschossen."

Edgar schüttelte den Kopf. „Da stimmt was nicht", rief er. „Mustafi war Linkshänder, so fern ich mich erinnern kann. Als ich ihn zum ersten Mal gesehen, hielt er die Pistole in der linken Hand. Überprüfen Sie das, Herr Inspektor. Schmauchspuren und so."

Darbaki guckte, als hätte Edgar ihm die Wurst vom Brot geklaut. Dann lächelte er: „Gut, Herr Schaaf. Wir werden das überprüfen. Aber wenn einer Linkshänder ist und er sitzt auf dem Fahrersitz, dann ist es einfacher, mit der rechten Hand zu schießen. Er hat mehr Bewegungsfreiheit. Trotzdem: Ihr Ansatz ist gut."

Der Helikopter flog über eine atemberaubend schöne, aber auch bizarre Gebirgslandschaft. Entlang der Flüsse und Bäche reihten sich bunte Felder, eingebettet zwischen kargen schroffen Berggipfeln.

Der Pilot hielt sich an den Verlauf der N 29, die als graues Band unter ihnen erkennbar war. Nach ungefähr einer Viertelstunde Flugzeit hob er die Nase des

Helikopters leicht an und leitete den Sinkflug ein. Der Lärm in der Kabine wurde zunehmend lauter.

Edgar schaute aus dem Seitenfenster nach unten und erblickte einen gewundenen Weg. Und dann entdeckte er, mitten auf dem Weg in einer Spitzkehre, ein Auto stehen. Ritas Wagen?

Tiefer und noch tiefer senkte der Pilot die Höhe. Heck- und Frontfenster des Autos fehlten. „Das ist es", brüllte Edgar. „Kann er hier landen?"

Darbaki beugte sich zum Pilot nach vorne, hob dessen Kopfhörer an und brüllte ihm ins Ohr. Der Pilot gab mit der rechten Hand ein flatterndes Zeichen. Darbaki brüllte erneut, und der Pilot zeigte mit dem Daumen nach unten.

„Landen kann er nicht", erklärte Darbaki dann. „Zu nah am Fels. Aber er geht im Schwebflug so tief wie möglich an den Straßenrand. Dann können Sie aus geringer Höhe abspringen."

„Edgar! Was hast du vor?", fragte Melanie alarmiert.

„Ich will zum Auto und damit weiter ins Tal."

„Und wenn der Schlüssel nicht steckt? Edgar, lass´ mich nicht wieder allein!"

Dieses *nicht wieder* empfand er als Vorwurf. Er schluckte. „Du kommst natürlich mit", sagte er rasch.

„Nie im Leben springe ich aus einem fliegenden Schredder!" antwortete sie.

*

Farid.

Farid erschrak, als Bahir ihn an der Tür erwartete. Nicht nur, weil Bahir so aggressiv auftrat wie selten zuvor, sondern auch wegen dessen Aussehen. Bahir wirkte gehetzt und machte einen insgesamt panischen Eindruck. In seinen Augen irrlichterte es beängstigend. Zu allem Überfluss brachte Farid einen unwillkommenen Gast mit. Eine Geisel. Das schien für Bahir zu viel des Unvermögens zu sein. Kaum dass die junge Frau in Reichweite seiner Arme war, ergriff er sie mit harter Hand, zog sie zu sich heran und stieß sie in den Raum hinter der Tür. Dann richtete sich sein Zorn an Farid.

„*Was soll das, du Idiot? Hab' ich dir nicht gesagt, dass du aufpassen sollst? Und was machst du stattdessen? Schleifst mir eine fremde Frau ins Haus?*"

In Farid regte sich Widerspruch. „*Jetzt mach' mal halblang. Sie ist mir gefolgt. Was hätte ich tun sollen?*"

„**Aufpassen hättest du sollen!**", brüllte Bahir. „*Was mach' ich jetzt mit ihr, he? Kannst du mir das verraten? Nein, kannst du nicht. Ich sag' dir was: Ich nehme Dahbia und Karima und mache mich aus dem Staub. Du sorgst dafür, dass diese Frau von der Bildfläche verschwindet, und zwar für immer. Hast du das kapiert?*"

Verstanden hatte es Farid sehr wohl. Doch dauerte es einen Moment, bis er Bahirs Forderung auch begriff. Sein Bruder verlangte nichts anderes, als die Frau zu töten. Und so wurde Farids Ahnung von Meryems

Verbleib und Schicksal auf einmal zur Gewissheit. *„Du hast Meryem umgebracht. Du Schwein hast deine eigene Frau umgebracht."*

Plötzlich mit Heldenmut ausgestattet und blank jeden Respekts vor dem Bruder, packte Farid ihn am Kragen, würgte ihn und drängte ihn in die Küche des Hauses. *„Und das Kind? Was hast du dem Kind angetan? Was hast du mit Dahbia vor?"*

Aber Bahir stand Farid in puncto Kraft in nichts nach. Er schlug mit beiden Fäusten aufwärts, sodass Farid den Würgegriff lösen musste, und ließ einen gemeinen Kopfstoß auf Farids Nase folgen. Sofort schoss Blut aus dessen Nase.

Bahir bezog nun Kampfstellung und deckte den Bruder mit einer Serie von brutalen Schlägen ein. Der wich um den Küchentisch herum zurück. Doch kurzerhand warf Bahir den Tisch um und trieb Farid mit weiteren Hieben vor sich her.

„Dahbia ist mein Lämmchen, du Idiot. Verstehst du? Lämmchen?" Bahir schob die Zunge zwischen die Lippen und bewegte die Spitze in höchst ordinärer Weise. *„Nein, verstehst du nicht. Und außerdem ist sie die einzige Zeugin, die Meryem und mich zuletzt gesehen hat."*

Wie auf Geheiß hielten plötzlich beide im Kampf inne. Aus den Tiefen des Tals näherte sich ein knatterndes Geräusch, das stetig an Lautstärke zunahm, ohrenbetäubend anschwoll und sogar Karimas Gezeter übertönte. Bahir erfasste die Ursache und deren Bedeutung sofort. *„Das ist allein deine Schuld, Farid.*

Es wäre besser gewesen, man hätte dich gleich nach der Geburt getötet. So muss ich das heute tun."

Mit diesen Worten prügelte er mit erhöhter Intensität auf Farid ein.

Farids Deckung geriet in Not. Er wich immer mehr an die Wand neben dem Geschirrregal zurück. Er bekam eine Schüssel zu fassen und schleuderte sie nach Bahir. Dann Teller und Tassen, was ihm etwas Luft zum Atmen verschaffte. Zum Schluss stürzte er in einer gewaltigen Kraftanstrengung das schwere Regal um.

"Was ist mit Karima? Genügt sie dir nicht als Frau?"

Bahir wehrte die Wurfgeschosse ab und wich dem umfallenden Regal zur Seite aus. An der Wand hinter ihm hing als Dekoration ein Krummsäbel. Den riss er hastig herunter und streckte die Klinge Farid entgegen. *"Karima? Karima ist eine Wüste"*, sagte er bösartig, und es war ihm egal, dass Karima die Worte hörte. Dann machte er einen Ausfallschritt nach vorne – und stieß mit dem Säbel zu.

*

„Saida!" Das Mädchen hockte zusammengekauert mit dem Rücken zur Wand auf der Pritsche. „Saida, comment ça va? Tu vas bien?" (Wie geht's? Geht es dir gut?)

Saida schlang die Arme noch fester um die Schienbeine. Dort, wo ihre Augen sein sollten, erspähte Rita zwei dunkle Höhlen. Sie wiederholte ihre Frage.

„Melanie", flüsterte Saida.

Ja, mein Gott, natürlich, Melanie, dachte Rita. *Das alles ist zu viel für ein Kind.* Rita kroch ein wenig näher an die Pritsche heran und streckte ihre Hand aus. „C´est moi, Rita. Tu me reconnais?" (Ich bin es. Rita. Erkennst du mich wieder?)

Die Mundwinkel Saidas zuckten. „Melanie."

Rita bestätigte. „Oui, Melanie est là. Tu la verras bientôt. D´accord?" (Melanie ist hier. Du wirst sie bald sehen. Einverstanden?" *Hoffentlich verspreche ich ihr nicht zu viel.*

In diesem Augenblick wurden eine Etage höher Stimmen laut. Es hörte sich sehr nach Streit zwischen zwei Männern an. Dazwischen schrillte das Keifen einer Frau.

Saida versuchte noch kleiner zu werden als sie ohnehin schon war. *Gleich verschwindet sie wie ein Geistchen durch die Wand*, dachte Rita.

Dann kehrte von oben unvermittelt eine kurze Ruhe ein. In dieser stillen Pause vernahm Rita das ferne typische Geräusch, das ein tieffliegender Hubschrauber verursacht. Auch die Streitparteien mussten auf das unverwechselbare Knattern der Rotorblätter aufmerksam geworden sein, denn urplötzlich setzte der Streit wieder ein. Es wurde gebrüllt, und es klang immer mehr nach einem Kampf, als würden Möbel umgestürzt.

Rita fragte sich, was das bedeuten könnte. *Sind sie uneins über das weitere Vorgehen? Was konnte der Helikopter bedeuten? Sind Melanie und Edgar unterwegs hierher? Wird die Kellertür gleich aufgemacht und Saida geholt und fortgebracht werden?* Ihr Blick fiel auf das Wandloch, durch das Tageslicht in den Keller fiel.

Ich passe da nicht durch, dachte sie. *Aber Saida ...? Verdammt, was tu' ich?*

Der innere Konflikt, in den sie geriet, konnte größer kaum sein. Ein Stock höher befanden sich die Frau und die zwei Männer, die für Saidas Entführung verantwortlich waren. Ihr Aufwand, Saida in ihre Gewalt zu bekommen, war zu immens gewesen, als dass sie das Kind jetzt einfach zurücklassen würden. Sie mussten den Hubschrauber gehört haben und würden alsbald die Flucht ergreifen. Also würde demnächst einer der Männer herunterkommen, um Saida zu holen. Das durfte nicht passieren.

Was soll ich tun? Rita erhob sich und sagte: „Attention." Dann trat sie mit Wucht gegen die Pritsche, bis sich ein Brett löste. Mit dem Brett eilte sie zur Tür und klemmte es unter die Klinke, sodass man sie nicht mehr betätigen konnte. Allerdings, und dessen war sie bewusst, würde ihr diese Vorrichtung lediglich ein paar Sekunden bringen. Gegen brachiale Gewalt nutzte sie nicht viel.

Andererseits, dachte sie, *wäre es natürlich am besten, Saida wäre gar nicht da. Aber was geschieht mit ihr, wenn ich ihr helfe, durch das Loch zu schlüpfen? Sie ist ein Kind und wäre vollkommen auf sich allein gestellt. Ob Melanie und Edgar tatsächlich da draußen sind, weiß ich nicht. Wo, also, ist es besser für sie? Drinnen oder draußen? Entscheide dich, Rita. Jetzt.*

„Saida, tu veux voir Melanie ? Regarde le trou dans le mur. Je t'aiderai à passer. Alors tu peux courir vers elle, compris?" (Willst du Melanie sehen? Schau das Loch in der Mauer. Ich helfe dir hindurch. Dann kannst du ihr entgegenlaufen, verstehst du?)

Meine Güte, sie ist leicht wie eine Feder, dachte Rita, als sie Saida in die Höhe hob. Saida, noch immer im hellblauen Krankenhemd der Klinik, streckte zuerst die Arme in das Loch, dann den Kopf. Rita schob von unten ihre Beine nach. „Bonne chance. Toujours courir vers le bas. Fais vite" (Viel Glück. Immer abwärts rennen. Mach' schnell), rief sie ihr hinterher – und weg war sie.

Der Kampf im Raum über ihr schien an Heftigkeit zuzunehmen. Es krachte und polterte, und dann wurde er mit einem durchdringenden Schrei beendet.

*

Der Helikopter ging langsam tiefer. Edgar hatte die Kabinentür geöffnet und hockte, die Füße auf den Kufen, an der Kante. Unter ihm gähnte der steile Abhang zum Flusslauf, doch das Straßenniveau näherte sich Meter um Meter. Als der Abstand noch etwa Mannshöhe betrug, sprang er auf den Straßenrand. Vom Rotorwind gebeutelt, drehte er sich schnell um, bereit, Melanie Hilfestellung zu geben und aufzufangen.

Melanie wartete, bis die Höhe auf einen Meter geschrumpft war. Dann sprang auch sie. Unmittelbar danach stieg der Hubschrauber steil in die Höhe und donnerte über ihre Köpfe davon.

„Ich glaub's nicht!", rief Melanie, „ich hab's tatsächlich getan! Ich bin leibhaftig aus dieser Mühle gesprungen!"

Edgar umarmte sie. „Ja, das hast du toll gemacht, mein Engel. Ganz großes Kino. Aber sehen wir zu, dass wir zum Auto kommen."

Hand in Hand liefen sie zu dem derangierten Wagen, dessen Fahrertür noch offenstand. Edgar beugte sich hinein. Der Schlüssel steckte. Melanie kam von der Beifahrerseite und wischte mit der bloßen Hand die gröbsten Glassplitter vom Sitz.

Der Motor sprang ohne Probleme an. Edgar trat aufs Gas, beschleunigte jedoch nur so stark, dass der Luftdurchzug auszuhalten war.

„Hier möchte man nicht von der Straße abkommen", sagte er und deutete in die Schlucht links neben der Straße, an deren Grund grüne Palmen standen.

Nach unzähligen Kurven eröffnete sich ihnen das Ende des Tales mit der oberhalb gelegenen Ortschaft, die wie eine mittelalterliche Festung angelegt war. Melanie seufzte, als sie der Serpentinen gewahr wurde, die noch vor ihnen lagen. Über den Dächern des Dorfes zirkulierte wie ein großes Insekt ein schwarzer Punkt. „Der Helikopter", sagte Edgar mehr zu sich selbst als an Melanie gerichtet und nahm die erste der Serpentinen in Angriff.

*

Saida hatte die Frau, die sich Rita nannte, sehr gut verstanden. *Willst du Melanie sehen? Ich helfe dir durch das Loch zu klettern. Du musst immer bergab rennen.*

Melanie. Mehr wollte Saida nicht.

Eine Ahnung sagte ihr, dass Maman nicht mehr kommen würde. Etwas war mit Maman geschehen, das sie nicht begreifen konnte. Nicht verstehen wollte. Und wenn sie versuchte, daran zu denken, fiel in ihrem Kopf eine Klappe zu. Weiter als bis zu dieser Klappe kam sie nicht. Ob das gut war oder schlecht? Saida wusste es nicht.

Und heute? Was da alles passiert war – es überstieg Saidas Begriffsfähigkeit. Am Ende war sie durch ein Kellerloch geklettert und war auf sich alleine gestellt.

Bergab.

Saida war förmlich aus dem Kellerloch gepurzelt. Kopf voran, etwa so tief wie sie selbst groß. Aber sie war vom Gewicht her so leicht, dass ihr der Sturz nichts ausgemacht hatte. Da das Haus ziemlich an der Peripherie des Dorfes stand, ging es von dort praktisch schon ständig bergab. Zwar nicht über die Straße, sondern durchs wilde steinige Gelände, aber das war Saida vom Ziegenhüten her gewohnt. Und so rannte und hüpfte sie in ihrem himmelblauen Krankenhaushemd den Berg hinunter, wie Rita es ihr gesagt hatte.

*

Je näher sie dem Dorf kamen, desto lauter war der Helikopter zu hören. Dann verloren sie ihn aus ihrer Perspektive aus den Augen, aber das Dröhnen hing weiterhin wie eine drohende Apokalypse über den Dächern des Ortes.

Während sich Edgar voll und ganz auf die Straße konzentrierte, spähte Melanie aus dem Fenster. *Hier, an so einer Geröllhalde zu wohnen, wär' nicht meine Sache*, dachte sie.

Ganz so öde wie sie es sah war die Landschaft nun doch nicht, wuchs immerhin und trotz einer Höhe von an die zweitausend Meter über dem Meeresspiegel das eine oder andere grüne Gebüsch zwischen den Steinen hervor.

Zuerst war es nur ein heller bewegter Punkt mitten im abschüssigen Hang. Vielleicht ein Quarz, der Sonnenlicht reflektierte. Ein Glasscherbe oder Stanniolpapier. Er war auch gleich wieder weg. Nichts weiter als eine Irritation.

Dann jedoch tauchte er wieder auf, der helle Punkt, und Melanie gelang es, ihn mit den Augen einzufangen.

„Mein Gott, Edgar, halt' an", rief sie plötzlich und griff Edgar an den Arm. „Halt an. Dort drüben im Geröllfeld – ich glaube, das ist Saida."

Melanie sprang aus dem Auto, kaum dass es stand, und rief so laut sie konnte Saidas Name.

Der Punkt verharrte.

„**Saida!**", rief Melanie nochmal und übertönte sogar den Krach des Hubschraubers.

Auf einmal setzte sich der Punkt in Bewegung. Auf Melanie zu. Ein kleiner Tanzknopf in einem hellblauen Hemd. Und Melanie, die Behinderung durch ihren linken Fuß ignorierend oder vergessend, rannte dem Punkt entgegen. Sprang wie eine Gämse über Spalten und Steine, immer wieder Saida rufend.

Als sie endlich beieinander waren, hüpfte der himmelblaue Punkt in Melanies ausgebreitete Arme, und so vereint blieben sie eine ganze lange Weile stehen.

Edgar, der ebenfalls aus dem Auto gestiegen war und von der Straße aus die Szene beobachtete, sagte im Überschwang der Gefühle: „Na also."

*

Oben war es eigentümlich still. Auch der Lärm des Helikopters nahm ab und erstarb schließlich ganz.

Rita schlich auf Zehenspitzen zur Tür und presste das Ohr aufs Holz. Doch, da war was. Regelmäßig wiederkehrendes Keuchen. Sachte drückte sie Türklinke. Abgeschlossen. Sie überlegte, ob sie sich bemerkbar machen sollte.

Als es plötzlich dröhnend krachte, als hätte ein Bagger das Haus gerammt, zuckte sie vor Schreck zusammen. Unmittelbar darauf drang jedoch eine befehlsgewohnte laute Stimme in den Keller. Rita verstand zwar nur ein Wort, doch das ließ sie erleichtert aufatmen. Polizei.

Erleichtert hämmerte sie mit der Faust gegen die Tür und brüllte: „Hierher!"

Sekunden später wurde der Schlüssel gedreht und die Tür aufgestoßen. Inspektor Darbaki stand vor ihr. Er leuchtete mit der Taschenlampenfunktion seines Handys an ihr vorbei in den Keller hinein. „Wo ist das Kind", lautete seine erste Frage.

Rita deutete auf das Loch in der Wand. Darbaki zählte eins und eins zusammen. Was er dachte, ließ er mit keiner Miene erkennen. „Kommen Sie mit", sagte er. „Sie sind Polizistin, dann sind Sie an solche Anblicke gewöhnt."

So ein Stoffel, dachte Rita. *Keine Frage wie's mir geht.*

Rita stieg hinter ihm die Treppe empor. Aus der gegenüberliegenden Tür fiel Tageslicht in den düsteren Raum, den sie bereits kannte. Es sah verheerend aus. Hier hatte definitiv ein übler Kampf stattgefunden, denn Tisch und Stühle waren umgestürzt, andere Gegenstände lagen verstreut im Zimmer.

Ritas zweiter Blick fiel auf den Verlierer des Kampfes. Er lehnte blutüberströmt neben einem Küchenschrank an der Wand, festgenagelt mit einem Krummsäbel, der ihm unter dem rechten Schlüsselbein durch den Körper gerammt worden war. Das Gesicht war kaum zu erkennen. Aus zahlreichen Wunden floss Blut. Aber er lebte und produzierte bei jedem Atemzug rötliche Blasen vor dem Mund. Farid Fouhami.

Darbaki telefonierte. *Vermutlich mit dem Hubschrauberpilot*, dachte Rita, *denn bis ein Ambulanzwagen hier eintrifft, ist es für den Verletzten zu spät.*

Dann ging Darbaki vor Farid Fouhami in die Hocke und stellte ihm auf Berberisch einige Fragen, die bei dem kritischen Zustand des Angesprochenen sämtlich unbeantwortet blieben. Aber Rita konnte sich denken, nach wem sich der Inspektor erkundigte, denn Bahir Fourami war nicht mehr im Haus.

Ziemlich zeitgleich mit dem Piloten traf Edgar im Haus ein. Er nahm Rita nach einem ersten Überblick der Lage väterlich in die Arme, und bei Rita öffneten sich sogleich die Tränenschleusen. „So gut, dass du da bist, Edgar", schniefte sie. „Ich hatte richtigen Schiss."

Edgar antwortete gerührt. „Das glaub´ ich dir aufs Wort. Hauptsache, dir geht es gut. Saida ist bei Melanie draußen im Auto. Jetzt werden wir sie nicht mehr verlieren."

Rita wurde von einem Weinkrampf erschüttert. „Dann … hat … die … Kleine … alles … richtig … gemacht."

„Ja, das hat sie wohl. Alles wird gut, Rita. Du kannst rausgehen und sie begrüßen. Ich helfe derweil bei der Bergung des Verletzten. Ist das Farid Fouhami?"

Rita nickte und verließ den Tatort.

Der Pilot hatte eine fahrbare Trage aus dem Helikopter mitgebracht. Mit vereinten Kräften gelang es den drei Männern, Farid Fouhami von der Wand zu lösen und den schweren Körper auf die Trage zu wuchten, wobei sie den Säbel in der Brust stecken ließen. Anschließend schoben sie die Trage über das Kopfsteinpflaster durch das Dorf bis zum Helikopter, der auf einem steinigen Feld am Rande gelandet war. Wo die Verhältnisse den Transport auf Rollen nicht zuließ, trugen sie den Verletzten darüber hinweg.

In einem Kraftakt sondergleichen verfrachteten sie die Trage in die Kabine des Hubschraubers, und eine starke Minute später hob der Pilot die Maschine vom Boden ab.

Trotz aller Anstrengung war es Edgar nicht unbemerkt geblieben, dass zwischen Daumen und Zeigefinger an Farids linker Hand ein dunkelgrauer Punkt prangte.

Inspektor Darbaki nahm inzwischen telefonische Verbindung mit seinen Leuten auf und beorderte ein Team hierher.

„Tja", sagte er danach zu Edgar, „Bahir Fouhami ist uns schon wieder entkommen. Es führt vom Dorf ein Weg über den Pass und auf der anderen Seite hinunter. Erreicht er unten die Straße, stehen ihm alle Richtungen offen."

„Was wird jetzt aus seinen Schafen und Ziegen?", fragte Edgar.

Darbaki zuckte gleichgültig die Schultern. „Keine Sorge. Die Buschtrommeln der Berber funktionieren einwandfrei. Irgendwer aus dem Clan wird sich schon darum kümmern."

Edgar gesellte sich zu Melanie, Rita und Saida vors Haus. Während das Mädchen wie eine Klette an Melanie hing, inspizierte Rita den Mietwagen. Sie wischte Glassplitter von den Sitzen und klaubte Glasreste aus dem Frontfensterrahmen, sah aber bald ein, dass die Mühe für die Katz war. Mit diesem Auto zurück nach *Fès* zu fahren, war keinem zuzumuten.

„Gut, dass wir eine Versicherung abgeschlossen hatten", meinte Edgar. „Muss eben ein Abschleppdienst die Karre holen. Ich denke, wir verständigen den Vermieter besser gleich. Übernimmst du das bitte, Rita?"

„Kein Problem", sagte Rita, die ihr Handy wieder besaß. „Aber wie kommen wir dann von hier weg?"

„Wenn Inspektor Darbakis Leute hier mit der Arbeit fertig sein werden, wird uns bestimmt ein Wagen bis nach *Taza* mitnehmen, schätze ich. Und dann soll der Inspektor ein Taxi für uns nach *Fès* organisieren. Oder was meinst du, Melanie?", fragte er und strubbelte Saidas Haar.

Melanie wurde von Edgars Frage auf dem falschen Fuß erwischt, denn sie war über sein Konzept, wie sie von hier wegkämen, nicht ganz glücklich. Zu sehr war es vom Wohlwollen anderer abhängig. Außerdem hatte sie für sich und Saida einen grundsätzlich anderen Plan im Sinn, getraute sich aber nicht, ihn zu äußern. Jedoch stahl sich ob ihrer Verlegenheit eine Träne ins Auge, die von Edgar nicht unbemerkt blieb.

„Melanie. Was ist? Was hast du?"

Sie sank mit flatterndem Atem ergeben an seine Brust.

„Ich kann nicht mehr, Edgar. Das alles war zu viel für mich, und für Saida auch. Ich will nicht wieder in ein Krankenhaus oder in ein Hotel und Angst haben müssen, dass die Verbündeten dieses Wahnsinnigen schon längst da sind und nur darauf warten, Saida erneut entführen zu können. Du hast ja gesehen, dass man selbst Polizisten nicht trauen kann. Ich will nach Hause in Sicherheit, Edgar. Nach Hause. Mit dir, mit Rita – und mit Saida. Bitte mach´ es uns möglich."

Freitag, 10. Mai 2024
Rabat (Marokko)

Fünfter Tag.
Öffnungszeiten der Deutschen Botschaft in Marokkos Hauptstadt *Rabat* Montag bis Freitag von neun bis zwölf Uhr. Die Adresse lautete 7, Zankat Madnine.
  Melanie, Saida und Edgar warteten in einem Zimmer auf Frau Bronner, Botschaftsangestellte, die im Augenblick darum bemüht war, eine sichere Unterkunft für die *Familie* zu organisieren. Parallel dazu liefen Abklärungen mit dem BAMF in *Freiburg (Brsg.)* über Saidas Status, Einreisegenehmigung und Aufenthaltsbewilligung, sowie in der Botschaft selbst über die Ausstellung eines provisorischen Reisedokuments. Zu Letzterem war von Saida ein biometrisches Foto erstellt worden.
  Frau Bronner, in Vertretung des Botschafters, hatte Melanies und Edgars Schilderungen höchst achtsam zugehört und nur gelegentlich eine Zwischenfrage gestellt,

wie zum Beispiel zur wahren Identität des Mädchens. Ein Kriterium, das sie persönlich mit Inspektor Darbaki besprach und sich bestätigen ließ, dass außer Saidas vermisster Mutter keine weiteren Verwandten in Marokko existierten. Da auch sie von der Gefährdungslage Saidas in Marokko einerseits und von Melanies und Edgars Redlichkeit andererseits überzeugt war, sah sie bezüglich einer aktuellen und temporären Vormundschaft der beiden keine Komplikationen.

Melanie hatte eingesehen, dass sie um einen Kompromiss nicht herumkommen würde. Saidas körperlicher Gesundheitszustand war insoweit gut, dass sie auf einen weiteren Aufenthalt in einem Krankenhaus verzichten konnte. Doch der Wunsch nach einer baldigen Abreise konnte ihr nicht erfüllt werden.

Inspektor Darbaki hatte sie, wie von Edgar vermutet, per Streifenwagentaxi nach *Fès* in ihr ursprüngliches Hotel chauffieren lassen. Von dort waren sie am frühen Freitagmorgen per Taxi nach *Rabat* zur Deutschen Botschaft gereist.

Melanies Hoffnung, bis zu ihrer Abreise am Sonntag im Botschaftsgebäude selbst eine sichere Unterkunft zu erhalten, war jedoch nicht möglich. Für solche Zwecke war die Botschaft weder eingerichtet noch vorgesehen. So fügte sich Melanie mit Beherrschung in das Unvermeidliche, nämlich weitere Nächte in einem Hotel verbringen zu müssen.

Rita fiel die Aufgabe zu, wegen der Schäden am Auto mit dem Autovermieter zu verhandeln. Zum Glück und auf eigenes Drängen hatte sie Inspektor Darbaki eine Bescheinigung abgeluchst, dass die Beschädigungen der Scheiben durch Fremdverschulden verursacht worden waren. So konnte sie ohne Zusatzkosten den Autoschlüssel abgeben. Wo der Wagen abzuholen sei, dokumentierte sie anhand von Fotos, die sie vom Auto und dem Ortsschild geschossen hatte.

Des Weiteren, und da sie sich wegen des Mietwagens ohnehin am Flughafen *Rabats* befand, buchte sie für den Flug am Sonntag einen vierten Platz im Flieger.

Das von Frau Bronner vermittelte Hotel lag in unmittelbarer Nähe des *Jardin Nouzhat Hassan*, des größten und ältesten öffentlichen Parks der Stadt, vom Botschaftsgebäude nur einen Steinwurf entfernt. Dorthin begaben sich Melanie, Saida und Edgar, nachdem sie ihr Zimmer bezogen hatten. Melanie mit gedämpftem Optimismus, da über Saidas nähere Zukunft noch nicht endgültig entschieden war.

Die Rädchen, die irgendwo im Hintergrund in irgendwelchen Behörden ineinandergriffen, meinte sie im eigenen Kopf knarzen zu hören, und noch nie zuvor hatte sie das ohnmächtige Gefühl, von anderer Leute Urteil abhängig zu sein, so hautnah erlebt. Diese Leute besaßen nicht den geringsten Schimmer einer Ahnung, was die Entscheidung, so sie denn endlich fiele, für Saida und Melanie bedeutete. Deswegen war sie nicht nur nervös, sondern auch überaus ängstlich und sah hinter jedem Baum, hinter jeder Hecke im Park, einen Entführer lauern.

Das wurde ein wenig besser, als nachmittags Rita mit erhobenem Daumen zu ihnen stieß. Sie ging vor Saida in die Knie und nahm deren Kopf zwischen die Hände.

„Na, tu aimes cet endroit?" (Gefällt es dir hier?)

Saida schaute zu Melanie auf und sagte leise: „Oui."
„Sehr gut", sagte Rita. „Wenn das so ist, dann lade ich euch jetzt zum Essen ein. Was haltet ihr von *McPommeld's*?"

Rita stiefelte, die Hände leger in den Gesäßtaschen, auf den Trottoirs voraus. Sie allein wusste den Weg zum Schnellrestaurant.
Für Edgar war es eine absolut neue Erfahrung: Melanie und er zu Fuß unterwegs, und an den Händen zwischen ihnen ein Kind.
Wenn er die Zeichen am Horizont richtig zu deuten verstand, und er war sicher, dass es Melanies Zeichen waren, dann würde demnächst ihre Familie um ein weiteres Mitglied anwachsen. Vorausgesetzt, Saidas Mutter bliebe vermisst.
Nicht, dass er etwas gegen einen Familienzuwachs einzuwenden hätte, du liebe Güte, nein. Natürlich hoffte er für Saida, dass ihre Mutter lebte und sie alsbald mit ihr vereint sein würde. Und er wusste, dass das auch Melanies Wunsch entsprach. Aber wenn er in Melanies Augen schaute, konnte er darin eine neue Zielstrebigkeit und Entschlossenheit erkennen. Denn falls die Verhältnisse so bleiben sollten wie sie sich aktuell abzeichneten, dann würde Melanie die Rolle der Mutter einnehmen. Und sie würde es gut machen, davon war Edgar überzeugt.
Noch hatte Melanie mit ihm en détail nicht darüber gesprochen, und er fragte sich, wann sie es tun würde. Oder ob er den ersten Schritt machen sollte.
Er spann den Faden weiter. *Mit Gerti, Rita und Janna würden Saida gleich drei neue Tanten zur Verfügung*

stehen, dachte er. *Vier Tanten sogar, wenn man Eliza dazurechnet, und mein Freund Pit sozusagen als Onkel.*

Hier stockte Edgars Gedankenfluss, denn er war bei seinem eigenen Status angekommen. *Und wer würde ich sein? Papa? Opa? Oder Popa?*

Einer der Straßenpflasterer musste an dieser Stelle des Trottoirs schlecht gearbeitet haben, denn dort, wo Edgar gerade hintrat, fehlte ein Pflasterstein. Edgars Fuß knickte um, er stolperte – fing sich wieder, ohne zu stürzen. Saida fand das lustig und kicherte.

Edgar grinste ihr zu. *Ich glaube, ich werde als Clown Karriere machen*, dachte er.

Samstag, 11. Mai 2024
Rabat (Marokko)

Sechster Tag.
Melanie, Saida und Edgar wurden vormittags in die Deutsche Botschaft gerufen, wo sie ein provisorisches, auflagenbehaftetes und nur zur einmaligen Reise gültiges Reisedokument für Saida in Empfang nahmen. Die Auflagen verpflichteten sie, binnen einer Frist von sieben Tagen nach Ankunft in Deutschland beim BAMF vorstellig zu werden und überdies Saida dem zuständigen Jugendamt zu melden.

Melanie wäre auch einen Pakt mit dem Teufel eingegangen, um Saida mit nach Deutschland nehmen zu können. So war sie, bescheiden ausgedrückt, überglücklich, ohne jedoch vor Frau Bronner in Euphorie auszubrechen. Sie hielt ihre Freude bis auf die Straße im Zaum. Dann aber leistete sie sich einen Freudensprung, fiel ihrem Edgar temperamentvoll um den Hals und schwang Saida auf ihre Hüfte.

„Demain, nous prendrons l´avion pour l`Allemagne, ma chérie. Nach Hause. Tu veux aussi?"

Saida schlang ihre Arme um Melanies Hals.

Es war Ritas Vorschlag, den letzten freien Nachmittag in Marokko am Strand zu verbringen. Sie hatte im Laufe des Vormittags in der Stadt einen Badeanzug für Saida gekauft, und da sie im Vorfeld des Urlaubs nicht mit einem Badeaufenthalt gerechnet hatte, für sich selbst auch.

Mit einem Taxi waren sie rasch an Ort und Stelle, dem *Plage de Rabat*. Der Strand blieb, was Größe und Ausdehnung betraf, zwar hinter Edgars Erwartungen zurück, doch deren ungeachtet mietete er an einem Kiosk vier Bastmatten und einen Sonnenschirm. Für einen Samstag Anfang Mai war der Strand ziemlich gut besucht, und es gestaltete sich schwieriger als gedacht, einen ausreichenden Platz zwischen all den anderen Sonnenschirmen zu finden. Schließlich bestimmte Saida, wo sie die Liegematten ausbreiten sollten: Relativ nah am Wasser.

Melanie und Edgar hatten nicht vor, sich in die Brandung zu stürzen. Mangels Badebekleidung beschränkten sie ihren Bewegungsradius auf die Matten unter dem Schirm. Rita und Saida allerdings zog es ins Wasser, und im ungezwungenen Spiel wurde aus der stummen verstörten Saida ein fröhlich lachendes Mädchen, wenn auch nur vorübergehend.

Eingelullt durch das monotone rhythmische Meeresrauschen und den nie enden wollenden Klangteppich des Strandgetümmels, dösten Melanie und Edgar schläfrig vor sich hin. Saida und Rita waren dazu übergegangen, in Platznähe eine Sandburg zu bauen. Eine intensiv geführte Sache, und abwechselnd und nicht müde werdend schöpften sie in den hohlen Händen Wasser aus dem Meer und mischten mit den Händen den Sand zu einem feuchten Teig, der sich zu Türmen und Mauern formen ließ.

Die Sandbaumeisterinnen waren in ihre Beschäftigung so versunken, dass sie nicht bemerkten, wie sich eine hagere Gestalt in langer Djellaba und Kopftuch näherte und Saida den Weg abschnitt, als diese gerade mit Wasser gefüllten Händen zur Sandburg laufen wollte. Und es entging ihnen, dass ein massiger Mann mit gesenkter Pistole bei den dösenden Melanie und Edgar auftauchte und in Schrittlänge neben ihnen stehen blieb.

Saida stolperte förmlich in die dürre Figur hinein. Die Frau erkennen und vor Entsetzen schreien waren eins. Sie entkam der zupackenden Hand, indem sie sich wegduckte und in Panik versetzt ins Wasser hinaus rannte.

Mehrere Dinge geschahen fast gleichzeitig. Rita registrierte mit zwei Blicken in einer Sekunde die unmittelbare Gefahr. Saida, die, verfolgt von einer Frau in langem Gewand, der Brandung entgegenstürzte, und einen Mann, der eine Pistole hob und auf Saida zielte.

Ein Schrei gellte über den Strand: „**Edgar!**", und Rita stürmte Saida hinterher. Der Schuss fiel, als sie unglücklicherweise durch die Schusslinie sprintete. Unter der Achsel getroffen, hatte sie noch den Schwung und die Kraft, die hagere Frau vor ihr niederzureißen und im flachen Strandwasser unter sich zu begraben.

Melanie überwand den ersten Schreck ebenfalls schnell. Ihre Sorge galt Saida, die noch immer blindlings dem tiefen Wasser zustrebte und bereits von einer Brandungswelle überspült wurde. Sie hörte den Knall des Schusses, sie sah Rita fallen, doch sie hetzte durch den Sand ins Wasser zu der Stelle, wo sie das Kind zuletzt gesehen hatte.

Edgar begriff sofort, als er Ritas Schrei hörte, dass allerhöchste Gefahr herrschte. Noch während er sich aus der Liegeposition aufrichtete, registrierte er die dunklen Konturen eines Mannes mit erhobenem Arm und Pistole neben sich. Mit dem Schuss aus der Pistole war er hellwach. Es glich einem Reflex, als er in den Sand griff und dem Mann eine Handvoll ins Gesicht schleuderte.

Mit der nächsten Bewegung war Edgar auf den Beinen. Die ausbrechende Panik unter den anderen Badegäste um ihn herum bekam er nicht mit. Er erwischte den Pistolenarm des Mannes und schmetterte ihn auf sein erhobenes Knie, sodass die Pistole in hohem Bogen in den Sand fiel. Und ohne zu überlegen, wie er schulmäßig ablaufen sollte, setzte er den einfachsten aber effektivsten Judo-Griff an, drückte den Mann rückwärts über das ausgestellte Bein und brachte ihn seitlich zu Boden. Dann packte Edgar routiniert und energisch das Handgelenk des Kerls und drehte den Arm bis zur Sollbruchstelle auf den Rücken, sodass das Gesicht des Mannes im Sand lag. Bahir Fouhami.

Melanie wurde gleichfalls von einer Brandungswelle erfasst und verlor den Boden unter den Füßen. Die Woge schwappte über ihren Kopf, und kurzzeitig verlor sie die Orientierung. Dann fand sie wild rudernd wieder Stand und entdeckte Saidas Haarschopf im nächsten Wellental.

Rita verspürte seltsamerweise keinen Schmerz. Vollgepumpt mit Adrenalin hielt sie die knochige Frau unter sich umklammert. Im flachen Wasser liefen die Wellen an den Strand aus, aber die Frau japste und gurgelte, als würde sie ertrinken. Dabei gönnte sich Rita die Gehässigkeit von Herzen, jedes Mal bei auflaufendem Wasser deren Kopf Gesicht voraus nach unten zu drücken. Als sie genug des bösen Spiels hatte, riss sie die Frau auf die Beine, schleifte sie am Kragen hinter sich her und stieß sie neben Edgar und ihrem Partner Fouhami voller Abscheu in den Sand.

Diesmal würde es Melanie anders machen. Als die nächste Welle auf sie zu rollte, stieß sie sich vom Boden ab und tauchte in sie hinein. So kam sie kontrolliert auf deren Rückseite heraus, und plötzlich hatte sie Saida in Griffnähe vor sich. Mit einem Schwimmzug war sie bei ihr, zog sie an die Brust, und begann, da sie so eben noch mit den Zehen den Grund berührte, mit dem Rückweg ans flachere Ufer. Die letzten Meter ließ sie sich von Leuten, die nicht aus Angst die Flucht ergriffen hatten, bereitwillig helfen und spürte, wie erschöpft sie war.

Um Saida nicht noch größerem Stress auszusetzen, blieb Melanie mit ihr dem Schauplatz um ihren Sonnenschirm fern. Dennoch musste es Fouhami gelungen sein, das Mädchen zwischen all den Leuten, die mittlerweile gaffend um die Szene herumstanden, zu entdecken. Denn plötzlich bäumte er sich auf und brüllte ihr einen Sermon von zunächst unverständlichen Drohungen zu. Dann schien er sich zu besinnen, dass er doch des Französisch mächtig war. Jedenfalls entschlüsselte Melanie die Worte: „Si tu trahis notre secret, Dahbia, je te tuerai." (Wenn du unser Geheimnis verrätst, Dahbia, werde ich dich töten.)

Saida erschrak sichtlich und wurde stocksteif.

„Que veut-il dire par là?" (Was meint er damit?), fragte Melanie.

Aber Saida schüttelte den Kopf und presste die Lippen aufeinander.

Erst in diesem Moment fiel es Melanie wie Schuppen von den Augen, und sie verstand auf einmal das ganze monströse Ausmaß um Saidas Entführung. Es war Bahir Fouhami nie um Saidas Mutter gegangen, sondern einzig und allein um Saida. Und plötzlich bekamen auch die sechs Zeichnungen von der *roten Kirsche* einen ausgesprochen obszönen Sinn: Saida hatte Fouhamis erigierten Penis aus ihrer Perspektive gemalt.

Aus ihrer Sicht! Aus ihrer Sicht! Aus ihrer Sicht!, hämmerte es die Erkenntnis mit schmerzenden Schlägen in Melanies Kopf und brachte sie aus der Fassung, weil sich ihr der perfide Ablauf bildlich aufdrängte. Blut und Beherrschung sackten wie ein Aufzug nach unten. Blind vor Wut ließ sie Saida stehen und flog wie ein Racheengel zu Fouhami hin, der noch immer unter Edgars Griff auf dem Bauch im Sand lag.

„Was bist du für ein Schwein!", schrie sie auf Deutsch, packte ihn an den Haaren, zog den Kopf in die Höhe und stopfte ihm Sand ins Maul. „So eine Drecksau! Da, friss!"

„Melanie!", rief Edgar und hielt sie an der Schulter fest.

„Und friss!", wütete sie weiter, einer neue Ladung Sand in der Hand.

„**Melanie!**", herrschte Edgar sie jetzt an und zog sie an der Schulter zurück.

„**Er ist ein pädophiles Schwein, Edgar! Er hat Saida missbraucht!**", begehrte sie auf. Dann sackten ihre Schultern herab und sie sank kraftlos neben Edgar auf den Boden. Sie reagierte erst wieder, als sie eine sanfte Berührung auf dem Haar und auf der Wange spürte.

„Melanie", sagte Saida. „Nicht weinen."

Melanie nahm das Mädchen in die Arme – und weinte nicht.

Rita und Edgar hielten ihre Gefangenen so lange unter Anwendung von Zwang fest, bis uniformierte Polizei und ein Ambulanzwagen eintrafen.

Ritas Verletzung erwies sich als ungefährlicher Streifschuss, der von den Sanitätern vor Ort behandelt und verbunden wurde. Die Einweisung in eine Klinik lehnte sie ab.

Edgar legte Wert darauf, im Beisein der Polizisten telefonisch mit Inspektor Ismail Darbaki zu sprechen.

„Wir gehen hier nicht weg", sagte er sehr bestimmt, „bevor Sie nicht persönlich die Verhaftung Bahir Fouhamis und seiner Gefährtin Karima vorgenommen haben. Sagen Sie das den Beamten hier. Außerdem haben wir eine wichtige Aussage zu machen."

Sonntag, 12. Mai 2024, und folgende Tage
Gengenbach

Gerti und Janna standen Tränen in den Augen, als sie die Heimkehrer am Gartentor empfingen. Die Hunde *Müller* und *Lydia* gebärdeten sich wie toll, und bald hatten sie das neue Familienmitglied ausgemacht, das es zu umwerben galt: Saida. Schon pesten sie in den Garten hinein, kamen zurück, nur um neuen Anlauf zu nehmen und Saida somit aufzufordern, ihnen zu folgen. Der Trick klappte. Saida hüpfte ihnen wie eine Sprungfeder hinterher, um die Hausecke mit dem neuen Anbau herum, und ward bis auf Weiteres mit Beschlag belegt.

„Meine Güte, ist die süß", seufzte Gerti mit einem Schatten auf der Stimme. Melanie hatte sie gestern Abend telefonisch über ihren Verdacht in Kenntnis gesetzt. „Ich darf gar nicht dran denken, sonst wird mir übel. Aber so kommt doch ins Haus. Ihr wohnt ja schließlich hier."

„Geht ihr schon mal vor", sagte Edgar. „Ich will mir unsere Baustelle ansehen."

„Warte, ich komm´ mit", erbot sich Rita, „nur rasch den Koffer ins Haus stellen."

Das Dach war gedeckt. Vom Wintergarten stand bereits der Rahmen, vorbereitet zur Aufnahme der Verglasung. Edgar brummte zufrieden und nutzte die Gelegenheit, die erste Zigarette nach drei Tagen Abstinenz zu rauchen.

Saida rannte im hinteren Teil des Gartens mit den Hunden um die Wette.

„Jetzt ist sie in Sicherheit, Edgar", sagte Rita, die das unbekümmerte Spiel fasziniert beobachtete.

„Wollen wir´s hoffen", antwortete er. „Wollen wir hoffen, dass Bahir Fouhami einen strengen Richter findet."

„Verstehe", sagte Rita. „Du traust der Sippe in Marokko nicht so recht."

„Wen wundert´s, wenn sogar die Polizei von den mafiösen Strukturen durchseucht ist? Warum nicht auch die Justiz?", erwiderte Edgar. „Andere Frage: Sollten wir Saida wegen des Missbrauchs in die Hände eines Kinderpsychologen geben? Was meinst du?"

Rita verzog das Gesicht, als hätte sie in einen sauren Apfel gebissen. „Nun, es sprechen viele Anzeichen für einen Missbrauch. Ich will sie jetzt gar nicht alle aufzählen. Denken wir bloß an ihre Gewalt darstellenden Zeichnungen. Sie ist sehr verunsichert. Ja, man kann sagen, dass sie traumatisiert ist. Aber ich glaube", und dabei schaute sie auf Saidas Spiel mit *Müller* und *Lydia*, „die besten Therapeuten hat sie schon gefunden."

„Aber dann wird Bahir Fouhami nie deswegen belangt werden. Ohne Saidas Aussage …"

„Dann stünde Aussage gegen Aussage, Edgar", unterbrach sie ihn. „Das weißt du. Wollen wir das Saida wirklich zumuten? Wir haben keinen Beweis, und die Umdeutung der Zeichnungen von den *roten Kirschen* entspringen allein unserer Interpretation. Ein Anwalt würde sie in der Luft zerreißen. Oder willst **du** Saida fragen, was die *Kirschen* in Wirklichkeit sein sollen?"

Edgar seufzte.

„Siehst du. Und dass es ein Fremder tut, wobei ein Psychologe ein Fremder ist, wollen wir ebenfalls nicht.

Saida ist jetzt hier bei uns. Sie kommt in eine wunderbare Familie, und darin wird sie eine Kindheit haben, die einem Kind gerecht wird."

Edgar legte seinen Arm um Ritas Schultern. „Danke, Rita, dass ich deine Meinung hören durfte. Was du sagst, klingt vernünftig. Schenken wir dem Kind eine glückliche Kindheit. Erwachsen werden muss sie noch früh genug."

Melanie führte Saida an der Hand durchs Türmchenhaus und zeigte ihr alle Räume, von der Kellergalerie angefangen bis zum obersten Türmchenzimmer. Zeigte ihr, wo Gerti und Janna wohnten, wo Rita ihr Reich hatte, wo sie selber und Edgar schliefen. Zum Schluss ging sie mit ihr in Edgars ehemaliges Büro, das jetzt durch den Neubau eigentlich leer stand.

„Das hier ist dein Zimmer", sagte sie. „Es ist noch nicht fertig. Zum Beispiel fehlen ein Bett, ein Schrank, ein Schreibtisch und Regale. Aber das werden wir morgen alles kaufen. Wie findest du's?"

„Schön", antwortete Saida, lief zum Fenster und stellte sich auf die Zehenspitzen, um hinauszuschauen. „Gut und schön", sagte sie, und: „Ich liebe die Hunde."

Melanie trat hinter sie und legte ihre Hände auf Saidas schmale Schultern. „Ja, und sie lieben dich. Heute Abend gehen wir mit ihnen spazieren. Das machen wir jeden Tag."

*

Der Bammel, den Melanie vor dem Jugendamt gehabt hatte, erwies sich im Nachhinein als unbegründet. Der schlechte Ruf, mit der die Institution behaftet war, sowie alle negativen Vorurteile, die sie je gehört oder irgendwo aufgelesen hatte, fand sie in keiner Weise bestätigt.

Selbstverständlich wurden Saidas Daten, soweit vorhanden, systematisch erfasst. Natürlich wurde auf die Schulpflicht hingewiesen. Aber es gab hinsichtlich Melanies und Edgars Alter nicht die Spur eines Bedenkens, dass es dem Kind bei ihnen an Erziehungsmöglichkeiten oder Entwicklungschancen mangeln könnte. Man zeigte sich sogar gewissermaßen erleichtert, Saida in einem Umfeld untergebracht zu wissen, das unter ähnlich gelagerten Fällen seinesgleichen suchte. Denn nicht zuletzt ging es auch um den wirtschaftlichen Aspekt, und in dieser Beziehung befand sich Saida in guten Händen.

Die ersten drei Wochen, entschieden Melanie und Edgar, sollte Saida noch zu Hause bleiben und sich eingewöhnen. Davon entfielen vierzehn Tage ohnehin auf die Pfingstferien, und so würde Saida erst am dritten Juni wieder die Förderschule in *Gengenbach* besuchen.

Genauso lang würde auch Frau Holzer die Vertretung für Melanie im *Aquarelle und Poesie* übernehmen, wodurch Melanie sich voll und ganz Saida widmen konnte.

Rita trat am Tag nach ihrer Ankunft aus Marokko, dem dreizehnten Mai, ihren regulären Dienst in *Offenburg* wieder an. Und wie Melanie versprochen hatte, fuhren Saida, Edgar und sie selbst am gleichen Tag mit Eliza Wohlbrecht und Pit Ferman in dessen taubenblauen *Citroën* nach *Lahr (Schw.)* zur Verkaufsstelle der AWO. Saida fand es lustig, dass Edgar und Pit sich ähnlich sahen wie Zwillinge. Die Möbel und Bettwäsche, die sie gerne hätte, suchte sie selber aus. Außerdem deckte sie sich in der Kinderabteilung unter Elizas Beratung mit Kleidern ein.

Als die Möbel in ihrem Zimmer aufgestellt waren, fragte Saida schüchtern: „Melanie? Wenn ich nachts Angst habe – darf ich dann trotzdem zu dir ins Bett kommen?"

„Du darfst auch ins Bett kommen, wenn du keine Angst hast", sagte Melanie. „Und wenn Edgar schnarcht, dann stupsen wir ihn."

Der *neue* gebrauchte Schreibtisch entwickelte sich zu Saidas Lieblingsplatz. Sie begann an ihm praktisch vom ersten Tag an zu zeichnen und zu malen. Es war nicht verwunderlich, dass *Müller* und *Lydia* zu ihren bevorzugten Modellen gehörten. Dann kamen nach und nach die Bewohner des Türmchenhauses dran: Punktzeichnungen, wie man sie von ihrem Selbstporträt oder dem Porträt Melanies her kannte. Es folgte das Haus aus allen vier Himmelsrichtungen betrachtet, und schließlich *Gengenbachs* Altstadt mit dem Rathaus, dem Brunnen und Melanies Laden.

Melanie beobachtete das Mädchen sehr wohl. Saida wirkte in dem, was sie tat, sehr ernsthaft, außer sie spielte mit den Hunden. Von sich aus sprach Saida herzlich wenig, und das Wenige probierte sie auf Deutsch. Ihre Mutter erwähnte sie mit keinem Wort, genauso wenig wie ihre Heimat Marokko, und auch Melanie sparte diese Themen aus. Gelegentlich schaute Melanie heimlich in den Schubläden des Schreibtisches und unter der Matratze nach, ob Saida ähnlich Gewalt darstellende

Bilder oder solche von *roten Kirschen* versteckte wie früher, aber das war nicht der Fall.

Dann geschah es, dass montags nach genau zwei Wochen, Saida mit einem Blatt Papier zu Melanie kam und es ihr zeigte. Eine Zeichnung in Hochformat. Eine Zeichnung von einer Straße, die bildmittig geradewegs durch einen Wald führte. In der Ferne sah man zwischen den Bäumen hindurch auf einem Berg ein eigenartiges Gebäude.

„Ah, Saida, was bringst du mir Schönes?"
„Maman", sagte Saida.
„Was ist das, mein Schatz?", fragte Melanie irritiert.
„Maman", antwortete Saida ernst.

Melanie durchfuhr ein Schauer. Saida sprach ohne erkennbar äußeren Impuls von ihrer Mutter. *Welche Entwicklung muss in ihr vorgegangen sein, dass sie sich heute wagt zu reden*, fragte sie sich.

Melanie setzte sich. „Deine Maman, Saida – ist sie hier auf diesem Bild?"

Saida nickte.

„Ist sie etwa in dem Gebäude auf dem Berg?"

„Nein, sie ist hier", antwortete Saida. „Hier, wo ich sitze." Sie zeigte auf den unteren Rand der Zeichnung.

„Ja, ich verstehe", sagte Melanie. „Du sitzt in einem Auto. Weißt du vielleicht auch, wo das ist?"

Saida traten Tränen in die Augen. Sie fiel um Melanies Hals und schluchzte. „Nein, ich … ich weiß es nicht. Aber hier … habe ich Maman … zum letzten Mal … gesehen."

Edgar, der später dazukam, warf einen einzigen Blick auf die Zeichnung und benötigte eine Sekunde, um das Rätsel zu lösen.

„Die Startrampe Gottes", sagte er lapidar. „Sorry, dieser Begriff stammt nicht von mir. Manche Leute nennen es so. Es ist die Kapelle von *Ronchamp* in Frankreich, in der Nähe von *Belfort*. Ihr richtiger Name lautet *Notre-Dame-du-Haut*. Gehört zum Weltkulturerbe der UNESCO. Der Architekt heißt Le Corbusier. Zufällig kenne ich die Ansicht von dieser Straße aus, weil ich da vor Jahren schon mal mit dem Motorrad entlang gefahren bin. Wieso, was ist damit? Melanie, warum guckst du so entgeistert?"

Sie erklärte es ihm in aufgewühlter Verfassung.

„Wenn Saida ihre Mutter da zum letzten Mal gesehen hat – Edgar – begreifst du, was das bedeuten kann?"

Edgar nickte und rieb sich den Bart. „Allerdings, das liegt ja auf der Hand."

„Ich war von Anfang an blind, Edgar. Aber ich hatte mich von Frau Stauffers Einschätzung bezüglich einer Misshandlung Saidas blenden lassen. Erinnerst du dich? Als Rita sie auf die körperliche Unversehrtheit des Kindes angesprochen hatte? Ja, ich hatte Frau Stauffers Antwort dankbar aufgenommen und einen Missbrauch einfach ausgeschlossen. Dabei waren die Anzeichen nicht zu übersehen. Wir haben sie sogar in unserem Gepäck mit nach Marokko genommen. Und wenn jetzt stimmt, was Saida uns mit der Zeichnung sagen will, und wer sind wir, wenn wir daran zweifeln – dann hat dieser Fouhami seine Frau Fatma Messoudi in diesem Wald an der Straße nach *Ronchamp* ermordet und sich ihrer entledigt. Mit der Mutter konnte er nämlich nichts mehr anfangen. Aber mit Saida. Verstehst du, Edgar?" Melanie glühte vor Eifer.

„Mir erging es doch genauso", gestand er. „Ich habe, Asche auf mein Haupt, in diese Richtung überhaupt nicht gedacht. Aber jetzt schließt sich der Kreis, warum Bahir Fouhami wie der Teufel hinter Saida her war. Sie war nicht nur das Opfer seiner pädophilen Neigung, sondern nebenbei auch eine billige Arbeitskraft. Wer weiß, was er sonst noch alles mit dem Mädchen vorhatte. Er musste sie in seine Gewalt bringen, denn sie allein konnte ihm als Zeugin gefährlich werden. Mittlerweile bin ich überzeugt, dass er Saida, als er ihrer nicht mehr habhaft werden konnte, aus diesem Grund umbringen wollte. Hätte Rita die Kugel aus seiner Pistole nicht abgelenkt ..." Er ließ die Schlussfolgerung offen.

„Ja, und hättest du ihn nicht geistesgegenwärtig überwältigt ...", teilte Melanie sein Beispiel.

Edgar zog das Handy aus der Tasche.

„Was hast du vor?", fragte Melanie unter Hochspannung.

„Rita", antwortete er. „Ich will sie fragen, ob sie für morgen frei nehmen kann. Wir müssen nach Frankreich."

Dienstag, 28. Mai 2024
Ronchamp (Frankreich)

Das Wetter war lausig. Der Wind trieb eine graue Wolkendecke durch die Burgundische Pforte zwischen Vogesen und Schweizer Jura. Es nieselte fortwährend, und Ritas dunkelblauer *SEAT* Kleinwagen vermittelte den Eindruck, in einem Schwamm unterwegs zu sein.

„Bist du sicher, dass dein Auto keine Windeln mehr braucht? Es ist so feucht hier herinnen", provozierte Edgar die Fahrerin.

„Noch ein falsches Wort über mein Auto, und du gehst zu Fuß", konterte sie.

Edgar kicherte. „Oho, es genießt also noch Welpenschutz."

Rita trat demonstrativ einmal kurz und knackig auf die Bremse. „Melanie", sagte sie über die Schulter, „wenn dein Edgar ausgestiegen ist, kannst du ja vorne Platz nehmen."

Sie nahmen die gegenseitigen Frotzeleien nicht ernst, denn sie waren eine willkommene Abwechslung zur Anspannung, die auf den Erwachsenen lastete. Außerdem war Rita mit Edgars kleinen Sticheleien wohlvertraut.

Mit vier Personen und zwei Hunden war der Platz im *SEAT* in der Tat ziemlich ausgereizt. Es war auf Edgars Mist gewachsen, wie Rita es bezeichnete, *Müller* und *Lydia* mitzunehmen, weil er sich von deren Schnüffelnasen einiges versprach. Sehr zum Missfallen Ritas, die Hundegeruch in ihrem Auto grundsätzlich widerwärtig fand, und den Geruch von nassen Hunden gleich doppelt nicht leiden konnte. Dass *Müller* und *Lydia* bei diesen Wetterbedingungen nicht trocken bleiben würden, war vorauszusehen.

Aber Rita sah ein, dass bei dem, was sie vorhatten, Hunde bestimmt nicht die schlechteste Lösung waren, weshalb sie ihrer Mitnahme zähneknirschend zugestimmt hatte.

Vorne im Auto saßen also Rita und Edgar, auf der Rückbank Melanie mit Saida auf dem Schoß, und die beiden Hunde daneben.

Rita ließ sich vom Navigationssystem ihres Handys leiten. *Belfort* lag bereits hinter ihnen und sie befanden sich nun auf der N 19 Richtung *Lure*. Die freundliche Computerstimme kündigte an, dass sie in zehn Minuten ihr Ziel erreichen würden.

„Fahr´ mal rechts ran", forderte Edgar. „Saida soll sich nach vorne zu mir setzen. Soweit ich mich erinnere, werden wir gleich die Kapelle von *Ronchamp* vor uns haben."

Saida wechselte den Platz und kletterte Edgar auf die Schenkel. Rita fuhr wieder an. Melanie lugte zwischen den Vordersitzen hindurch zur Windschutzscheibe hinaus. Nach einer Links-Rechts-Links-Kurvenfolge öffnete sich die Straße zu einer langen Geraden. Am Ende der überschaubaren Strecke erhob sich ein Hügel, auf dem das markante Gebäude der Kapelle thronte. Melanie sog hörbar Luft zwischen den Zähnen ein. „Edgar", sagte sie, „da ist es."

„Genau", antwortete er, Saidas Zeichnung vor sich. „Rita, runter mit dem Tempo."

Rita verringerte die Geschwindigkeit auf vierzig, dann auf dreißig km/h. Wegen nachfolgenden Verkehrs schaltete sie die Warnblinker ein.

„Saida, jetzt bist du dran", sagte Edgar ruhig. „Sag´ Stopp, wenn du die Stelle erkennst, wo du Maman zuletzt gesehen hast, okay?"

Saida nickte stumm. Dass auch sie aufgeregt war, war an ihrem mahlenden Unterkiefer abzulesen.

Rita reduzierte das Tempo noch weiter und hielt sich so weit wie möglich an der rechten Straßenseite.

„Arrêt", sagte Saida. „C´était ici." (Halt an. Hier war es.)

Etwa zwanzig Meter voraus befand sich eine kleine Einbuchtung. Ein Kieshaufen ließ vermuten, dass die Straßenmeisterei diesen Platz nutzte. Rita blinkte und lenkte das Auto daneben.

Edgar verglich die Ansicht aus dem Fenster mit der Zeichnung. Die Übereinstimmung war derart frappant, dass sich seine Frage im Grunde erübrigte: „Hier ist es?"

Saida nickte scheu, quetschte sich zwischen den Rückenlehnen zu Melanie hindurch und barg das Gesicht an ihrer Brust.

„Okay, Rita. Dann wollen wir mal", sagte Edgar. „Ich schlage vor, du nimmst *Lydia* mit, dann geh´ ich mit *Müller*."

*

Melanie blieb mit Saida im Auto zurück. Sie beobachtete, wie Rita und Edgar mit den Hunden an der Leine das Gehölz am Waldesrand durchquerten und dann aus dem Blickfeld verschwanden.

Alsbald beschlugen im Wageninnern die Fenster, und Melanie betrachtete es als Metapher zu ihren Gedanken, die zunehmend trübe wurden. Die Monotonie des leise fallenden Regens verstärkte ihr Gefühl, sich im Niemandsland zwischen Bangen und Hoffen, zwischen Leben und Tod zu befinden. Dort, wo die Selbstbestimmung keine Aussagekraft besaß und der Blick auf die Endgültigkeit viel verlockender und wünschenswerter erschien als der Blick auf die Hoffnung. Da sie nie einen Hang zum Defätismus gehabt hatte, wunderte sie sich, woher diese plötzliche Neigung kam.

In dieser ungewohnten Orientierungslosigkeit verirrte sich ein monströser Gedanke, der ihr Gesicht vor Scham erglühen ließ. In Erkenntnis des Undenkbaren presste sie Saida in einer Freud´schen Reaktion fester an sich und attestierte damit ihre innere Zerrissenheit. *Was, wenn Rita und Edgar Fatma hier **nicht** finden – heißt das dann, dass sie noch lebt? Und wenn sie am Leben ist, ist dann Saida für mich verloren? Und wenn ich das Mädchen nicht mehr hergeben will? Bedeutet das im Umkehrschluss, dass ich mir wünsche, Saidas Mutter wäre tot?*

Es war nur ein Blitzgedanke gewesen. Nicht länger als der Flügelschlag eines Kolibris. Aber es war zu spät, ihn unbemerkt an ihrem Gewissen vorbeizuschleusen. In den Grundfesten ihrer Überzeugung erschüttert, fiel sie bildlich, aber nicht weniger niedergeschmettert auf die Knie und flehte um Verzeihung.

Verzeih´, Saida, verzeih´. So bin ich nicht. So bin ich nicht.

Es dauerte Minuten, bis Melanie ihre Fassung halbwegs wiedererlangte, nur um festzustellen, dass sie sich noch immer in aufgewühltem Fahrwasser befand. Saida hingegen an ihrer Brust schien zu schlafen, denn sie atmete ruhig und gleichmäßig.

Melanie streckte erneut die Fühler nach den zur Verfügung stehenden Möglichkeiten aus. Und so fragte sie sich, falls Ritas und Edgars Suche das Undenkbare, Fatmas Tod, bestätigte, ob sie letzten Endes die Kraft haben würde, ein junges Leben auf dem Weg in die Welt zu begleiten.

Nun, ich wäre nicht allein, dachte sie. *Rita, Gerti, Janna und natürlich mein Edgar würden ihren Teil dazu beitragen.*

Sie wischte mit der Hand das Seitenfenster frei und schaute hinaus. Es regnete jetzt stärker als vorher. *Wo bleiben sie denn so lange? Ist das gut oder schlecht?*

Endlich entdeckte sie Edgar, der in ungefähr achtzig Metern Entfernung aus dem Wald kam, sich orientierte und dann auf sie zu marschierte, *Müller* und *Lydia* an seiner Seite.

Melanie schniefte, denn sie ahnte, auf wessen Seite die Waage sich bereits geneigt hatte. So gesehen war ihr unfreiwilliges Gedankenspiel der Tatsächlichkeit nur vorausgeeilt. Und somit war Melanie klar: Ihre ganze Zukunft würde sich durch ein neunjähriges Kind grundlegend ändern.

Die andere Wahrheit war, dass sie zu nichts gezwungen wurde. Sie musste das nicht tun. Niemand nähme es ihr krumm, wenn sie die Verantwortung für Saida in staatliche Hände übergeben würde. Niemand, außer Rita, Gerti, Janna, Edgar, *Lydia* und *Müller*. So sah's aus.

Welcher Erleichterung der plötzliche Lacher entsprang, wusste Melanie nicht so genau, doch gluckste er ihr befreiend durch Brust und Hals, sodass er selbst Saida nicht verborgen blieb. Sie löste ihre Arme von Melanies Hals und schaute sie mit großen Augen an.

„So sieht's aus, meine Kleine", sagte Melanie, und diesmal war ihr ausnahmsweise egal, ob Saida sie verstand oder nicht.

*

Rita bestimmte, wie sie vorgehen würden. Streifenweise und in Sichtweite voneinander parallel zum Waldrand. Zweihundert Meter in die eine, dann zweihundert Meter in die andere Richtung. Bei Misserfolg wiederholte sich das Schema, nur mit größeren Abständen auf den Waldrand bezogen.

Der Wald stand relativ licht mit hohen Stämmen. Das Blätterdach hielt den feinen Regen größtenteils ab, dafür sammelten sich dickere Tropfen im frischen Laub, die als kleine Wasserbomben zu Boden fielen. An einigen sonnenbegünstigten Stellen in Straßennähe blühte Bärlauch.

Sie hatten kein Problem, die Sichtverbindung untereinander aufrechtzuerhalten. Der Wald war gut begehbar. Lag einmal Unterholz im Weg, so war es jeweils rasch umgangen und nie so dicht, dass man es nicht durchschauen konnte. Edgar dachte bei sich, dass er, hätte er eine Leiche zu entsorgen, es keinesfalls in diesem Wald tun würde.

Drei Streifen à zweihundert Meter lagen bereits hinter ihnen. Rita und Edgar befanden sich auf der vierten

Bahn, ungefähr sechzig bis achtzig Meter von der Straße weg. Die Hunde stöberten frei, jedoch in unbedingter Rufweite, voraus.

Es war *Müllers* Laut, der Edgars Ohren erreichte. Ein Pfiff genügte, und *Müller* kam bis auf Sichtweite heran.

„Wo, Müller, wo?", rief Edgar.

Der Hund drehte um und lief Edgar voraus. Auch *Lydia*, gefolgt von Rita, spurtete nun in *Müllers* Richtung.

Edgar erkannte schon von Weitem ein am Waldboden liegendes rotblaues Bündel. *Müller* war daneben stehen geblieben. Das vermeintliche Bündel entpuppte sich, nun, da Edgar näherkam, als menschlicher, mit dem Gesicht nach unten liegender Körper mit Blue Jeans und roter Jacke. Dunkelbraune lange Haare umrahmten den Kopf.

Nicht mal bedeckt oder anderweitig verborgen, dachte Edgar. „Brav, *Müller*, brav", lobte Edgar, tätschelte dem Hund die Flanke und zog ihn sachte beiseite.

Rita sagte: „Verdammt, Edgar, das ist sie. Fatma hat solche Haare. Gewissheit werden wir aber erst haben, wenn sie definitiv identifiziert ist." Geschwind zückte sie das Telefon.

„Aber sicher nicht von Saida", erhob er Einspruch. „Wen rufst du an?"

„Mika Laukonen. Er soll den Staatsanwalt und die französische Polizei verständigen. Hör´ zu, Edgar. Ich bleibe hier bei der Toten. Geh´ du bitte zurück zur Straße und zeig´ den Kollegen den Weg. Und nimm´ bitte die Hunde mit."

*

Melanie stieg aus dem Auto, Saida auf dem Arm. Die Hunde kamen herangeschwänzelt. Edgar nickte ihr stumm zu. Sein Blick wechselte zwischen Melanie und Saida hin und her. Auch er wusste, dass ab jetzt für alle eine neue Zeitrechnung begann.

Eine Viertelstunde später wimmelte es an der Straße vor Polizeifahrzeugen und Polizisten. Edgar geleitete den jungen Kriminalkommissar Gaston Kremer aus *Belfort* mit dessen Technikequipe und dem Gerichtsmediziner zur Fundstelle, wo Rita sie erwartete und erste Grund- und Hintergrundinformationen sowie Terminvereinbarungen mit den Kollegen besprach. Anschließend kehrte er mit Rita zu Melanie zurück.

Ritas Telefon klingelte. Sie schaute aufs Display. „Oberstaatsanwalt Landquart", sagte sie und nahm das Gespräch an. Nach einigen Sätzen legte sie auf. „Wir sollen hier warten, er kommt hierher", erklärte sie. „Tut mir leid, Melanie. Das kann noch dauern."

Saida war klug genug, zwischen ihrer Aussage, an diesem Ort ihre Mutter zuletzt gesehen zu haben, und dem Großaufgebot der Polizei, eine Verbindung herzustellen. Durch das Dauerflackern der Blaulichter unbeirrt, beobachtete sie mit großen Augen und zusammengepressten Lippen den Einsatz der Polizei. Mir einer Hand hielt sie sich an Melanies Arm fest, in der anderen Hand hielt sie *Lydia* an der Leine. Erst als in einiger Entfernung zwei Männer mit einem länglichen Behälter aus dem Wald erschienen und diesen Behälter in einen Ambulanzwagen schoben, fragte sie:

„Haben Rita und Edgar Maman gefunden? Ist sie tot? Ist sie da drin?"

„Ja, Saida", antwortete Melanie mit bewegter Stimme. „Es tut mir so leid. Sie haben deine Maman gefunden. Ja, deine Maman ist tot, und dort wird sie fortgebracht."

Saidas Miene blieb verschlossen. „Darf ich sie nicht mehr sehen?"

Melanie entschied sich schnell. „Doch, du darfst sie nochmal sehen. Aber nicht heute. Vielleicht morgen oder übermorgen."

Tage im Juni/Juli 2024
Gengenbach/Offenburg/Taza (Marokko)

Während Rita und Mika Laukonen in der Polizeidirektion *Offenburg* mit Hochdruck und im Amtshilfeverfahren mit der französischen Kriminalpolizei *Belfort* und dem marokkanischen Kriminalkommissariat *Taza* die Ergebnisse im Mord- und Entführungsfall Fatma Messoudi und deren Tochter Saida Messoudi bearbeiteten, bündelten und an Inspektor Ismail Darbaki weiterleiteten, standen Melanie und Edgar die schwierige Aufgabe bevor, mit Saida über die Bilder der *roten Kirschen* zu sprechen. Waren sie ursprünglich noch der Meinung gewesen, davon Abstand zu nehmen, hatte sich letztlich doch die Ansicht durchgesetzt, dass sie Saida damit nicht alleine lassen durften.

Aus unschwer zu erratenden Gründen fühlten sie sich allerdings bereits im Vorfeld mit dem Thema Kindesmissbrauch überfordert.

„Brauchen wir Hilfe?", fragte Melanie ihren Edgar. „Und falls ja, welche?"

„Also aus mir kriegst du keinen Ton raus", sagte er. „Nicht vor unseren Kleinen."

„Geht mir genauso", gestand Melanie. „*So what?*"

Edgar tat so, als würde er überlegen. „Ich könnte sie fragen, ob sie sich das zutrauen würde", sagte er.

„Aha? Und wen meinst du mit **sie**?"

„Saskia", antwortete er prompt. „Unsere Saskia Lazlo."

Melanie schielte ihn mit schrägem Kopf an. „Das ist dir doch nicht erst jetzt eingefallen. Du hast sie doch schon länger auf dem Radar, stimmt´s?"

„Nein, gerade eben", schwindelte er. „Was meinst du? Sie ist eine erfahrene Psychologin."

„Was sie ist, weiß ich, mein Lieber. Fragen wir sie halt. Aber sie muss hierherkommen. Wir fahren mit Saida keineswegs nach *Haldensee*."

*

Die Psychologin Frau Dr. Saskia Lazlo hatte Melanies Begehren konzentriert zugehört. Erst als Melanie ihre Ausführungen beendet hatte, übernahm sie die Leitung des Gesprächs.

„Hat Saida das Thema Missbrauch schon einmal aus eigenem Antrieb erwähnt oder angesprochen?"

„Nein, hat sie nicht", sagte Melanie. „Aber für unser Empfinden, ich spreche da auch für Edgar, ist sie sehr traumatisiert. Ehrlich gesagt schlagen wir beide um das Thema einen großen Bogen. Deswegen, und weil wir der Ansicht sind, dass es aufgearbeitet werden muss, bitten wir dich um Unterstützung. Was meinst du dazu?"

„Ja, das denke ich auch. Und du meinst, Saida setzt sich damit auseinander, indem sie die Gewaltszenen an ihrer Mutter und den Missbrauch zeichnerisch festhält?"

„Unbedingt, ja. Sie leidet darunter, und es ist ihre Art, damit fertigzuwerden."

„Okay", sagte Saskia Lazlo. „Weißt du was? Du schickst mir bitte die Zeichnungen als E-Mail-Anhang. Ich schau´ mir die Sachen an und melde mich wieder bei dir."

Nach Ablauf von nicht mal einer Stunde nahm Melanie das Telefon ab. „Saskia. Danke, dass du so rasch …"

„Ja, Melanie", unterbrach die Psychologin, „das sieht schlimm aus. Und wenn man dazu die verbale Drohung des Verbrechers bedenkt, Saida bei Verrat des Geheimnisses zu töten – das zerstört eine Kinderseele." Saskia Lazlo atmete einmal tief durch. Dann fuhr sie fort: „Hör´ zu, Melanie. Ich übernehme den Fall. Aber ich will, dass wir es gleich richtig machen. Damit meine ich: Saida nicht über Gebühr zu belasten. Eine Sitzung muss reichen. Darum möchte ich, dass ihr Folgendes organisiert: Ich will, dass das Gespräch per Video aufgezeichnet und in einen gesonderten Raum übertragen wird, in dem sich ein Staatsanwalt und ein Notar befinden. Das ganze muss gerichtstauglich sein, verstehst du? Damit vermeiden wir, dass Saida vor irgendeinem Tribunal aussagen muss. Ach ja, bevor ich´s vergesse: Rita soll ein Foto dieses Verbrechers besorgen. Das brauch´ ich.

Was denkst du, bis wann ihr das einrichten könnt? Für mich wäre das kommende Wochenende gut. Wenn nicht dieses, dann das nächste. Und jetzt sag': Wie geht es eigentlich Edgar?"

*

Saskia Lazlo reiste bereits am Freitagnachmittag, dem neunzehnten Juli an. Sie kam mit der Bahn und wurde von Edgar am Bahnhof *Gengenbach* abgeholt.

„Hallo Edgar", begrüßte sie ihn herzlich, „das wär' nicht nötig gewesen. Ich kenne den Weg zu euch ja mittlerweile."

„Ich weiß", antwortete er, „aber es ist mir eine Ehre. Schön, dass du es einrichten konntest. Gepäck?"

„Alles hier drin", sagte sie und hob demonstrativ eine Sporttasche hoch. „Ist leicht."

Es hatte durchaus eine Bewandtnis, dass Saskia einen Tag früher als angekündigt anreiste. Die Absicht war, sich bewusst als Freundin des Hauses zu präsentieren und durch normalen Umgang mit den Bewohnern dem Kind die natürliche Befangenheit vor einer fremden Person zu nehmen. Zu diesem Zweck begab sie sich gleich nach Ankunft in die Stadt zu Melanies *Aquarelle und Poesie*, wo sie Saida zum ersten Mal zu treffen hoffte. Mit einem kurzen Telefonat setzte sie Melanie über ihre Strategie in Kenntnis.

Saida hockte im Rückraum am Schreibtisch und zeichnete, als Saskia das Geschäft betrat. Vielleicht fiel die Begrüßung zwischen Melanie und der Psychologin etwas zu betont herzlich aus, doch verfehlte sie ihre Wirkung nicht, denn Saidas Aufmerksamkeit war geweckt. Melanie stellte ihr Saskia als beste Freundin vor, die bis zum Sonntag ihr Gast sein würde.

„Melanie hat mir erzählt, dass du sehr gut zeichnen und malen kannst. Was gibt das Schönes, an dem du gerade sitzt?"

Saidas fragender Blick ging zu Melanie, die ihr bestätigend zunickte. „Ein Sommertag im Schwimmbad", antwortete Saida dann.

„Darf ich heute Abend deine anderen Bilder sehen?"

Diesmal nickte Saida.

„Darauf freue ich mich. Entschuldige, Saida, aber ich muss mit Melanie rasch ein Gespräch führen. Es dauert nicht lange, ist aber wichtig, okay?"

Saida nickte erneut.

Die beiden Frauen betraten den Verkaufsraum und blieben hinter dem Tresen stehen. Sie blinzelten sich zu. „Melanie", begann Saskia lauter als gewöhnlich, „wie geht es Edgar heute? Hat er immer noch so große Angst?"

„Nein, Saskia. Seit er mit dir über sein großes Geheimnis gesprochen hat, geht es ihm sehr viel besser", antwortete Melanie in gleicher Lautstärke. „Er hat überhaupt keine Angst mehr. Du hast ihm wirklich geholfen."

„Das freut mich, Melanie. Wenn von euch keiner mehr Geheimnisse hat, dann seid ihr jetzt alle glücklich?"

„Also Edgar ist glücklich, Gerti ist glücklich, Rita ist glücklich, Janna ist glücklich, *Lydia* und *Müller* sind glücklich, und ich bin auch glücklich."

„Und Saida?", fragte Saskia.

„Du meinst, ob sie glücklich ist? Das weiß ich nicht. Ich weiß nämlich nicht, ob sie ein Geheimnis hat. Aber wenn sie glücklich sein möchte, dann könnte sie es ja machen wie Edgar und mit dir reden. Jetzt, da du sowieso zu Besuch bist."

„Ach so, ich verstehe. Das wäre natürlich schlau."

„Ja, sehr schlau. Aber das muss sie selber wollen. Da braucht es schon ein bisschen Mut dazu."

„Genau. So mutig und schlau wie Edgar", verstärkte Saskia den Vergleich. „Ich geh´ dann mal wieder. Wir sehen uns dann heute Abend. Tschüss, Melanie." Noch lauter: **„Tschüss Saida."**

Es war vielleicht eine halbe Stunde vergangen, seit Saskia das *Aquarelle und Poesie* verlassen hatte, als Saidas Neugier den vorbereiteten Weg einschlug. „Melanie?"

Melanies Herz tat einen Hüpfer. „Ja, mein Schatz?" *Herrgott hilf, dass ich die richtigen Worte finde.*

„Edgars Geheimnis – was war das?"

Melanie setzte sich auf einen Stuhl neben ihr. „Tja, Edgar war sehr krank gewesen, und er hatte Angst gehabt zu sterben. Das hat ihn sehr bedrückt. Er konnte nicht mehr lachen und hat immer nur an seine Angst gedacht. Das machte ihn sehr traurig."

Saida ließ sich für die nächste Frage Zeit.

„Ist er von alleine auf die Idee gekommen, mit deiner Freundin zu reden?"

„Ja, von ganz allein", antwortete Melanie.

Etliche Sekunden verstrichen.

„Hat er allein mit ihr gesprochen, oder warst du dabei?"

„Nein, ich war nicht dabei. Er hat allein mit Saskia geredet. Aber hinterher hat er mir davon erzählt."

„Und danach ist er wieder glücklich geworden?"

„Ja, das ist er, mein Kind. Er hat das Geheimnis gegen das Glück ausgetauscht."

In Saidas Gesicht arbeitete es. Die Mundwinkel führten ein Eigenleben. Es dauerte beinahe eine Minute, bis sie den entscheidenden Satz sagte:

„Ich will nicht allein sein, wenn ich mit ihr spreche. Ich will, dass du dabei bist. Dann werde ich bestimmt auch wieder glücklich."

Melanie schossen die Tränen in die Augen. „Oh, das wirst du, mein Schatz. Das verspreche ich dir. Das wirst du. Dann sind wir alle glücklich."

Am Tag darauf wurde alles Notwendige für die Sitzung zwischen der Psychologin Saskia Lazlo und Saida vorbereitet. Rita platzierte unauffällig eine Videokamera und überprüfte die Übertragung auf ihren Laptop in Edgars neues Büro. Eine halbe Stunde vor Beginn erschienen verabredungsgemäß Oberstaatsanwalt Bernd Landquart und der Notar Dieter Maurath und nahmen ihre Plätze vor dem Laptop ein.

Als dann Saida in Begleitung Melanies die Treppe herunter ins Wohnzimmer kam, war auch Saskia Lazlo bereit.

Die Psychologin nannte zunächst Datum, Uhrzeit, Ort und die Namen der anwesenden Personen, bevor sie sich direkt an Saida wandte: „Du hast ein Schulheft dabei, Saida. Sind da deine Zeichnungen drin?"

Saida sagte leise „ja" und schob Saskia das aufgeschlagene Heft zu. Die Seite mit dem Motiv der *roten Kirsche*. Saskia war erstaunt, dass das Mädchen von sich aus in die Offensive ging.

„Das ist dein Geheimnis, nicht wahr, Saida?", fragte Saskia.

„Ja", lautete die einfache Antwort.

Saskia suchte das Foto Bahir Fouhamis aus ihren Unterlagen und legte es daneben, sodass Saida es sehen konnte. „Ist das der Mann?"

„Ja. Er will mich töten, wenn ich das Geheimnis verrate", antwortete sie mit leiser Stimme.

„Hm, habt ihr das Geheimnis gemeinsam beschlossen, oder hat er das allein bestimmt?"

Saida überlegte. „Wenn ich das Geheimnis nicht mitmachen wollte, hat er meine Maman geschlagen."

„Und das wolltest du nicht", stellte Saskia fest.

„Ich wollte auch das Geheimnis nicht. Aber ich hatte Angst."

Melanie strich Saida zärtlich übers Haar.

„Aber jetzt hast du es mir gesagt, und damit ist es kein Geheimnis mehr", lächelte Saskia.

„Wird *der Mann* mich töten?"

„Du brauchst keine Angst mehr zu haben. Der Mann sitzt im Gefängnis. Was er mit dir gemacht hat, ist ganz streng verboten, und dafür und für andere schlimme Dinge, die er getan hat, wird er bestraft werden."

„Er hat auf den Polizisten, der mich aus dem Krankenhaus getragen hat, im Auto geschossen. Das habe ich gesehen."

„Wie ist das geschehen?" Saskia war klar, dass Saida mit dieser Aussage einen Mord aufklärte.

„Der Polizist ist mit mir ein Stück aus der Stadt gefahren. Auf einem Rastplatz hat er mich *dem Mann* auf dem Bild gegeben, *der Mann* hat mich in sein Auto gesetzt, dann ist er zum Polizisten zurückgegangen und hat sich neben ihn gesetzt. Dann hat er auf ihn geschossen."

„Und danach?"

„Danach ist er mit mir in die Berge gefahren, wo Rita mich gefunden hat."

Saskia Lazlo klappte ihren Ordner zu. „Danke Saida. Das hast du sehr gut gemacht. Möchtest du noch einige Fragen beantworten, die Rita dir stellt – oder willst du sofort glücklich werden?"

Mittwoch, 31. Juli 2024
Gengenbach

Saida befand sich seit einer Woche in den Sommerferien und begleitete Melanie täglich ins *Aquarelle und Poesie*, wo sie bald zum Liebling der Kundschaft avancierte. Die deutsche Sprache schien ihr zuzufliegen, und Französisch sprach sie nur noch gelegentlich mit Melanie und Rita, um in Übung zu bleiben, was im Übrigen auch für die Erwachsenen galt.

Ganz allmählich taute der Permafrost in Saidas Seele auf, was sich besonders bei ihrem Spiel mit *Müller* und *Lydia* zeigte. So gesehen bewahrheitete sich Ritas Einschätzung, dass die Hunde die denkbar besten Therapeuten sein würden. Auch ansonsten entwickelte sich Saida in Richtung fröhliches Kind, was sowohl für die

Schule, in der sie jetzt förmlich aufblühte, als auch für ihr neues Zuhause galt. Melanie und Edgar registrierten das mit vorsichtigem Optimismus, denn noch immer entdeckten sie in ihr unweigerlich die Zentnerlast des missbrauchten Kindes.

Einen ersten riesigen Schritt vorwärts in ein anderes Leben hatte Saida aus eigenem Entschluss unternommen. Denn als Melanie Saidas Bitte nach einem letzten Blick auf ihre tote Mutter erfüllen wollte, sagte Saida.

„Nein. Ich möchte Maman so in Erinnerung behalten, wie sie gewesen war, als sie lebte."

Melanie hatte daraufhin Saidas Gesicht in beide Hände genommen und gesagt: „Aber wir, du und ich, werden deine Maman niemals vergessen, Saida."

Saida hatte mit ernster Miene genickt. „Niemals", hatte sie geantwortet.

Edgar schraubte am Verschluss der Sektflasche. Er rüttelte am Korken, bereit, ihn kontrolliert in die hohle Hand gleiten zu lassen. Doch sein Versuch schlug mit einem Knall fehl. Der Korken zischte in die Luft, der Sekt aus der Flasche flutete über sein frisches Hemd – und Saida lachte.

Er hatte vor dem neuen Wintergarten einen Tisch aufgestellt. Weiße Tischdecke, Gläser, Knabbergebäck. Die Fertigstellung des Anbaus musste gefeiert werden. Gerti und Janna verfügten nun über ein eigenes Bad plus ein weiteres Zimmer, das sie bereits bezogen hatten.

Neben Saida und Edgar waren Melanie und Gerti, sowie die Gebrüder Güdüler, der Architekt, die Fliesenleger, die Elektriker und die Bad-Installateure anwesend. Rita und Janna konnten berufsbedingt nicht an der

Einweihungsfeier teilnehmen. Sie würden mit dem Sekt abends anstoßen. Saida, Ahmet und Mehmet begnügten sich mit Eistee.

„Herrschaften, das kalte Buffet, hergerichtet und zubereitet von unserer geschätzten Freundin Gerti, steht im Wintergarten", sagte Edgar, als im gleichen Moment sein Handy klingelte. Auf dem Display las er eine Nummer mit Auslandsvorwahl. „Nanu?", meldete er sich. „Edgar Schaaf?"

„Hallo, Herr Schaaf. Inspektor Ismail Darbaki am Apparat."

*

Farid.

Er hatte Glück gehabt. Glück, dass er noch lebte. So oder so ähnlich hatte er es von den Ärzten und Krankenschwestern des Krankenhauses in *Taza* mehrfach gehört. *Hauptsache, Sie leben noch.* Und: ***Das wird schon wieder.***

Er hatte pflichtschuldig dazu gelächelt. Das gehörte sich so, wenn einem andere Gutes wünschten.

Schmerzen hätte er keine mehr, gab er zur Auskunft, wenn er gefragt wurde. Aber das stimmte nicht. Denn natürlich hatte er Schmerzen. Nur standen sie in keinem Verhältnis zu jener Tortur, die er während des Transports von seinem Elternhaus in ***Bouaba al-samaa*** bis zum Helikopter hatte ertragen müssen. Liegend auf der rollenden Trage, den Säbel in der Brust, über das grobe Kopfsteinpflaster des Ortes. Aber angeblich war es seine Rettung gewesen, den Säbel in der Wunde stecken zu lassen. Hätte man ihn an Ort und Stelle herausgezogen, wäre er innert kürzester Zeit verblutet. Aber diese unmenschliche Qual durch den vibrierenden Säbel …

Noch immer nicht konnte er den rechten Arm schmerzfrei und so wie früher bewegen. Das Atmen fiel ihm schwer und er wurde sehr schnell müde. Aber wie gesagt – er lebte, und das war doch immerhin etwas.

Nach der Entlassung aus dem Krankenhaus war er nur noch einmal auf dem Gehöft gewesen. Er hatte ein paar persönliche Sachen abgeholt und Karima mitgeteilt, dass sie sich bis auf Weiteres um den Betrieb kümmern solle. Sie zusammen mit ihrer Verwandtschaft. Dann war er zum ehemaligen Elternhaus in **Bouaba al-samaa** gefahren und hatte das Dorf in der Höhe seither nicht wieder verlassen.

Wenn er bei den Einwohnern dort auch bekannt war wie ein zweiköpfiges Schaf, so ließ man ihn größtenteils doch in Ruhe. Die wenigen Gänge, die für seinen Lebensunterhalt notwendig waren, wie etwa zum Bäcker oder zum Krämer, erledigte er frühmorgens und begegnete dabei höchstens ein paar alten Frauen, die aus irgendwelchen Gründen nicht schlafen konnten. Es war die Einsamkeit, die er brauchte und dort fand.

Die Eltern waren früh gestorben, sodass sein Bruder die Verantwortung für ihn und den Bauernhof hatte übernehmen müssen. So war es für Farid immer selbstverständlich gewesen, dass sein Bruder über alle Geschicke bestimmt hatte. Vielleicht lag darin der Grund, weshalb Bahir so unversöhnlich und zuletzt so unmenschlich geworden war.

Aber alles keine Rechtfertigung, die Ehefrau zu ermorden und das Kind ... das Kind ... Farid schämte sich, das Unaussprechliche zu denken. *Überhaupt keine Rechtfertigung.*

Es war die schiere Ungeheuerlichkeit, derer Farid im Geiste nicht Herr wurde. Sein Vorstellungsvermögen war damit schlichtweg überfordert und schloss, sobald er sich gedanklich zu nähern versuchte, wie ein im Untergang befindlicher Ozeanriese, automatisch die Schotten. Als könnte er sich dadurch selbst retten.

Aber auf diese Weise ging das Problem nicht weg. Egal, was er tat – seines Bruders Stimme hallte in seiner Erinnerung nach: *Dahbia ist mein Lämmchen. Verstehst du, du Idiot? Lämmchen.*

Dass Bahir ihn hatte töten wollen, empfand er gar nicht mal so verwerflich. Es war im Streit passiert, also gut. Vielleicht, wenn er selber in der Nähe des Säbels gewesen wäre – wer weiß, wie der Kampf ausgegangen wäre. Aber die Sache mit dem Kind. Das war unverzeihlich. Eines echten Berbers unwürdig. Kinder waren heilig.

Tage und Wochen vergingen. Dann kam der Tag, an dem das Datum der Gerichtsverhandlung gegen Bahir bekanntgegeben wurde.

Farid wurde vom Staatsanwalt gefragt, ob er als Zeuge der Anklage gegen seinen Bruder aussagen würde. Er hatte zwar „*ja*" gesagt, doch sein Plan war ein anderer.

Mitte August bestellte er geheimen Besuch ins Haus. Zwei Männer aus seinem großen Netzwerk von Bekannten und Gleichgesinnten. Sie kamen nach Einbruch der Dunkelheit.

Der jüngere von beiden war mit Blue Jeans und einem weißen kurzärmligen Hemd bekleidet. Die braunen Haare trug er militärisch kurz geschnitten.

Der ältere, der als Wortführer fungierte, war ein asketisch wirkender Mann um die fünfzig Jahre und mittelgroß. Das Haupthaar und den Bart trug er kurz geschoren. Den Anzug hatte er farblich Haar und Bart angepasst: grau. Selbst die Augen leuchteten eher grau denn hellblau und standen im Kontrast zum sonnengebräunten dunklen Teint. Vom linken äußeren Augenwinkel bis unter den Bartansatz hob sich eine hellere Narbe älteren Datums ab.

Beiden Männern war eine Tätowierung zwischen Daumen und Zeigefinger eigen, wie im Übrigen auch bei Farid. Ein Punkt.

Sobald sie Platz genommen hatten, sagte Farid:

*„Danke, dass ihr gekommen seid. Ich brauche euch wahrscheinlich nicht erklären, weshalb ich euch hierher gebeten habe. Wie ihr seht, kann ich das, was ich vorgehabt hatte, leider nicht selber tun. Aber es muss getan werden, versteht ihr? Elfter September in Taza. Sagt meinem Bruder, dass ihr in **meinem** Auftrag handelt. Er soll es wissen."*

09. September 2024
Gengenbach/Taza (Marokko)

Es wäre eigentlich Oberstaatsanwalt Bernd Landquarts Aufgabe gewesen, die deutsche Strafverfolgungsbehörde bei der Gerichtsverhandlung in Marokko zu vertreten. Doch der Termin überschnitt sich zu seinem Leidwesen mit einem seit längerer Zeit anberaumtem Seminar, das er selbst leitete und deswegen er unabkömmlich war. Doch er fand adäquaten Ersatz.

Als der Termin für Rita und Edgar näher rückte, stieg auch unter den Bewohnern des Türmchenhauses die Anspannung. In gleichem Maße wuchs das Bedürfnis nach Harmonie und Einvernehmlichkeit. Und war die Atmosphäre in Haus und Garten vorher schon reich an Wohlfühlmomenten gewesen, so sorgten Gerti und Melanie durch ihre ungekünstelte Art für eine weitere

Steigerung. Janna, seit Beginn des Monats auf der Mode- und Designschule in *Mannheim*, sandte eine ermutigende Sprachnachricht nach Hause. Saida schließlich brachte es mit einer wunderbaren Zeichnung im Tüpfelstil auf den Punkt: Melanie, Gerti, Janna, *Müller* und *Lydia* und sie selbst vereint auf einem Bild. Darunter hatte sie geschrieben: *Kommt wieder heim.*

Rita und Edgar landeten am Morgen des neunten September auf dem internationalen Flughafen der marokkanischen Hauptstadt. Inspektor Darbaki ließ es sich nicht nehmen, sie persönlich mit einem Dienstwagen abzuholen und nach *Taza* ins Hotel zu bringen, wo er die Originale der Dokumente in Empfang nahm, die er bislang lediglich von Kopien her kannte.
*

Dass Bahir Fouhami wegen zweifachen Mordes, Entführung und Kindesmissbrauchs vor Gericht gestellt werden konnte, hatte Inspektor Ismail Darbaki überwiegend den deutschen und französischen Polizeibehörden zu verdanken. Aus eigenen Ermittlungen in den Monaten Mai bis Ende Juli lagen strafrechtlich relevante Vorkommnisse von öffentlichem Interesse nur im Schusswaffengebrauch im Krankenhaus in *Taza*, Schusswaffengebrauch und Körperverletzung am Strand von *Rabat*, sowie des versuchten Mordes in Tateinheit mit schwerer Körperverletzung an seinem Bruder Farid vor.

(Die Misshandlungen gegen Bahir Fouhamis Frau Meryem Abdehabi von der Eheschließung an bis zu deren Flucht im Jahre 2022 konnten strafrechtlich nicht verfolgt werden, da von ihrer Seite nie eine Anzeige registriert worden war.)

Gemäß den Einträgen in Bahir Fouhamis Reisepass hatte dieser, im Besitz eines neunzigtägigen Touristenvisums, am Morgen des fünfundzwanzigsten April die Grenze zwischen Marokko und der EU bei der spanischen Exklave *Ceuta* mit seinem grauen *SUV* überquert. Am späteren Dienstagnachmittag des dreißigsten April reiste er wieder über die gleiche Grenze in Marokko ein. Über diese Grenzbewegungen, sowohl bei den jeweiligen Passkontrollen als auch von den Terminals der Autofähren, lagen Inspektor Darbaki Fotodokumente vor. Allerdings war außer Bahir selbst weder bei der Aus- noch bei der Einreise eine weitere Person im Auto feststellbar. Was nicht hieß, dass nicht ein Kind im Kofferraum oder im Fußraum versteckt gewesen sein konnte, wie Saida später bestätigen sollte. Bahir Fouhami verweigerte zu diesen Details die Aussage, um sich nicht selbst zu belasten. Inwieweit er Unterstützung von eingeweihten oder bestochenen Beamten der Grenzpolizei gehabt hatte, hatte nicht rekonstruiert werden können.

Was den Tod des Polizeisergeanten Mustafi anging, war man sicher gewesen, dass es sich um keinen Suizid handelte. Zwar war der tödliche Schuss aus seiner Dienstwaffe abgegeben worden, doch weder an der rechten noch an der linken Hand hatten sich verräterische Schmauchspuren nachweisen lassen. Ob Bahir Fouhami mit der Tat in Verbindung gebracht werden konnte, beruhte vorerst auf Spekulation, ließ sich aber bis dato nicht beweisen.

Erst mit Saidas Aussagen in Deutschland wendete sich das Blatt entscheidend. So war sie es, die den Anstoß zur internationalen Zusammenarbeit zwischen der französischen und der deutschen Polizei, sowie der dort zuständigen Staatsanwälte gab, um schließlich Bahir Fourami des zweifachen Mordes beschuldigen und in Marokko anklagen zu können.

Die Anklageerhebung stützte sich zum einen auf physische Beweise an Meryem Abdehabi (Fatma Messoudi), die in Frankreich erwürgt aufgefunden worden war. Unter ihren Fingernägeln wurde Täter-DNA sichergestellt, die mit der DNA Bahir Fouhamis übereinstimmte. Zum anderen war Saida Augenzeugin des Mordes an dem Polizisten Mustafi durch Bahir Fouhami.

Hatte Bahir Fouhami dem Gerichtsverfahren mit den bisherigen Anklagepunkten der marokkanischen Staatsanwaltschaft scheinbar relativ gelassen entgegengesehen, wurde die Anklage wider seines Erwartens plötzlich um zwei Morde erweitert. Wovor er sich jedoch am meisten fürchtete, war die Anklage wegen Kindesmissbrauchs, der ihm zur Last gelegt wurde.

Für Mord mochte es diverse, und zum Teil sogar nachvollziehbare Erklärungen geben. In einigen Regionen der Erde und manchen Ethnien wurde Mord aus bestimmten Gründen geradezu gebilligt, wenn es zum Beispiel um Rache oder um die Ehre ging. Aber sich an einem Kind zu vergehen? Das sprengte alle Moralvorstellungen und war gegen jede Form von Ethos.

Bahirs Versuch, über den Strafverteidiger die Anklage wegen Kindesmissbrauchs in einem gesonderten, nicht öffentlichen Verfahren zu behandeln, wurde von Seiten des Gerichts nicht stattgegeben. Bahir schwitzte darum Blut und Wasser, denn nicht nur die gesellschaftliche Ächtung war ihm gewiss, sondern auch die der Mithäftlinge. Kinderschänder hatten nirgendwo eine Lobby.

Was die Person Ismail Darbaki selbst betraf, bewegte sie sich auf teils dubiosen Pfaden, ohne Verknüpfungen oder Überschneidungen der verschiedenen Stränge anrüchig zu finden. Er war ein guter Polizist, ohne Zweifel, und technisch gesehen gab es an der Ausführung seines Handwerks nichts zu kritisieren. Vielleicht aber wäre er nicht Inspektor geworden, hätte er sich nicht an der einen oder anderen Stelle seiner Laufbahn von Leuten protegieren lassen, denen wichtig war, an bestimmten Stellen im Machtgefüge einen Mann zu installieren, auf den sie sich im Falle eines Falles verlassen konnten. Nicht, dass er sich Korruption nachsagen lassen müsste oder dass er käuflich war. In der Ausübung seines Berufs hielt er sich an Recht und Gesetz.

Und dennoch zeichnete der Schatten, den er warf, nicht die wahren Konturen seines Körpers nach, sondern des Persönlichkeitsbildes, das zu vertreten er sich gewissermaßen verpflichtet hatte. Dabei ging es um höhere Werte, als Recht und Gesetz sie darstellten. Es war ein Bekenntnis zu einem übergeordneten ungeschriebenen Kodex, dem geistigen Vermächtnis und Rechtsempfindens eines uralten Kulturvolkes, dem er angehörte und dem er sich verbunden fühlte.

Es lag in der Natur der Menschen, dass es, mochten auch alle unter einem Dach wohnen, Gegenbestrebungen zu den Grundrichtungen gab. Verschiedene

Gruppen, Abweichler, Andersdenkende. Sie alle wurden insoweit akzeptiert, solange sie die Kodexe nicht durchbrachen. Geschah dies doch, verloren sie den Schutz der Gemeinschaft.

Um die einzelnen Linien eines Stammes und die Stämme selbst voneinander unterscheiden zu können, trugen sie unterschiedliche einfache Tätowierungen, zumeist in der Hautspanne zwischen Daumen und Zeigefinger.

Inspektor Ismail Darbaki gehörte einer Linie an, die einen einfachen Punkt als Erkennungszeichen trug.

*

„Ja, das sind die Unterlagen, die wir brauchen", sagte der Inspektor im Foyer des Hotels und steckte die schriftlichen Beglaubigungen und passwortgeschützten Datenträger in seine Mappe. „Ohne die Erinnerungen und Aussagen des Kindes würde Bahir Fouhami mit ein paar Jahren Strafe davonkommen. Unter Umständen auf Bewährung."

„Was ist mit Farid Fouhami? Hat er die schwere Verletzung überlebt?", fragte Edgar.

„Oh ja, er hat überlebt, und ja, es geht ihm den Umständen entsprechend gut. Ich habe erst Mitte August noch mit ihm gesprochen, und er wird, nach heutigem Stand, gegen seinen Bruder aussagen", antwortete Darbaki und massierte an der linken Hand den Punkt zwischen Daumen und Zeigefinger. „Übrigens: Ihre Frau, Melanie, wollte sie nicht mit nach Marokko kommen?"

„Nein. Sie bleibt lieber bei Saida. Die Gefahr, dass den beiden hier durch irgendwelche gedungenen Verschwörer etwas zustoßen könnte, ist zu groß, wenn Sie verstehen, was ich meine."

„Ja, das verstehe ich und ich kann mir denken, dass Sie von unserem Land nicht gerade die beste Meinung haben. Käufliche Polizeibeamte wie Mustafi und so." Darbaki lächelte ungeniert.

„Ach, ich glaube in dieser Beziehung befindet sich Ihr Land in bester Gesellschaft", sagte Edgar, dem plötzlich eine Frage einfiel, die schon länger in seinem Hinterstübchen auf und ab hüpfte. Mit einer lässigen Geste deutete er auf Darbakis Hand. „Was mich interessieren würde: Was haben die Tätowierungen an der Hand zwischen Daumen und Zeigefinger für eine Bewandtnis? Ich habe sie zum Beispiel als Sternchen bei Ihrem Kollegen Mustafi gesehen, und als Punkt bei dem jungen Polizisten, der Melanie und mich damals von *Fès* zum Tatort gefahren hatte. Auch bei Farid Fouhami, als wir ihn zum Hubschrauber transportiert hatten. Und auch Sie tragen einen solchen Punkt. Zufall?"

Darbakis Gesicht verdunkelte sich, doch seine Augen blitzten. „Das ... das ist nichts", sagte er und richtete den Blick herausfordernd auf Edgar.

Edgar nickte. „Immer wenn mich jemand für blöd verkaufen will, werde ich hartnäckig. Was also hat es damit auf sich?"

Darbakis Augen wanderten zu Rita, doch sprach er Edgar an. „Kommen Sie mit raus auf die Straße. Sie sind außer Dienst, und darum kann ich es Ihnen erklären."

Er erhob sich und wandte sich dem Ausgang zu. Edgar folgte ihm auf dem Fuß.

Rita, die in der Sitzgruppe zurückblieb, beobachtete durchs Fenster die Unterhaltung der beiden. Von Darbakis Gehabe her schien der Gesprächsstoff ziemlich brisant zu sein. Nach ungefähr fünf Minuten kehrten sie wieder ins Foyer zurück.

„Wenn Sie mit uns also nichts mehr zu besprechen haben, dann sehen wir uns übermorgen im Gerichtssaal wieder. Schönen Tag noch, Herr Darbaki. Ach Moment noch: Wie und wo bekommen wir unsere Reisekosten erstattet?"

Mittwoch, 11. September 2024
Gengenbach/Taza

Rita hatte wegen der Geheimnistuerei zwischen Darbaki und Edgar einfach einen Pfeil in den blauen Himmel geschossen:

„Es sind Geheimbünde, nicht wahr? Organisationen wie die Mafia und die Cosa Nostra, oder?"

„Ja und nein. Geheim ja, Mafia nein", hatte Edgar geantwortet. „Wie ich es verstanden habe, stecken dahinter keine wirtschaftlichen Interessen. Man sieht sich eher als Hüter und Bewahrer von Traditionen, Kultur und überliefertem Recht. Im Grunde verfolgen die diversen Strömungen alle das gleiche Ziel. Nur sind die Wege, das Ziel zu erreichen, verschieden. Die einen sind moderater, die anderen radikaler. Die Tätowierungen drücken nur aus, welcher Bewegung man angehört."

Rita und Edgar warteten, gemeinsam mit dem französischen Staatsanwalt und dem Kriminalkommissar Gaston Kremer aus *Belfort*, in einer vom Publikum abgetrennten Zone im Flur des Gerichtsgebäudes auf Inspektor Darbaki. Vergeblich. Und auch die Türen in den Gerichtssaal blieben geschlossen.

Der Beginn des Strafprozesses gegen Bahir Fouhami war auf zehn Uhr angesetzt, und die Uhrzeiger hatten diese Zeit bereits übersprungen. Aus dem Publikum wurden Rufe des Unmuts laut.

Edgar raunte Rita zu: „Es würde mich nicht überraschen, wenn wir heute eine Überraschung erleben."

„Wie kommst du drauf?"

„Nun, wir werden sehen."

Nach ungefähr einer halben Stunde wurde den Wartenden verkündet, dass die Gerichtsverhandlung aufgrund eines unvorhersehbaren Ereignisses abgesagt werden musste.

Wie es alsbald die Runde machte, bezog sich das unvorhersehbare Ereignis auf den Angeklagten Bahir Fouhami. Er wurde am Morgen, als er zur Überführung vom Gefängnis zum Gerichtsgebäude abgeholt werden sollte, erhängt am Fensterkreuz seiner Zelle aufgefunden.

Die Untersuchung ergab recht schnell und eindeutig, dass es sich um keinen Suizid handelte, denn der eigene abgetrennte Penis hing ihm wie ein Rüssel aus dem Mund. Neben der Blutlache am Boden wurde ein Hautfetzen sichergestellt; allem Anschein nach an der linken Hand zwischen Daumen und Zeigefinger herausgeschnitten. Es befanden sich zwei kleine Tätowierungen darauf: Ein Punkt und ein Stern.

Über den Tathergang, beziehungsweise über die Täterschaft, konnten keine Angaben gemacht werden.

„Irgendwie hab´ ich mir sowas Ähnliches gedacht", sagte Edgar und berührte Ritas Ellbogen. „Komm´, geh´n wir."

*

Rita und Edgar flogen bereits am nächsten Tag wieder nach Deutschland zurück, wo sie sehnsüchtig von Saida und Melanie empfangen wurden.

Inspektor Ismail Darbaki hatten sie seit der letzten Begegnung im Hotel nicht mehr wiedergesehen.

****

Anmerkungen des Autors

Die Handlung des Krimis ist frei erfunden. Real existierende Personen gleichen Namens wie in dem Roman genannten haben mit der Handlung nichts gemein. Die in diesem Buch erwähnten Tätowierungen sind fiktiv. Richtig hingegen ist, dass innerhalb der verschiedenen Berberstämme unterschiedliche Dialekte gesprochen werden.
Landes-, Orts- und Geländebeschreibungen entsprechen nicht der Wirklichkeit.

Schaafswinter

Edgar Schaafs erster Fall.

Fünfzig Jahre, nachdem in Seekirch eine junge Frau spurlos verschwunden war, werden dort ihre sterblichen Überreste gefunden. Über zwanzig Jahre nach deren Verschwinden war in Konstanz am Bodensee ein schrecklicher Mord an einer Frau begangen worden. In beiden Fällen hatte es ein und denselben Verdächtigen gegeben: Peter Seibelt.

Edgar Schaaf, pensionierter Kriminalkommissar, wird von der Polizei in Konstanz darum gebeten, sich aus drei Gründen mit Peter Seibelt in Verbindung zu setzen. Zum Ersten war Edgar Schaaf damals als Zeuge in beide Fälle involviert, zum Zweiten war eben jener Peter Seibelt ein guter Bekannter von ihm: Sie stammen aus demselben Dorf und sie gingen zusammen zur Schule. Drittens: Die Fälle sind bis heute ungelöst.

Tatsächlich zeigt sich Peter Seibelt bereit, Edgar Schaaf zu treffen, hüllt sich aber, was seine tragische Vergangenheit angeht, in Schweigen. Bald jedoch holt ihn die Vergangenheit ein und er sieht sich gezwungen, das Schweigen zu brechen.

Schaafssturm

Edgar Schaafs zweiter Fall.

In der Schwarzwaldgemeinde Hohenterzen werden kurz nacheinander zwei Morde verübt. Die Ermittlungen des jungen Kriminalkommissars Melzer verlaufen bald im Sande. Erst als sich der pensionierte Kommissar Edgar Schaaf auf Bitten der Tochter eines der Mordopfer um die Fälle kümmert, eröffnen sich bald neue Konstellationen. Ins Visier Edgar Schaafs und der Polizei gerät ein gewisser *Chato,* dessen Spur die Ermittler schließlich nach Rovinj an der kroatischen Küste führt. Dort bekommen Melanie Köninger und Edgar Schaaf die Wucht des adriatischen Sturmwindes **Bora** bei einer dramatischen Aktion hautnah zu spüren.

Schaafshammer

Edgar Schaafs dritter Fall.

Die Geschäftsführerinnen zweier Spielcasinos werden tot aufgefunden. Eine junge Frau wird missbraucht und liegt im Koma. Für Kriminaloberkommissar Kai Schuster kommt es knüppeldick. Angesichts gravierenden Personalmangels bei der Polizeidirektion Offenburg sieht er sich alleinverantwortlich dreier komplexer Fälle gegenüber.

Als sein früherer Hauptkommissar und Mentor Edgar Schaaf von der ehemaligen Stiefmutter der jungen Frau gebeten wird, Licht in das Dunkel der Ermittlungen zu bringen, beschließen die beiden einen Deal. Das führt endlich dazu, einen Täter dingfest machen zu können. Doch der kann fliehen und bringt Edgar Schaafs Frau Melanie Köninger in Gefahr. Weil Edgar Schaaf das nicht zulassen kann, fordert er den Gegner ultimativ heraus.

**Schaafsgold
und der ungelesene Autor**

Edgar Schaafs vierter Fall.

Blitzeinbrüche und Geldautomatenraube. Eine Bande treibt seit drei Jahren ihr Unwesen. Aber letztlich ist es Gold, weswegen die Dinge in Offenburg und Umgebung gefährlich aus dem Ruder laufen. Nicht weil es da ist, sondern weil es nicht mehr da ist.

Pit Ferman, Autor der *Edgar Schaaf-Krimis*, wird unerwartet und äußerst schmerzhaft mit den Auswüchsen der Suche nach dem Gold konfrontiert. In der Not wendet er sich an seinen Freund Edgar Schaaf.

Schaafsinsel

Edgar Schaafs fünfter Fall.

Kritaholm, Insel in der Ostsee. Für Eliza und Pit Ferman wird der Urlaub mit ihrem Wohnmobil zum Trauma, denn während ihres Aufenthalts geschehen drei Morde. Zu ihrem Entsetzen werden sie kurzfristig sogar wie Verdächtige behandelt.

Auch Edgar Schaaf und seiner Frau Melanie, die einen Monat später mit dem von Pit Ferman erworbenen Wohnmobil anreisen, ist die Insel nicht wohlgesonnen. Edgars Versuche, Ermittlungsansätze zu finden, scheitern an gezielten Anschlägen auf das Wohnmobil und auf ihn selbst.

Erst sein zweiter Anlauf, den er im bitterkalten Winter gemeinsam mit Pit Ferman unternimmt, bringt ihn auf die richtige Spur.

Schaafshunde

Edgar Schaafs sechster Fall.

Während Melanie Köninger ihr Gelübde ableistet und in Spanien auf dem Jakobsweg pilgert, weilt Edgar Schaaf mit den Hunden *Müller* und *Lydia* allein zu Haus. Zufällig wird er Zeuge eines perfiden, durch einen präparierten Hackfleischköder verursachten Anschlags auf einen Hund. Bald stellt er fest, dass es sich nicht um einen Einzelfall, sondern um eine regelrechte Serie von Anschlägen handelt. Als auch Edgars eigene Hunde Ziele eines Hundehassers werden, beginnt er sich zu wehren.

Schaafsfrauen

Edgar Schaafs siebter Fall.

Drei tote Männer, eine schwerverletzte Frau – das ist die Ausgangslage, die an Kriminalhauptkommissar a. D. Edgar Schaaf herangetragen wird. Nicht von irgendwem, sondern von seinen Freunden Eliza Wohlbrecht und Pit Ferman. Diese wiederum beherbergen eine Frau namens Jola, die behauptet, für den Tod der drei Männer verantwortlich zu sein.
Nur widerwillig lässt sich Edgar Schaaf für private Ermittlungen einspannen. Als er zusammen mit dem jungen Kommissar Kai Schuster eine Strategie entwickelt, geschieht das Unfassbare, und Edgar Schaaf stößt an seine persönlichsten Grenzen.

Schaafssteine

Edgar Schaafs achter Fall.

Edgar Schaaf, von seinem letzten Fall psychisch angeschlagen, erhofft sich professionelle Hilfe in der Psychiatrischen Akut- und Reha-Klinik *An klaren Wassern* in *Haldensee*.
  Doch ausgerechnet er ist es, der bei einer Kahnpartie auf dem gleichnamigen See die Leiche eines Mit-Patienten findet. Als er dann noch von seiner Tisch-Nachbarin Martina darum gebeten wird, ihr bei der Suche nach ihrem vermissten Geliebten zu helfen, ahnt er noch nichts von dem Mann, dessen größte Sorge es ist, dass das Geheimnis um seine Steine und deren Herkunft unter allen Umständen gewahrt bleibt. Und dann verschwindet eines Tages auch Martina.
  Nachdem Edgar die entscheidende Witterung aufgenommen hat, spitzt sich die Situation am Ende dramatisch zu, und Edgar spielt mit seinem Leben.

Schaafsherbst

Edgar Schaafs neunter Fall.

Ein Banküberfall in *Durlangen* entwickelt sich anders, als von den Bankräubern geplant. Doch nicht, zumindest was die Beute betrifft, unbedingt zu ihrem Nachteil. Mit einer Geisel gelingt ihnen die Flucht, wobei sie die Verfolger vom SEK und den Ermittler des LKA an der Nase herumführen – und unerkannt entkommen.

Der pensionierte Kriminalhauptkommissar Edgar Schaaf wird am gleichen Tag von einer schweren Krankheit betroffen und überlebt nur durch die Soforthilfe seiner Frau Melanie. Nach einer Woche Klinikaufenthalt steht plötzlich die junge Kommissarin Rita Böhringer vor ihm und bittet ihn um Hilfe. Immer noch angeschlagen, steht Edgar vor seiner größten Herausforderung, denn seine Intuitionen muss er mit Schmerzen bezahlen.

Weitere Bücher von Peter Siefermann im Twentysix-Verlag.

„Zwölfeinhalb Bären, oder wie die Bären nach Waldulm kamen."
ISBN: 9783740711917

„Das große Spiel, oder mit Lachdatte, Mängehatte und Poklapier."
ISBN: 9783740727451

„Tierisch-menschliches in Lyrik und Prosa."
ISBN: 9783740714000

„Drei Männer, zwei Boote, ein Fluss und der Blues."
ISBN: 9783740712952

„Teddor."
ISBN: 9783740729400

„Aus der Sicht des Pumas"
ISBN: 9783740731625

„Die Sachenfinderin"
ISBN: 9783740733674

„Der Totensänger."
ISBN: 9783740744281

„Der Bassist."
ISBN: 9783740746940

Der „Zach"
ISBN: 9783740749132

„Handkerchief"
ISBN: 9783740753580

„Zwölfeinhalb Bären auf Weltreise"
ISBN: 9783740766740

„einfach Uhl"
ISBN: 9783740771942

„Lui, der Vogelfreund"
ISBN: 9783740780854

Alle Bücher sind auch als E-Book erhältlich.

****

Pit Ferman wurde 1953 in Kappelrodeck im Land Baden-Württemberg geboren. Er lebte über dreißig Jahre in Basel in der Schweiz und arbeitete für ein deutsches Transportunternehmen. Nach Versetzung in den Ruhestand zog er mit seiner Ehefrau nach Deutschland zurück.
Pit Ferman ist Vater zweier Kinder, die beide in der Schweiz leben.